唐音宋韵

余恕诚 著

北京大学出版社
PEKING UNIVERSITY PRESS

图书在版编目（CIP）数据

唐音宋韵/余恕诚著.—北京：北京大学出版社，2015.8
ISBN 978-7-301-26053-1

Ⅰ.①唐… Ⅱ.①余… Ⅲ.①唐诗—鉴赏 ②宋词—鉴赏
Ⅳ.①I207.2

中国版本图书馆CIP数据核字（2015）第158914号

书　　　名	唐音宋韵
著作责任者	余恕诚　著
责任编辑	徐　迈
标 准 书 号	ISBN 978-7-301-26053-1
出版发行	北京大学出版社
地　　　址	北京市海淀区成府路205号　100871
网　　　址	http://www.pup.cn　新浪微博:@北京大学出版社
电子信箱	pkuwsz@126.com
电　　　话	邮购部62752015　发行部62750672　编辑部62756467
印 刷 者	北京中科印刷有限公司
经 销 者	新华书店
	730毫米×1020毫米　16开本　20.25印张　250千字
	2015年8月第1版　2016年12月第2次印刷
定　　价	48.00元

未经许可，不得以任何方式复制或抄袭本书之部分或全部内容。
版权所有，侵权必究
举报电话：010-62752024　电子信箱：fd@pup.pku.edu.cn
图书如有印装质量问题，请与出版部联系，电话：010-62756370

目 录

上篇　唐音撷润

陈子昂 / 003
　　登幽州台歌 / 003

张若虚 / 004
　　春江花月夜 / 004

孟浩然 / 006
　　夜归鹿门歌 / 006　　过故人庄 / 012
　　宿桐庐江寄广陵旧游 / 019

王　维 / 022
　　春园即事 / 022　　鸟鸣涧 / 024　　送别 / 027
　　奉和圣制从蓬莱向兴庆阁道中留春雨中春望之作应制 / 029
　　春中田园作 / 031　　息夫人 / 033　　辛夷坞 / 035

王之涣 / 037
　　凉州词二首（其一）/ 037

崔　颢 / 038
　　黄鹤楼 / 038

王昌龄 / 045
　　从军行七首（其五）/ 045

岑　参 / 048
　　凉州馆中与诸判官夜集 / 048　　天山雪歌送萧治归京 / 055

李　白 / 057
　　从军行 / 057　　关山月 / 058　　长干行 / 061
　　秋浦歌十七首（其十五）/ 064
　　望庐山瀑布水二首（其一）/ 064
　　苏台览古 / 065　　将进酒 / 066
　　附：李白与李贺两首《将进酒》比较 / 073
　　远别离 / 076　　行路难三首（其一）/ 079
　　行路难三首（其二）/ 082　　杨叛儿 / 084　　襄阳歌 / 086
　　临路歌 / 088　　黄鹤楼送孟浩然之广陵 / 091
　　灞陵行送别 / 093　　客中作 / 095　　谢公亭 / 097
　　忆东山二首（其一）/ 099

杜　甫 / 102
　　望岳 / 102　　房兵曹胡马 / 104　　赠李白 / 105
　　兵车行 / 105　　自京赴奉先县咏怀五百字 / 107
　　月夜 / 111　　赠卫八处士 / 112　　春望 / 119
　　悲陈陶 / 120　　曲江二首（其二）/ 121　　新安吏 / 122
　　潼关吏 / 126　　乾元中寓居同谷县作歌七首（其七）/ 128
　　醉时歌 / 129　　丹青引赠曹将军霸 / 130

　　　　观公孙大娘弟子舞剑器行并序 / 131

　　　　梦李白二首（其二）/ 133　　蜀相 / 134　　春夜喜雨 / 135

　　　　茅屋为秋风所破歌 / 136　　闻官军收河南河北 / 137

　　　　绝句四首（其三）/ 138　　登楼 / 139　　白帝城最高楼 / 140

　　　　秋兴八首（其一）/ 142　　咏怀古迹五首（其三）/ 143

　　　　登高 / 143　　又呈吴郎 / 144　　登岳阳楼 / 147

　　　　江南逢李龟年 / 148　　江汉 / 151

王　建 / 158

　　　　新嫁娘词三首（其一）/ 158

刘禹锡 / 160

　　　　踏歌词四首（其一）/ 160

元　稹 / 162

　　　　行宫 / 162

白居易 / 163

　　　　问刘十九 / 163

柳宗元 / 165

　　　　行路难 / 165　　溪居 / 168

李商隐 / 171

　　　　北楼 / 171　　春雨 / 172　　花下醉 / 174　　龙池 / 176

　　　　晚晴 / 177　　哭刘蕡 / 179　　河阳诗 / 182

　　　　饯席重送从叔余之梓州 / 185　　天涯 / 185　　听鼓 / 187

　　　　汉宫词 / 188　　汉宫 / 189　　灞岸 / 191　　赋得鸡 / 192

　　　　旧将军 / 193　　李卫公 / 194　　读任彦升碑 / 196　　复京 / 197

浑河中 / 199　　咸阳 / 200　　有感 / 201　　过郑广文旧居 / 202

七夕 / 204　　夜半 / 205　　望喜驿别嘉陵江水二绝 / 206

柳 / 207　　燕台诗四首·春 / 209　　无题二首（其一）/ 211

重过圣女祠 / 212　　锦瑟 / 214　　无题二首（其一）/ 215

无题 / 217　　无题四首（其一）/ 218

无题四首（其二）/ 219　　贾生 / 220

杜　牧 / 222

江南春 / 222　　题宣州开元寺水阁阁下宛溪夹溪居人 / 224

九日齐山登高 / 226

温庭筠 / 229

杨柳枝 / 229　　杨柳枝 / 231

下篇　宋韵采芳

欧阳修 / 235

玉楼春 / 235

苏舜钦 / 242

沧浪怀贯之 / 242

晏几道 / 244

菩萨蛮 / 244

苏　轼 / 247

卜算子 / 247　　水龙吟 / 251

澄迈驿通潮阁二首（其二）/ 254

王安石 / 257
　　元日 / 257

舒　亶 / 259
　　菩萨蛮 / 259

赵　抃 / 261
　　次韵孔宪蓬莱阁 / 261　　题杜子美书室 / 263

邵　雍 / 265
　　插花吟 / 265

张　耒 / 267
　　夏日三首（其一）/ 267　　赴官寿安泛汴 / 268
　　海州道中二首 / 269　　初见嵩山 / 271

贺　铸 / 273
　　将进酒 / 273　　薄幸 / 275　　减字浣溪沙 / 278

陈与义 / 280
　　临江仙 / 280

辛弃疾 / 282
　　鹧鸪天 / 282

范成大 / 285
　　横塘 / 285

杨万里 / 287
　　岸沙 / 287

章良能 / 289

  小重山 / 289

张　炎 / 291

  清平乐 / 291

附　　录

怎样读李商隐诗 / 295
古代散文欣赏的三个角度 / 303
韩愈《张中丞传后叙》赏析 / 310

上篇　唐音撷润

陈子昂

登幽州台歌

前不见古人,后不见来者。
念天地之悠悠,独怆然而涕下。

  陈子昂《登幽州台歌》无一笔正面描绘景物,但吟咏体会,仍能想见幽州台前辽阔古老的北中国原野及其萧瑟荒凉的气氛。此种景物气氛究竟从何而来?中国旧戏舞台没有背景,全靠演员动作表演,让观众据以想象出各种景物环境,如《三岔口》。中国传统绘画,背景往往不甚着色。齐白石画虾,留下的空白即让人感到是水。此诗亦有类似情况。"前不见古人,后不见来者",两个"不见"有如画面的空白,暗示了环境,令人想见古老的幽州台周围,除茫茫的古原野外,一片虚旷寂寞。"念天地之悠悠",尽管是"念",但是身在幽州台上,决非低头默想,而必然是一边纵目遥看、一边沉思,"念"包含了"看"。所以此处"念"能在读者脑海中产生视觉形象。"悠悠"则既包括空间之广阔,亦包括时间之久远。这样,诗人虽未用文字去描绘背景,幽州台前古老的北中国,从天到地那种广阔而又萧瑟的环境、悲壮苍凉的气氛却出现了。这种环境气氛,跟立于画图中心的诗人心事浩茫而又孤单寂寞的精神面貌完全统一,给人以深刻难忘的印象。

(原载《百家唐宋诗新话》,四川文艺出版社1989年版)

张若虚

春江花月夜

春江潮水连海平，海上明月共潮生。
滟滟随波千万里，何处春江无月明。
江流宛转绕芳甸，月照花林皆似霰。
空里流霜不觉飞，汀上白沙看不见。
江天一色无纤尘，皎皎空中孤月轮。
江畔何人初见月，江月何年初照人。
人生代代无穷已，江月年年只相似。
不知江月待何人，但见长江送流水。
白云一片去悠悠，青枫浦上不胜愁。
谁家今夜扁舟子，何处相思明月楼。
可怜楼上月徘徊，应照离人妆镜台。
玉户帘中卷不去，捣衣砧上拂还来。
此时相望不相闻，愿逐月华流照君。
鸿雁长飞光不度，鱼龙潜跃水成文。
昨夜闲潭梦落花，可怜春半不还家。
江水流春去欲尽，江潭落月复西斜。
斜月沉沉藏海雾，碣石潇湘无限路。
不知乘月几人归，落月摇情满江树。

张若虚《春江花月夜》中的月，是初唐时代人的意识的对象化。人的意识从齐梁时代的萎靡和沉睡中醒来了，于是天上的月既带着由深邃的宇宙意识所赋予的神秘气氛，又带着脉脉关注现实的温情。那种宇宙意识是颓废的齐梁时代所不能有的，那份温柔也不同于齐梁时代的猥亵、堕落。诗歌中的月亮在齐梁时代总是伴着荒淫帝王的宴席，守着轻薄女人的窗户，如今它跃升在蓝天之上，以澄洁明净的光华抚慰着大地，照耀普天下对生活充满着憧憬和追求的男女。月亮形象的变化，反映着时代从狭小颓唐走向雄阔和健康。

（原载《百家唐宋诗新话》，四川文艺出版社1989年版）

孟浩然

夜归鹿门歌

山寺鸣钟昼已昏,渔梁渡头争渡喧。
人随沙岸向江村,余亦乘舟归鹿门。
鹿门月照开烟树,忽到庞公栖隐处。
岩扉松径长寂寥,唯有幽人自来去。

唐代著名诗人孟浩然,是以隐逸终其一生的。李白说他"红颜弃轩冕,白首卧松云",由于长期隐居,心神常常陶醉其间,因而对这种生活有出色的描写。他把隐逸之情和山水之趣结合起来,构成令人神往的艺术境界。如他的这首名作《夜归鹿门歌》。

诗从黄昏写起,"山寺鸣钟昼已昏",古庙晚钟,标志着白天的消逝。而在此同时,作为一个隐者,诗人寻山探水、迷花倚石之乐,未必随日暮而消减。孟浩然作品中常有"探讨意未穷,回舻夕阳晚"一类诗句,可见游兴很高而且持久。诗把"昼已昏"放在"山寺鸣钟"之后,似乎反映了诗人的意念活动过程,表明在这之前未必注意到"昼已昏",待到山寺鸣钟,这才对时间的流逝有了清楚的意识。"已"字很像是乍觉时日已晚,含有不胜恋恋之感。

天晚了,自当归去。但作为一位隐者,又是悠闲的,不必一闻钟声,立即回返。这时候他正好可以欣赏一下汉江渡口的黄昏。所以接下去写眼前景象——"渔梁渡头争渡喧"。渔梁，汉水中的洲名，在襄阳城南七里的岘山附近。这一带农业兴盛，人口繁密。日暮时分舟船行人汇集渡口，出现了争渡的场面。暮钟鸣、争渡喧，两句都写了声音。钟声有助于造成境界的深远感，并且从开篇就带来了静穆隐逸的意味，有了这种情味渗透，下句的争渡就显得并不怎么烦扰。而渔梁争渡，熙熙攘攘，又消去了山寺暮钟通常给人的空寂幽冷之感。这样，两种声音互相融合，就写足了黄昏渡口的气氛。

"人随沙岸向江村，余亦乘舟归鹿门。"人们走出渡口，沿着岸边的平沙，依依归向江村，诗人也荡起扁舟顺汉江返回鹿门山。这里，上一句很容易被认为仅仅是用来引起和陪衬下句的。其实，它首先是承接"渔梁渡头争渡喧"的，而后又加以开拓，构成完整的图景。渔梁渡村民晚归，假如只点出"争渡喧"就收住，未免太紧促了，不合孟浩然吟诗那种舒缓从容的风度，同时给人的语感是在"喧"字上悬着的，从写隐逸生活基调出发，需要进一步化喧为静。有了"人随沙岸向江村"一句承接引渡，人物活动的空间被悠然宕开，就把这个"喧"给解除了。平沙古渡，暮色中归去的村人，沿汉水罗列的历历江村，也许在附近岘山山麓，那鸣钟的古寺，还微露殿角和楼台，这就显得极其悠远静穆、和平安恬。当时正是开元盛世，襄阳近郊地区自会有这种景象。诗人带着平静的心情感受这一切，并写入诗篇，说明他对一般的人间生活并不是冷漠的，相反地，却有着一份亲切的诗意的感受。我们不妨将其看作诗人活动的大背景，有了这一背景，他"乘舟归鹿门"就不显得过分孤寂了。

诗是一连用三句来写时间和背景的，第四句才点到诗人自己，而"余亦乘舟归鹿门"却又几乎只像在说话，不像吟诗。但正是这种在看来吃紧之处，用如此洒脱随便的语气，似乎最能见出诗人那种自来自往、无所用心的风采神情。

当然，作者到底是一位隐士，他来到鹿门隐居之地，和先前在船上只是安详地观赏，心情毕竟有些两样。"鹿门月照开烟树，忽到庞公栖隐处。"诗到这里，重叠出现"鹿门"二字，恰好在全篇中心位置，构成带吟唱情味的顶针格。"余亦乘舟归鹿门"，"鹿门月照开烟树"，这种顶针迭出，是诗人内心中情感回旋的外化。显然，诗人一来到鹿门，精神就愉快而飞扬。鹿门山是古代隐居胜地，东汉末年，襄阳著名的隐者庞公，偕同妻子在这里隐居，采药去而不返。庞公开了襄阳地区的隐逸风气，而鹿门山则更多地带上了一层历史传统赋予的灵光，这儿离渔梁渡不过数里，诗人日暮乘舟归来，正值明月初升，这时笼罩在幽林深树上的一层雾霭轻纱，慢慢被晶莹的月光所揭开。随着月华倾注，树影乍现，诗人的心境有一种奇特的感受。"忽到庞公栖隐处"，这一句在时间上古今的界限不是很清楚，从理性上理解，所到之处，当然只能是留有庞公遗迹的鹿门，但从诗人情感上理解，又好像他真的到了庞公正在栖隐的当年的鹿门山，时间并没有把庞公与今世隔开。月光笼罩的山林，气氛朦胧，本来就带有某种神秘性，加上诗人仰慕追怀，借助眼前的鹿门山，仿佛在精神上和先贤接近了、沟通了，觉得似乎置身在一个古今相接的环境中。"忽到"的"忽"便包含有诗人当时所带的迷离恍惚之感。

月夜的鹿门山自然人迹罕至，故而诗人心理上更会觉得这圣洁的境界，仿佛只有庞公等人来过。"岩扉松径长寂寥，唯有幽人自来去。""岩扉松径"指隐居处的石门与幽静的松间小径。"长寂寥"三字，时间感是很悠远的，上接庞公之世而又恍然延续至今。"寂寥"见得环境极度清静、宁谧，而带上一个"长"字，则让这种寂寥出现在深远悠长的时间背景上，更能显出隐者居处的境界气氛和诗人特殊的心情感受。这种境界对于隐居者来说，可以使他的精神更加开阔广远、舒展自如。"唯有幽人自来去"，就是在寂寥中展开的极为自得的隐逸世界。"幽人"，当然首先是自指，但诗人与庞公精神契合，当此幽林深夜，月影婆娑，昔时的庞公不也仿佛和诗人同在而同游吗？闻一多先生说："这幽人究竟是谁？庞公的精灵，还是诗人自己，恐怕那时他自己也分辨不出，因为心理上他早与那位先贤同体化了。"这说得很确切。并且，这时"自来去"的幽人和周围环境也可以看成是同体化的，诗人的心灵不用说是早已交付给了这岩扉松径，而和它们完全融合了。他在这儿随兴地徜徉来去，究竟何所而止、何所而息呢？我们似乎不必代他痴想。因为诗人和庞公、鹿门山同体化之后，人们一般意识中的时间、空间观念，对于他暂时是多余的了，他无须考虑何所来、何所去，以及何谓止、何谓息，反正精神升华得很高远，身心俱化，只是尽情地沉浸在梦幻般的体验中。

　　这是一首写隐居生活情趣的诗。隐居本来在衰败动乱的时代比较常见，像东晋末年的陶渊明便是代表。因此，他们的隐居往往带有对抗黑暗社会现实的意义，我们读陶渊明的诗对此会有很深的感受。但盛唐时代，由于经济繁荣、社会富足，士大夫不做官也可以悠闲地生活，再加以道家思想影响等多种因素，隐逸之风反而特盛。孟浩然自己说："朱绂心虽重，沧州趣每怀。"虽也看重做官，却又对山水怀有浓厚兴趣。因此当他赴长安求仕无成，便不屑于钻营而以隐逸终其一生了。他固然也吟诵过"不才明主弃"的诗句，有政治失意感，却终于被山水林泉消融得很淡薄。从他的诗篇中，我们不可能看到多少盛世的阴暗面。因此，他的隐逸诗风格上效法陶渊明，而社会意义却很不相同。像陶诗那种对封建社会间接却很深刻的批判，在这首诗中是找不到的。孟浩然的隐逸诗，展示了盛唐时代社会精神生活的另一个侧面，我们只能从这一角度去估价它的意义。诗人洁身自好，把感情倾注于山水林泉，在隐逸生活的陶醉中，"涵涵然有干霄之兴"（皮日休《郢州孟亭记》），流露了纯真的心性、高远的情致，这对汲汲于功名利禄、俗念太重的人，可以产生心灵上的陶冶净化作用。这类诗境界幽寂，但作为盛世的隐逸诗人，孟浩然一般并不把自己摆在和正常的社会生活对立的地位，而常以一种亲切欣赏的态度对待人间生活。他的真诚、坦荡的性格，使他与普通人之间也有一种会心和契合，而不自命清高、鄙视人间。这首诗中渔梁渡的黄昏和鹿门山的月夜，两种景象前后相映成趣，既再现了盛唐时代襄阳地区的和平生活画面，又创造了具有更高美学意义的鹿门夜隐图。有山林的幽趣而又不乏人间生活气息，这是孟浩然隐逸诗的特点，也包含了某种优点。

作为受到李白、杜甫、王维一致推崇的盛唐早期诗人，孟浩然的创作以出手平淡自然、成篇却情韵高远为世所称。《夜归鹿门歌》读起来完全像是按诗题信笔记述。时间由傍晚而入夜，地点由渔梁渡而鹿门山，顺序结构，任其自然。所见所闻，点到即止。不加描摹刻画，也不见语言上的藻饰和夸张。诗中虽曾顶针迭用"鹿门"二字，也全如信口而出，未加思索。但就是这样随意平常，却能得山水精神，传其真谛，作者在山水中任情浏览，而他那"风神散朗"的情态，不待刻画就自然显露；文辞质朴，意象疏淡，也更能衬托诗人对于时间和空间的广阔而久远的感受，于笔墨之外显出深邃高渺的情味。所以清代诗评家施补华赞赏这首诗"清幽绝妙"（《岘佣说诗》）。孟浩然的这种淡不是失去了诗味，而是让诗味从淡中流露出来，更加沁人心脾。这就格外显出韵致之高，好像一位美人，不需任何脂粉梳妆就意态娴雅，而使一切着意修饰者黯然失色。

也许由于太追求韵高，孟浩然所弹奏的乐调，似乎始终像发自一把古琴，有高山流水、风来松下之音，而像李白、杜甫那样的神情激越的奏鸣曲，却未曾尝试。孟浩然诗一般不出五言的范围，《夜归鹿门歌》是他唯一的一首七言歌行。歌行体诗唐人最爱"放情长言"（吴讷《文章辨体序说》），构成广阔的篇幅，孟诗却只是八句的七言短古，并且"语气平缓，若曲涧流哀而无风卷江河之势"（谢榛《四溟诗话》），这在唐诗中是较为少见的。宋代大诗人苏轼曾经评论说："浩然之诗，韵高而才短，如造内法酒手，而无材料耳。"（《后山诗话》引）承认他韵高，但又批评他才气和才学不足、缺少材料，如果拿《夜归鹿门歌》去和李白、杜甫的长篇歌行相比，似乎很能证实苏轼的论点。但脱离一定的历史条件和生活条件，单纯计较作家的才力学问，未必公允。孟浩然一生平静而单纯，能够镕铸入诗的生活内容，比李白、杜甫要少得多，自然难得有鸿篇巨制，这既为才力所限，更为生活所限。文学作品要求内容和形式高度统一，创作中常有这种现象：作家本来具有某种长处，如发挥不当，就会对作品造成损害；也有某些作家，尽管存在短处，却能扬长避短，不在具体作品中显露出来。孟浩然属于后一种类型。他的诗作，难得在于精纯，尽管内容不多，也能做到悠远深厚。如果我们不强求歌行体一定要有怎样的规模和格局，那么用作者夜归鹿门这一题材和平静愉悦的感受，写成八句的七言短古，可以说是恰到好处。孟浩然写诗，把"兴"放在首要地位，兴和诗相并而行，甚至诗是兴的副产品，下笔时便不可能离开兴去苦搜强写。《夜归鹿门歌》之所以只取有限的景象，只赋予很有限的篇幅，从孟浩然重视诗兴出发，便易于理解。比如，若根据天气推测，既然到鹿门山时有明朗的夜月，那么在渔梁渡时必有晚霞夕照，但诗对此并未涉笔，仅用一个"昏"字把日暮说了过去。原因就在于诗人最有兴致的是鹿门山的夜景，而在那种夜境中，也的确更能表现隐者的风神。如果当初诗人不顾实际有无兴致，描绘了汉江落日的气象，那么后面"月照鹿门开烟树"的夜景便无疑要被冲淡。再如诗中关于庞公栖隐的遗迹，关于静夜中"自来去"时的心境，都似乎言而未足，未尝不可以再放笔拓而广之，但这样扩充的结果，将必然导致篇长意薄，难得如原作意兴自然，在闲淡疏朗中有深厚的包蕴和悠悠自得之趣。

　　孟浩然在文学史上并不以才力和学问见称，甚至被苏轼看出了他的"才短"。但诗歌最重要的不一定是要呈现才学，而是要有风致情韵。才高而多学的人，如果不重视诗歌内在规律，在缺少深切体验、诗兴不足的情况下，借助才学而完成的诗，绝难比得上孟诗纯粹而富有情味。清代潘德舆说："东坡谓襄阳韵高而才短，非东坡不敢开此口。然东坡诗病亦只一句，盖才高而韵短，与襄阳恰相反也。"（《养一斋诗话》）这种批评看似过激而实有见地。苏轼诗尽管总体成就大大超过了孟浩然，但也确有一部分作品并不耐读。诗歌创作需要才气，却更离不开情韵。才情兼备，方是好诗。如果韵味太短，也就失去了生命力。一些才高而韵短的诗家，如能细心体会孟浩然的诗，并注意吸取他的长处，是会有好处的。

（原题作《韵致高远　悠悠自得——谈孟浩然〈夜归鹿门歌〉》，内容略有改动，原载《阅读与欣赏》，中国广播电视出版社1999年版）

过故人庄

　　故人具鸡黍，邀我至田家。
　　绿树村边合，青山郭外斜。

开轩面场圃，把酒话桑麻。

待到重阳日，还来就菊花。

孟浩然是唐代诗坛上负有盛名的诗人。第一个替他编定诗集的王士源说他写诗不因袭前人，"文不按古，匠心独妙，五言诗天下称其尽美"（《孟浩然集序》）。这些话很能代表当时人们的评价。孟浩然的五言诗中，律诗的成就更高一些，这篇《过故人庄》又恰恰是其五律中的佳作。不过，他的作品乍一看去，好处往往不太显眼，所谓"匠心"是不容易被发现的。如果说诗应该是醇酒的话，孟浩然的作品或许可以说像清泉，要品尝出它的味道，还需要多用一些吟咏的工夫。其所以这样，跟孟浩然作品风格上的特点——"淡"有密切关系。

《过故人庄》的"过"，是过访、访问的意思。题目告诉我们，这是一首描写到朋友村庄里做客的诗。这首五律，在孟浩然语淡而味终不薄的诗作中虽不算是最淡的，但它用省净的语言，平平地叙述这样一个普通的题材，几乎没有一个夸张的句子，没有一个使人兴奋的词语，也已经可算是"淡到看不见诗"（闻一多语）的程度了。那么，我们说这首诗是孟浩然五律中的佳作，它的诗味究竟又表现在哪里呢？

清代诗评家沈德潜曾经说孟浩然的诗"语淡而味终不薄"（《唐诗别裁》），认为它语言虽然平淡，而诗味却丝毫也不淡薄，这是很有见地的。对于孟诗，我们应该透过它淡淡的外表，去深入体会内在的韵味。

诗的头两句："故人具鸡黍，邀我至田家。""具"，是备办的意思。"黍"，就是黄米。老朋友用鸡黍具办了酒宴，邀请我到他庄上做客。这个开头，似乎就像是日记本上的一则记录，叙述一件刚刚经历的极其平常的事。故人"邀"而我"至"，文字上毫无渲染，招之即来，简单而随便。这正是友谊深厚、不用客套的至交之间所可能有的形式。而以"鸡黍"相邀，既显出田家特有的风味，又可以见出待客之简朴。这种"鸡黍"宴，直至今天，仍然是中国农村中一种最亲切的招待。这里，如果把"鸡黍"注释或翻译成"丰盛的饭菜"是不太符合原意的，鸡黍就是鸡黍，不能把它抽象化。农家待客，鸡黍就是上品，也是唯一的珍味；他们是真诚待客，准备让你菜足饭饱，吃个痛快，而不会在饭桌上弄什么花招，但正是这种不讲虚礼和排场的招待，朋友的心扉才往往更能为对方敞开。朴实的邀请，只能用朴实的笔调来写。这个开头，不甚着力，平静而自然，但对于将要展开的生活内容来说，却是极好的导入，显示了气氛特征，又留下了充分的余地，有待下文进一步丰富和发展。

"绿树村边合，青山郭外斜。"绿树环抱在村子四周，而青山斜立在远处的城郭之外——走进村里，顾盼之间竟是这样一种环境和清新愉悦的感受。这两句，上句是写近景，好像很随意地把一眼看到的村庄四周的景色采入诗中，只见绿树环抱，显得自成一统，别有天地；下句轻轻宕起笔锋，把读者的视线引开去，那城郭之外的青山依依相伴，则又让村庄不显得孤独，并展示了一片开阔的远景。从写景的角度看，这两句一近一远、一密一疏，显出层次，显出变化。"合""斜"二字极为传神，但又完全像是信手拈来，用得极其自然。这个村庄坐落平野而又遥接青山，使人感到恬淡幽静而不是冷清偏僻。元代人马致远也许是从这里翻出了一段散曲："红尘不向门前惹，绿树偏宜屋角遮，青山正补墙头缺，更那堪竹篱茅舍。"（《双调·夜行船》）不过，孟浩然的诗与马致远的曲意境不尽相同，这是因为他们所处的时代毕竟不一样。马致远是生活在"急攘攘蝇争血"的民族矛盾和阶级矛盾空前尖锐的元代,在他的笔下,绿树遮屋角,青山补墙缺,加上竹篱笆、茅草舍,虽也很有诗意和雅趣,但他通过描绘这种境界,表现了自己对当时社会生活的厌烦和逃避:所谓"红尘不向门前惹"。而孟浩然并不把"不惹红尘"看得重要,反倒把城郭引来作为"故人庄"的陪衬。这是处在盛唐那样一个升平时代,周围人世在人们心目中变得亲切美好的表现。

正是由于"故人庄"出现在这样的自然和社会环境中,所以宾主临窗举杯,才更显得畅快。"开轩面场圃,把酒话桑麻。""轩",指窗户。"场圃",指场地和菜园。打开窗户,面对着场地和菜圃摆开筵席;端起酒杯,一边喝酒,一边谈论着关于桑麻之类的农事。这里,"开轩"二字似乎是很不经意地写入诗,却很有作用,因为上面写的是村庄的外景,下面要叙述人在屋里的情况,轩窗一开,自然就把读者的视线由屋外引入了户内,让人立即想见主客饮酒交谈的情景,进一步感到亲切融洽的气氛。然而,尽管是在农家小屋之中,但由于"面场圃",面前有一片开阔的打谷场和菜园,因此不但不觉得局促,还给人以一种宽敞和舒展的感觉。"话桑麻"三个字,会令人想起陶渊明在《归园田居》中所写的"相见无杂言"的诗句,说明主客完全忘情在农事上了;而且更让你有一种置身田园之感,从而引起对农作的关怀,分享收获的愉快。于是,我们仿佛可以嗅到场圃上的泥土芳香和不远处传来的桑麻气味,看到庄稼的成长与收获,甚至孟浩然的家乡襄阳一带夏秋之交的种种物候和山乡风光。有这两句和前两句的结合,绿树、青山、村舍、场圃、桑麻和谐地打成一片,构成一幅优美宁静的田园风景画,而宾主的欢笑和关于桑麻的话语,都仿佛萦绕在我们耳边。它不同于幻想的桃花源,而是更富有盛唐社会的现实色彩。如果说陶渊明笔下的桃花源带有点传奇的性质，令人向往；那么，孟浩然所描绘的这种境界，所创造的这种艺术美，和生活距离就更近，联系就更紧，更能引起人们许多关于农村的回想，给人以似曾相识的亲切感。而一旦真的来到这样一个地方，亲临其境的时候，不用说是会有点"酒不醉而人自醉"的。孟浩然曾经叹息过"当路谁相假，知音世所稀"（《留别王维》），对在仕途上得不到执政大臣的引荐，深有感慨。但这回在故人庄里，却不仅把政治追求中所遇到的挫折、名利得失忘却了，就连隐居中孤独抑郁的情绪也丢开了。从他对绿树青山的顾盼，从他与朋友的对酒和关于桑麻的共话中，似乎不难想见，他的情绪开朗了，甚至连他的手足举措都灵活自在了。农庄的环境和气氛，在这里显示了它的征服力。"不才明主弃，多病故人疏。"（《岁暮归南山》）孟浩然是因为求仕失望才不得已归隐的，虽然栖身于山水之间，但仕和隐的矛盾一直在思想中纠缠着，未免有点落落寡合，有点孤独感。现在，"故人庄"这种农家生活，似乎使他暂时得到了解脱，并且有了几分皈依了。

"待到重阳日，还来就菊花。"等到重阳佳节那一天，我还要来观赏菊花。孟浩然皈依的表现，就是在临走时留下了这样的话。"就"，是接近的意思。"就菊花"，指赏菊，但又有不邀自来的意味。待到——还来——就，这一连串词语的运用，透露了诗人盼望着重来的心情。农历九月初九是赏菊的节日，古人在这一天有饮菊花酒的风俗。诗人那天再来饮酒赏菊，鸡黍宴的款待，自然又不在话下。孟浩然在故人庄愉快地度过了一天之后，临走时似乎根本没有想到要谢谢故人的盛情款待，也没有说一句对这个村庄赞美的话，但他直截了当、毫不掩饰地宣告还要再来，却远远地超过了一般的赞美和感谢。这种真率的表示，是从一个受到健康生活的洗礼、几乎恢复了儿童式的天真的灵魂中迸发出来的动人语言。诗人之来，是出于故人的邀请，去时却不顾虑主人将还要赔上鸡黍宴而主动预约重来，前后对照，这个天地对他的吸引，故人相待的热情，作客的愉快，主客之间的亲切融洽，都跃然纸上了。要说感谢和赞美，还有比这更真诚、更热烈的吗？但文字却仍然很淡，只有细细体会，才能让人感到它所包含的丰富情味。这又不禁使人联想起杜甫的《遭田父泥饮美严中丞》诗中的最后两句："月出遮我留，仍嗔问升斗。"说饮酒饮到月出，田父仍然拉着不让走，并且大声吆喝叫家人添酒。这两首诗的结尾，杜诗写田父留人，情切语急；孟诗与故人再约，意舒词缓，但都有着非常真挚和亲切的情味。

  一个普通的农庄，一回鸡黍饭的普通款待，被表现得这样富有诗意。描写的是眼前景，使用的是口头语。感情是安恬平淡的，没有什么极度的兴奋喜悦。描述的层次也是完全任其自然，笔笔都显得很轻松，连律诗的形式也似乎变得自由和灵便了。你只觉得这种淡淡的平易近人的风格，与他所描写的对象——朴实的农家田园生活和谐一致，表现了形式对内容的高度适应，恬淡亲切却又不是平浅枯燥。这是因为它是在平淡中蕴藏着深厚的情味。一方面，每个句子都几乎不见费力锤炼的痕迹，另一方面，每个句子又都并不显得薄弱。无论笔墨之内、笔墨之外，都值得深入体会。比如诗的头两句只写友人邀请，却能显出朴实的农家气氛；三、四句只写周围景物，却能展现出一片绿树环抱、青山横斜的童话式的天地；五、六句只写把酒闲话，却能表现心情与环境的惬意契合；七、八句只说重阳再来，却自然流露出对这个村庄和故人的依恋。这些句子平衡均匀，把恬静秀美的农村风光、单纯朴实的田家生活、真挚亲切的人情味融成一片，共同构成一个完整的意境，并且衬托出一个与诗歌情调完全一致的精神开朗而又不自检束的抒情主人公的形象。这种诗具有很高的美学价值，它的好处不在于给人什么强烈的刺激，使人兴奋、激动，而在于像素朴的农村风景和生活一样，给人精神上一种滋润。在写法上，他"不是将诗紧紧地筑在一联或一句里，而是将它冲淡了，平均分散在全篇中"（闻一多《唐诗杂论》）。也就是将艺术美深深地融入整个诗作的血肉之中，显得自然天成。确有所谓"篇法之妙，不见句法"，"不钩奇抉异"的长处。不炫奇猎异，不卖弄技巧，也不光靠一两个精心制作的句子去支撑门面，正是艺术水平高超的表现。清代的王士禛把这类诗说玄了，认为是"色相俱空，正如羚羊挂角，无迹可求"（《带经堂诗话》）。其实，即使是不在形式和字句上过分雕琢与刻意经营所取得的艺术效果，也还是有它的踪迹可求的。孟浩然的与此相类似的一些诗，能领着你进入一种诗的境界，让你看到形象，感受到韵味，但要把它的诗境、形象、韵味归结为某一两个句子写得好，或者说是由于某种技巧的表现，是远远不够的。譬如一位美人，她的美是通体上下、整个儿的，不是由于某一部位特别动人。她并不靠搔首弄姿，而是由于一种天然的气质和风韵使人惊叹。正是因为有真彩内映，所以出语洒落，浑然省净，使全诗从"淡抹"中显示出它的魅力，而不再需要"浓饰盛妆"了。

　　孟浩然的作品，说明唐诗经过初唐四杰、沈佺期、宋之问和陈子昂等人的努力，达到了成熟的境地，已经形成了盛唐诗歌浑融完整的艺术风格。再往前发展，就是王维、李白、杜甫那种在浑融完整的前提下，既有华彩，又有深刻的意境乃至宏伟气魄的诗篇了，李白、杜甫、王维无论是才气，还是艺术功力，都超过了孟浩然，但他们又都一致敬仰和推崇孟浩然。这除了出于他们对这位前辈人格的尊敬外，无疑还包含有对他诗歌的重视。这三位大师并不照搬孟浩然形式上的

"淡"，但孟诗在"淡"中所包含的深厚、隽永、朴实、自然等素质，却被他们合理地吸取和发展了。孟浩然在创造盛唐诗歌共同的时代艺术风格方面，是很有功绩的。

（原题作《语淡而味终不薄——读孟浩然〈过故人庄〉》，内容略有改动，原载《阅读和欣赏》，中国广播电视出版社1999年版）

宿桐庐江寄广陵旧游

山暝听猿愁，沧江急夜流。
风鸣两岸叶，月照一孤舟。
建德非吾土，维扬忆旧游。
还将两行泪，遥寄海西头。

这首诗在意境上显得清寂或清峭，情绪上则带着比较重的孤独感。

诗题点明是乘舟停宿桐庐江的时候，怀念扬州（即广陵）友人之作。桐庐江为钱塘江流经桐庐县一带的别称。"山暝听猿愁，沧江急夜流。"首句写日暮、山深、猿啼。诗人伫立而听，感觉猿啼似乎声声都带着愁情。环境的清寥，情绪的黯淡，于一开始就显露了出来。次句沧江夜流，本来已给舟宿之人一种不平静的感受，再加上一个"急"字，这种不平静的感情，便简直要激荡起来了，它似乎无法控制，而像水一样急于寻找它的归宿。接下去，"风鸣两岸叶，月照一孤舟"，语势趋向自然平缓了。但风不是徐吹轻拂，而是吹得木叶发出鸣声，其急也应该是如同江水的。有月，照说也还是一种慰藉，但月光所照，唯沧江中之一叶孤舟，诗人的孤寂感，就更加要被触动得厉害了。如果将后两句和前两句联系起来，则可以进一步想象风声伴着猿声是作用于听觉的，月涌江流不仅作用于视觉，同时还必然有置身于舟上的动荡不定之感。这就构成了一个深远清峭的意境，而一种孤独感和情绪的动荡不宁，都蕴含其中了。

诗人何以在宿桐庐江时有这样的感受呢？"建德非吾土，维扬忆旧游。"建德当时为桐庐邻县，这里即指桐庐江流境。维扬，扬州的古称。按照诗人的诉说，一方面是因为此地不是自己的故乡，"虽信美而非吾土"，有独客异乡的惆怅；另一方面，是怀念扬州的老朋友。这种思乡怀友的情绪，在眼前这特定的环境下，相当强烈，不由得潸然泪下。他幻想凭着沧江夜流，把自己的两行热泪带向大海，带给在大海西头的扬州旧友。

这种凄恻的感情，如果说只是为了思乡和怀友，恐怕是不够的。孟浩然出游吴越，是他四十岁去长安应试失败后，为了排遣苦闷而作的长途跋涉。"山水寻吴越，风尘厌洛京"（《自洛之越》），这种漫游，就不免被罩上一种悒悒不欢的情绪。然而在诗中，诗人只淡淡地把"愁"说成是怀友之愁，而没有往更深处去揭示。这可以看作孟浩然写诗"淡"的地方。孟浩然作诗，原是"遇思入咏"，不习惯于攻苦着力的。然而，这样淡一点着笔，对于这首诗却是有好处的。一方面，对于他的老朋友，只要点到这个地步，朋友自会了解。另一方面，如果真把那种求仕失败的心情，说得过于刻露，反而会带来尘俗乃至寒碜的气息，破坏诗所给人的清远的印象。

除了感情的表达值得我们注意以外，诗人在用笔上也有轻而淡的一面。全诗读起来只有开头两句"山暝听猿愁，沧江急夜流"中的"愁""急"二字给人以经营锤炼的感觉，其余即不见有这样的痕迹。特别是后半抒情，更像是脱口而出，跟朋友谈心。但即使是开头的经营，看来也不是追求强刺激，而是为了让后面发展得更自然一些，减少文字上的用力。因为这首诗，根据诗题"宿桐庐江寄广陵旧游"，写不好可能使上下分离，前面是"宿"，下面是"寄"，前后容易失去自然的过渡和联系。而如果在开头不顾及后面，单靠后面来弥补这种联系，肯定会显得分外吃力。现在头一句着一个"愁"字，便为下面作了张本。第二句写沧江夜流，着一"急"字，就暗含"客心悲未央"的感情，并给传泪到扬州的想法提供了根据。同时，从环境写起，写到第四句，出现了"月照一孤舟"，舟上作客的诗人所面临的环境既然是那样孤寂和清峭，从而生出"建德非吾土，维扬忆旧游"的想法便非常自然了。因此，可以说这首诗后面用笔的轻和淡，跟开头稍稍用了一点力气，是有关系的。没有开头这点代价，后面说不定就要失去浑成和自然。

孟浩然写诗，"遇思入咏"（皮日休语），是在真正有所感时才下笔的。诗兴到时，他也不屑于去深深挖掘，只是用淡淡的笔调把它表现出来。那种不过分冲动的感情，和浑然而就的淡淡诗笔，正好吻合，韵味弥长。这首诗也表现了这一特色。

（原载《唐诗鉴赏辞典》，上海辞书出版社1983年版）

王 维

春园即事

宿雨乘轻屐,春寒着弊袍。
开畦分白水,间柳发红桃。
草际成棋局,林端举桔槔。
还持鹿皮几,日暮隐蓬蒿。

  春园,据诗中的描写看,不是一般的花园、园林,而是指春天的田园。诗写春天田园景色和诗人闲适生活。宿雨,说明昨夜下了雨。夜雨初晴,不仅交代了"乘轻屐"的原因,而且下面整个描写,都与这"宿雨"有关。可能因为春雨不误路,再加上所乘之屐不笨重,所以称"轻屐",但着一"轻"字,同时透露了一种从户内到户外,在田野间边走边看的轻快感。"春寒着弊袍",下面既然点出桃花已开,应该是农历二三月之交了,即使雨后春寒,也只能是略带寒意。而此时弊袍犹着,在春寒中既有一种温暖裕如之感,又见出诗人生活上是很随便、很萧散、唯求其适意的。"开畦"二句,写春天雨后景物,极富特征。但理解上却有值得斟酌之处。由于对仗关系,如果把"开"理解得过死,指当下在田间开畦,让顺溪流而下的雨水分灌到畦沟中,那么本着词性对等原则,对句"间"字即应理解为砍去某些柳枝或柳树,让桃花显露出来。这样泥解,虽然可通,但缺少诗意。

且一般田庄亦不致为观赏桃花而砍伐柳树。看来，"开畦分白水"，大约就是指原来分开的一畦畦园地，晓来灌满雨水，与溪沟相连，给人以"分白水"的感觉。"间柳发红桃"则指桃柳相间，桃花从柳枝的间隙中露出笑脸。这样浑然天成，无须人工，白水与桃柳相映衬，构成一幅极美的春日田园图。"草际成棋局，林端举桔槔。"草际的棋局，固然有可能是事先携带的，但也兴许是用野地草木竹石之类充当。桔槔举于林端，大约也不是较常见的用木架支撑的那种样式，而是用长杆吊在粗树枝上做成。这样的桔槔，一端翘起时才可能高举于林端，而且也更得村野之趣。以上颔腹二联所写，是诗人在田园中的观赏活动，同时在这种赏玩中时间也在不知不觉地推移。"还持鹿皮几，日暮隐蓬蒿。"直至日暮，诗人兴犹未尽，又携上鹿皮小几于草木僻隐处静坐。如果说，诗的前六句所写跟普通人的生活和感受可以相合，那么"日暮隐蓬蒿"只能是王维等人所特有的雅趣，鲜明地体现了这位山水田园诗人的思想性格与生活情调。

王维的诗，昔人有"丰缛而不华靡"（《麓堂诗话》）之评，丰润是他区别于孟浩然等山水诗人的一个重要特点，他的不少诗都是内容丰富，而在遣词造句和音韵上又显得很美。但本篇在他的诗集中却属于"格老而味长"的一类。它的美并不是一眼就能看得到的，需要细心体会。比如"开畦分白水"，我们要结合对于春天夜雨的体验，想象春季宿雨之后，田野间沟渠纵横，流水潺潺的情景。"间柳发红桃"亦需结合王维自己的诗句——"桃红复含宿雨，柳绿更带春烟"去联想。同样，"草际"句，应结合特定的节令，设想春回大地，一夜春雨之后，原野新绿萋萋，才引得诗人席地而坐，欣然地摆开棋局。"林端"句，须是在二三月之交，树木枝叶扶疏，尚未形成密荫，因而林边桔槔才易为人所见。只有这样透过平淡的语言进行发掘，我们才能较充分地领略这首诗丰富的内涵和特有的意境。它的好处是在毫不着力、浑然天成的描写中，表现了诗人的萧散之趣，以及宿雨之后春日田园的景色。可以"令人坐想辋川春日之胜，此老傲睨闲适于其间也"（《诗人玉屑》）。

（原载《王维孟浩然诗歌名篇欣赏》，巴蜀书社1999年版）

鸟　鸣　涧

人闲桂花落，夜静春山空。
月出惊山鸟，时鸣春涧中。

读王维的山水诗需得有一股静气。这首诗开头就是"人闲"二字，为了把这两个字化成形象的感受，或许要稍微静一下心让脑海中闪过某些关于"闲"的体验。不过，这里的"人闲"，跟一般人所谓"空闲""闲逸"又有很大差别。诗人王维的"闲"，是与禅相结合的，它摆脱了尘世的种种干扰、牵挂，达到了"心与境寂"的程度。心灵处在这种状态，对周围环境某些动静的感受特别敏锐。桂花细小，春桂又开得稀少，居然能在夜间感觉到花落，正缘心闲。只是这层因果关系，诗人未必去考虑。在他的感觉中，大约是桂花落与心神悠然相会，双方有一种带禅意的对应和融合。正像他在溪水前曾有的感觉一样："我心素已闲，清川澹如此。"似乎平静的水流和他的心一样悠闲。这里，桂花自在地、无心地下落，不就几乎是他内心的外化吗？闲静的心与落花，在一片禅意中融合了。

"夜静春山空"，一般读者会把它理解为写实，人迹罕至的春涧，到夜里自然是静而空的。但笃信佛教的王维，未必是这样想的。他一开头突出"人闲"，这里紧接着写出"静"和"空"，似乎有意作了安排。按照佛教的认识路线，"静"和"空"的境界，都是"人闲"生出来的，因心闲而有静，因闲静方能识得空。一方面，外观世界消融在自己的主观意识中；另一方面，闲——静——空，又构成了由内心到外在世界的一片"无差别境界"。读者至此想到的是春山的静谧，而作者领会到的却是进入禅境的静与空。

"月出惊山鸟，时鸣春涧中。"由静穆生出变化。看，幽暗的春山，豁然亮起来了。原来是月亮升起，把光华照进了山谷。随着亮度的改变，山鸟为月出所惊，于是寂静的山谷，又时而传出一两声清脆的鸟鸣。诗写到这里停止了，但它给人留下的想象，却可以往不同的层次和方面延伸。一般读者会想到月华照耀幽谷，谷中回响着鸟鸣的情景，从中获得一种宁静和谐而又富有生机的美感。但禅学修养很深的王维，大概不会把注意力停留在鸟鸣声打破寂静之时，他更欣赏的应该是继鸟鸣之后恢复过来的静与空。正像一粒石子丢入平湖，等到涟漪消失后，湖水显得格外平静和深沉。那春山幽谷之夜，在一声鸟鸣之后，它的寂静无疑显得更加无边无际。诗人从那种刹那的生灭现象中，可以得到更深一层的禅悟。

王维的山水诗所包含的诗人的体验及意念活动，与一般读者从诗中所获得的直接感受，二者之间的相互关系无疑是非常复杂的。王维所描写的环境多半偏于寂静，静中往往出现一些轻微而又迅速消失的声音、光线、动作等等，它从呈现在"色空有无之际"的景象中，体现出一种禅意。而一般读者则很少能够从这方面去体会。禅学是一种很精致、深邃的宗教哲学，读者自管自地读，不懂得或不愿意从禅学方面去领会是很自然的。问题倒是即便读者没有多少禅悟，但历来人皆爱重王维的山水诗，却又是事实。这是不是可以看作一种欣赏中的误区呢？恐也未必然。上面说王维是禅宗信徒，诗中具有禅意，也只说了一面。王维的生活与思想，本身就有其复杂性。他尽管半官半隐，但毕竟是唐朝的官员，不能说已完全割断了尘缘。他所仰慕的维摩诘居士，据佛教经籍记载，也是过着世俗生活，极尽享乐的人物。作为生活在俗世的王维，他不可能把客观世界一律视为虚无，他的感受在某些方面不免要与我们凡夫俗子相沟通。另外，佛学所谓有禅意的某种宁静、和谐而又能发人灵性的境地或刹那，在大自然和日常生活中本来也是有的。作为禅宗信徒的王维，有可能把它往唯心论方面引，是他自个儿的事，而作为艺术家的王维，捕捉到了这种境界，并以天才的艺术手段将它作了表现，让读者从中得到一份精神享受，则又是另外一回事。艺术家和艺术本身的复杂性，导致在接受过程中出现复杂现象，这也并非不可思议。

　　作者虽然，读者何必亦然！比如大自然生出山林丘壑，对于佛教徒来说，它可供参禅；对于世俗的人，则可供悦目赏心、调节精神。王维的《鸟鸣涧》《辛夷坞》等诗，明代的胡应麟等人读之"身世两忘"（《诗薮》）。我们读来，则未必有这种感受，一般地只是神往于那种境界的宁静与优美而已。可以说是各赏其所赏，各得其所得。正像鲁迅指出的，一部《红楼梦》，"经学家看见《易》，道学家看见淫，才子看见缠绵，革命家看见排满，流言家看见宫闱秘事"，这实在不是什么值得奇怪的事。

（原载《王维孟浩然诗歌名篇欣赏》，巴蜀书社1999年版）

送　别

山中相送罢，日暮掩柴扉。
春草明年绿，王孙归不归？

　　送别诗所写的内容，一般多侧重于送别过程，如送别时的饮宴、折柳一类活动，以及依依不舍的情态，相互叮嘱的话语，惨然分袂的怅惘，等等。而这首诗，撇开这些，侧重写送别以后。开头"山中相送罢"，点出送别结束，同时以之为诗的起点。从"罢"字看，几乎可以认为诗人对这场送别，反映很平淡，终于"罢"了，好像是完成一桩例行公事似的。"日暮掩柴扉"，是不是又可以设想人带着倦意，在日暮时掩上柴门，准备排遣那份倦意呢？如果仅仅是这两句，作以上理解，恐怕也没有理由谓其不可。问题是随之而来的后面两句，让诗意从沉寂的气氛中升华了起来，使我们感到对前两句表现的心理状态，在把握上需要做出调整。"春草明年绿，王孙归不归？"原来日暮掩门之后，思想并不是倦怠地滞然不动，而是从孤独寂寞中生出急切热烈的想象：时光运转，别情随着时光推向来年。彼时春草绿遍大地，绿遍天涯海角，那绿带着一股热力，一股拥抱人间的气势，回归原野，回归山中，可是远去的友人啊，能否随着春草，随着绿色，来归山中呢？诗人默默地自问，问而无法自答。"明年绿"，有其必然；"归不归"，则无定准。以有一定规律之自然，推求不定之人事，怅触之情自在言外。体会到这一层之后，我们可以想象诗人刚与友人分手即被思念缠绞的那种精神状态。由此，再回过头去揣摩首句，则会觉得"相送罢"在语气上不是反映对于送别的平淡或冷淡，而是出于送别之后情绪的黯淡。送别虽"罢"，离情绝没有因之而"罢"，相反地，发展得愈加沉重、绵长，难以排遣。"日暮掩柴扉",也是因为友人离去,孤寂无绪,没有兴趣像平日那样,再去欣赏那"渡头余落日"或"明月松间照"的景色了。独自掩门,无非是想让精神来一番自我调节,恢复平衡。"归不归"的问话,也似乎是在感情的天平上,让失去友人的一端,增加一块新的精神砝码。诗通过引导读者反复咀嚼、寻味,显得委婉曲折、含蕴深厚。

五绝是一种需要写得朴实自然的诗体。王维的五绝即具有这种特征。但朴实自然绝不是率意而为。这首诗是在让人浑然不觉中,作了精心的锤炼。首先是材料和情思的提炼。送别之事和离别之思无疑是多方面的,但就事而言,诗人仅提送罢之后,就思而言,诗人仅写明年"归不归"的悬念,种种思想活动,集中到盼归上,把盼归的情绪与年年绿的芳草融合,给人以美好而又不断生发的印象。写法上很有点像他的《杂诗》,把怀念故乡的万千思绪,化为对窗前寒梅是否着花的悬念。这种情思的净化与提纯,在盛唐诗歌中表现得相当普遍,而王维的五绝,似乎尤其突出。其次,以极平常的语言,传达丰富的内容,首二句的"罢"和"掩"看似随口说出,但由于惜别之情"罢"不去而"掩"不住,这两个字在诗中就反倒产生了先抑后扬的效果。末句"归不归",语气回环荡漾,很能表现缠绵悠长的离情。全诗二十个字,除抒发思念之情外,还能体现诗人自身的精神面貌,让人看到这种思友之情,乃是诗人王维的忆念,而非出自别人。"山中相送""日暮掩扉",抒情主人公自然是像王维那样居住山林而且"好静"的人。"春草"二句,从《楚辞·招隐士》"王孙游兮不归,春草生兮萋萋"句化出,更带来一种很浓的隐逸色彩。因此,虽是一首小诗,却深深地打着王维的印记。

(原载《王维孟浩然诗歌名篇欣赏》,巴蜀书社1999年版)

奉和圣制从蓬莱向兴庆阁道中
留春雨中春望之作应制

渭水自萦秦塞曲,黄山旧绕汉宫斜。
銮舆迥出千门柳,阁道回看上苑花。
云里帝城双凤阙,雨中春树万人家。
为乘阳气行时令,不是宸游重物华。

  这首诗题中的蓬莱宫,即唐大明宫。唐代宫城在长安东北,而大明宫又在宫城东北。兴庆宫在宫城东南角。开元二十三年,从大明宫经兴庆宫,一直到城东南的风景区曲江,筑阁道相通。帝王后妃,可由阁道直达曲江。王维的这首七律,就是唐玄宗由阁道出游时在雨中春望赋诗的一首和作。所谓"应制",指应皇帝之命而作。当时以同样题目写诗的,还有李憕等人。可以说是由唐玄宗发起的一次比较热闹的赛诗活动。王维的诗,高出众人一筹,发挥了他作为一个画家善于取景布局的特长,紧紧扣住题目中的"望"字去写,写得集中,勾勒出了一个完整的画面。
  "渭水自萦秦塞曲,黄山旧绕汉宫斜。"诗一开头就写出由阁道中向西北眺望所见的景象。视线越过长安城,将城北地区的形胜尽收眼底。首句写渭水曲折地流过秦地,次句指渭水边的黄山,盘绕在汉代黄山宫脚下。渭水、黄山和秦塞、汉宫,作为长安的陪衬和背景出现,不仅显得开阔,而且因为有"秦""汉"这样的词语,还带上了一层浓厚的历史色彩。诗人驰骋笔力,写出这样广阔的大背景之后,才回笔写春望中的人:"銮舆迥出千门柳,阁道回看上苑花。"因为阁道架设在空中,等于现在所说的天桥,所以阁道上的皇帝车驾,也就高出了宫门柳树之上。在这样高的立足点上回看宫苑和长安更是一番景象。这里用一个"花"字透露了繁盛气氛,"花"和"柳"又点出了春天。"云里帝城双凤阙,雨中春树万人家。"这两句仍然是回看中的景象,而且是最精彩的镜头。它要是紧接在一、二句所勾勒的大背景后出现,本来也是可以的。但经过三、四两句回旋,到这里再出现,就更给人一种高峰突起、耳目为之耸动的感觉。看,云雾低回缭绕,盘旋在广阔的长安城上,云雾中托出一对高耸的凤阙,像要凌空飞起;在茫茫的春雨中,万家攒聚,无数株春树,受着雨水滋润,更加显得生机勃发。这是一幅带着立体感的春雨长安图。由于云遮雾绕,一般的建筑,在视野内变得模糊了,只有凤阙更显得突出,更具有飞动感;由于春雨,满城在由雨帘构成的背景下,春树、人家和宫阙,互相映衬,更显出帝城的阔大、壮观和昌盛。这两句不仅把诗题的"雨中春望"写足了,也透露了这个春天风调雨顺,为过渡到下文作了准备。"为乘阳气行时令,不是宸游重物华。"古代按季节规定关于农事的政令叫时令。这里的意思是说,这次天子出游,本是因为阳气畅达,顺天道而行时令,并非为了赏玩景物。这是一种所谓寓规于颂,把皇帝的春游,说成是有政治意义的活动。

  古代应制诗,几乎全部是歌功颂德之词。王维这首诗也不例外。诗的结尾两句明显地表现了这种局限。不过这首诗似乎并不因此就成为应该完全否定的虚伪的颂歌。我们今天读起来,对诗中描写的景象仍然感到神往,甚至如果在春雨中登上北京景山俯瞰故宫及其周围的时候,还能够联想到"云里帝城双凤阙,雨中春树万人家"这样的诗句。王维的这种诗,不使人感到是可厌的颂词,依旧具有艺术生命力。王维善于抓住眼前的实际景物进行渲染。比如用春天作为背景,让帝城自然地染上一层春色;用雨中云雾缭绕的实际景象,来表现氤氤祥瑞的气氛，这些都显得真切而非虚饰。这是因为王维兼有诗人和画家之长，在选取、再现帝城长安景物的时候，构图上既显得阔大美好，又足以传达处于兴盛时期帝都长安的神采。透过诗的饱满而又飞动的艺术形象，似乎可以窥见八世纪中期唐帝国的面影，它在有意无意中对于祖国、对于那个比较兴盛的时代写下了一曲颂歌。

（原载《唐诗鉴赏辞典》，上海辞书出版社1983年版）

春中田园作

屋上春鸠鸣，村边杏花白。
持斧伐远扬，荷锄觇泉脉。
归燕识故巢，旧人看新历。
临觞忽不御，惆怅思远客。

这是一首春天的颂歌。从诗所展现的环境和情调看，似较《辋川集》的写作时间要早些。在这首诗中，诗人只是平平地叙述，心情平静地感受着、品味着生活的滋味。

冬天很难见到的斑鸠，随着春的来临，很早就飞到村庄来了，在屋上不时鸣叫着，村中的杏花也赶在桃花之前争先开放，开得雪白一片，整个村子掩映在一片白色杏花之中。开头两句十个字，通过鸟鸣、花开，就把春意写得很浓了。接着，诗人由春天的景物写到农事，好像是春鸠的鸣声和耀眼的杏花，使得农民在家里待不住了，他们有的拿着斧子去修整桑枝，有的扛着锄头去察看泉水的通路。整桑、理水是经冬以后最早的一种劳动，可说是农事的序幕。

归燕、新历更是春天开始的标志。燕子回来了，飞上屋梁，在巢边呢喃地叫着，似乎还能认识它的故巢，而屋中的旧主人却在翻看新一年的日历。旧人、归燕，和平安定，故居依然，但"东风暗换年华"，生活在自然地和平地更替与前进。对着故巢、新历，燕子和人将怎样规划和建设新的生活呢？这是用极富诗意的笔调，写出春天的序幕。不是吗？新历出现在人们面前的时候，不就像春天的布幕在眼前拉开了一样吗？

诗的前六句，都是写诗人所看到的春天的景象。结尾两句，写自己的感情活动。诗人觉得这春天田园的景象太美好了，"物欣欣而向荣，泉涓涓而始流"，一切是那样富有生气，充满着生活之美。他很想开怀畅饮，可是，对着酒又停住了，想到那离开家园做客在外的人，无缘享受与领略这种生活，不由得为之惋惜、惆怅。

这首诗春天的气息很浓，而诗人只是平静地淡淡地描述，始终没有渲染春天的万紫千红。但从淡淡的色调和平静的活动中却成功地表现了春天的到来。诗人凭着他敏锐的感受，捕捉的都是春天较早发生的景象，仿佛不是在欣赏春天的外貌，而是在倾听春天的脉搏，追踪春天的脚步。诗中无论是人是物，似乎都在春天的启动下，满怀憧憬，展望和追求美好的明天，透露出唐代前期的社会生活和人的精神面貌的某些特征。人们的精神状态也有点像万物欣欣然地适应着春天，显得健康、饱满和开展。

（原载《中国古代田园山水边塞诗赏析集成》，光明日报出版社1991年版）

息　夫　人

莫以今时宠，能忘旧日恩。
看花满眼泪，不共楚王言。

　　中国古典诗歌，包括唐诗在内，叙事诗很不发达。特别是近体诗，由于篇幅和格律的艰制，更难于叙事。但在唐诗发展过程中，有一个现象值得注意，即其中某些小诗，虽然篇幅极为有限，却仍企图反映一些曲折、复杂的事件；如果对这些事件推根求源，展开联想，则似乎要有相当篇幅的叙事诗才能叙述得了。王维这首五绝就是这样。

　　息夫人本是春秋时息国君主的妻子。公元前680年，楚王灭了息国，将她据为己有。她在楚宫里虽生了两个孩子，但默默无言，始终不和楚王说一句话。"莫以今时宠，能忘旧日恩"，说不要以为你今天的宠爱，就能使我忘掉旧日的恩情。这像是息夫人内心的独白，又像是诗人有意要以这种弱小者的心声，去让那些强暴贪婪的统治者丧气。"莫以""能忘"，构成一个否定的条件句，以新宠并不足以收买息夫人的心，反衬了旧恩的珍贵难忘，显示了淫威和富贵并不能彻底征服弱小者的灵魂。"看花满眼泪，不共楚王言。"旧恩难忘，而新宠实际上是一种侮辱。息夫人在富丽华美的楚宫里，看着本来使人愉悦的花朵，却是满眼泪水，对追随在她身边的楚王始终不共一言。"看花满眼泪"，跟后来杜甫"感时花溅泪"的写法差不多。由于这一句只点出精神的极度痛苦，并且在沉默中极力地自我克制着，却没有交代流泪的原因，就为后一句蓄了势。"不共楚王言"，是在写她"满眼泪"之后，这个"无言"的形象，就显得格外深沉。这沉默中包含着人格的污损、精神的创痛，也许是由此而蓄积在心底的怨愤和仇恨。诗人塑造了一个受着屈辱，但在沉默中反抗的妇女形象。在艺术上别有其深沉动人之处。

　　王维写这首诗，并不单纯是歌咏历史。唐孟棨《本事诗》记载："宁王宪（玄宗兄）贵盛，宠妓数十人，皆绝艺上色。宅左有卖饼者妻，纤白明媚，王一见属目，厚遗其夫取之，宠惜逾等。环岁，因问之：'汝复忆饼师否？'默然不对。王召饼师使见之。其妻注视，双泪垂颊，若不胜情。时王座客十余人，皆当时文士，无不凄异。王命赋诗，王右丞维诗先成云云（按即《息夫人》）。……王乃归饼师，使终其志。"对照之下，可以看出，王维在短短的四句诗里，实际上概括了类似这样一些社会悲剧。它不是叙事诗，但却有很不平常的故事，甚至比一些平淡的叙事诗还要曲折和扣人心弦一些。这种带"小说气"的诗，有些类似折子戏，可以看作近体诗叙述故事的一种努力。限于篇幅，它不能有头有尾地叙述故事，但却抓住或虚构出人物和故事中最富有冲突性、最富有包蕴的一刹那，启发读者从一鳞半爪去想象全龙。这种在抒情诗中包含着故事，带着"小说气"的现象，清人纪昀在评李商隐的诗时曾予以指出，但它的滥觞却可能很早了，王维这首诗就领先了一百多年。只不过王维这类诗数量不能和李商隐相比，又写得比较浑成，浓厚的抒情气氛掩盖了"小说气"，因而前人较少从这方面加以注意。

　　　　　　　　（原载《唐诗鉴赏辞典》，上海辞书出版社1983年版）

辛 夷 坞

木末芙蓉花，山中发红萼。
涧户寂无人，纷纷开且落。

这是王维田园组诗《辋川集》二十首中的第十八首。这组诗全是五绝，犹如一幅幅精美的绘画小品，从多方面描绘了辋川一带的风物。作者非常善于从平凡的事物中发现美，不仅以细致的笔墨写出景物的鲜明形象，而且往往从景物中写出一种环境气氛和精神气质。

"木末芙蓉花，山中发红萼。""木末"，指树杪。辛夷花不同于梅花、桃花之类，它的花苞打在每一根枝条的最末端上，形如毛笔，所以用"木末"二字是很准确的。"芙蓉花"，即指辛夷，辛夷含苞待放时，很像荷花箭，花瓣和颜色也近似荷花。裴迪《辋川集》和诗有"况有辛夷花，色与芙蓉乱"的句子，可用来作为注脚。诗的前两句着重写花的"发"。当春天来到人间，辛夷在生命力的催动下，欣欣然地绽开神秘的蓓蕾，是那样灿烂，好似云蒸霞蔚，显示着一派春光。诗的后两句写花的"落"。这山中的红萼，点缀着寂寞的涧户，随着时间的推移，最后纷纷扬扬地向人间洒下片片落英，了结了它一年的花期。短短四句诗，在描绘了辛夷花的美好形象的同时，又写出了一种落寞的景况和环境。

王维的《辋川集》给人的印象是对山川景物的流连，但其中也有一部分篇章表现诗人的心情并非那么宁静淡泊。这些诗集中在组诗的末尾，像《辛夷坞》下面一首《漆园》："古人非傲吏，自阙经世务。偶寄一微官，婆娑数株树。"就颇有些傲世。再下一首，也是组诗的末章《椒园》："桂尊迎帝子，杜若赠佳人。椒浆奠瑶席，欲下云中君。"就更含有《楚辞》香草美人的情味。裴迪在和诗中干脆用"幸堪调鼎用，愿君垂采摘"把它的意旨点破。因此，若将这些诗合看，《辛夷坞》在写景的同时也就不免带有寄托。屈原把辛夷作为香木，多次写进自己的诗篇，人们对它是并不陌生的。它每年迎着料峭的春寒，在那高高的枝条上绽葩吐芬。"木末芙蓉花，山中发红萼"，这个形象给人带来的正是迎春而发的一派生机和展望。但这一树芳华所面对的却是"涧户寂无人"的环境。全诗由花开写到花落，而以一句环境描写插入其中，前后境况迥异，由秀发转为零落。尽管画面上似乎不着痕迹，却能让人体会到一种对时代环境的寂寞感。所谓"岁华尽摇落，芳意竟何成"（陈子昂《感遇》）的感慨，虽没有直接说出来，但仍能于形象中得到暗示。

（原载《唐诗鉴赏辞典》，上海辞书出版社1983年版）

王之涣

凉州词二首（其一）

黄河远上白云间，一片孤城万仞山。
羌笛何须怨杨柳，春风不度玉门关。

"黄河远上白云间，一片孤城万仞山。""一片"应是何种景象？陇右一带，沿河城市，多在两山夹水的河谷，四周地势较市区为高，下望城市，建筑群鳞次栉比，展开在四山环抱的一块川谷上，故有"一片"之感。如今日西北重镇兰州市人口已发展至百万以上，然乍登附近之白塔山或五泉山俯瞰市区，仍有"一片孤城"之感。而所谓"远上白云间"，则是循河遥望上游的印象。

（原载《百家唐宋诗新话》，四川文艺出版社1989年版）

崔　颢

黄　鹤　楼

昔人已乘黄鹤去，此地空余黄鹤楼。
黄鹤一去不复返，白云千载空悠悠。
晴川历历汉阳树，芳草萋萋鹦鹉洲。
日暮乡关何处是？烟波江上使人愁。

　　崔颢的《黄鹤楼》诗，据说曾使大诗人李白赞叹不已，搁下笔来，不敢用同一题目写诗，说是："眼前有景道不得，崔颢题诗在上头。"崔颢的诗，为什么使李白都感到难以企及？下面，我们就来分析这首诗。

　　关于黄鹤楼，有过种种传说。《齐谐记》一书说黄鹤楼建筑在黄鹤山上，仙人子安乘黄鹤经过这里，因此山名黄鹤。后人在山上建一座楼，便名为黄鹤楼。《述异记》一书说荀瑰（瓌）曾在黄鹤楼上望见空中有仙人乘鹤而下，仙人和他一同饮酒，饮毕就骑鹤腾空而去。唐代的《鄂州图经》一书说：费祎登仙之后，曾驾黄鹤回来，在此山休息。总之都是充满幻想的道家仙话。我们还可以想象，当时黄鹤楼上一定还画有许多关于黄鹤和仙人的壁画，配上黄鹤楼峭立于黄鹄矶上，面向大江凌空欲飞的姿态，使人登上此楼，就免不了要产生飘飘然的感觉。崔颢当年大约正是在那种感受中，脱口就吟唱出了"昔人已乘黄鹤去，此地空余黄鹤楼"的诗句。按照《齐谐记》的记载，是先有仙人乘鹤升空而去的传说，然后才在其地建楼。但崔诗上句"已乘黄鹤去"，下句"空余黄鹤楼"，读起来好像那黄鹤楼是仙人飞去时把它丢在江边的。打个不恰当的比喻，似乎有点像我们进入飞机场看到飞机起飞后留在地面上的舷梯，或目睹载人火箭发射场中火箭升空后留下的支架。一种好像自己未能获得升空机会的怅惘情绪，在崔诗中通过"已乘""空余"的对照，隐隐地流露出来。诗人当然希望那飞走的黄鹤能够再来，然而"黄鹤一去不复返，白云千载空悠悠"。黄鹤再也未见飞回，千年以来，楼上只有悠悠的白云在浮动。这两句不仅是诗人发自内心的感慨，而且可以让人想象到诗人仰视天空，对着白云目注神驰，而终未能见到黄鹤的那种寻觅的目光。

　　幻想黄鹤而不可得，一种追求的、希望有所发现的情思，由空中的失落转向大地。"晴川历历汉阳树，芳草萋萋鹦鹉洲。"诗人远眺晴空下的大江对岸，汉阳川上的树木历历可见，而江中鹦鹉洲上长满了茂密的春草，呈现一派芳草萋萋的景象。这种清晰明丽、富有生机的景色收于眼底，诗人的心情是愉快的，由此进一步引发出"欲穷千里目"，乃至远眺故乡的愿望，是非常自然的。可是，黄鹤楼的高度和人的目力毕竟有限，而且登临观赏，时间流逝，渐渐地天色已晚，更远眺望已不可能了。"日暮乡关何处是？烟波江上使人愁。"日暮是万物寻找归宿的时候，诗人的故乡在汴州，置身日色将晚的黄鹤楼上，又岂能辨认出它在何处？但见江上一片烟波，浩茫无际。时间既是在继续随着江水流逝，故乡也被雾霭隐没到了更深远的所在，因而诗人不由得触景生愁。

　　关于崔颢《黄鹤楼》诗表达的思想内容，有人认为是"怀古思乡"。我们阅读原诗，感到诗中确实具有这种情绪。但怀古思乡在中国旧诗中是一个传统主题。单说它怀古思乡，在理解上未免空泛。又有人说崔颢仕途失意，漂泊无依，诗在写景中抒发古人不可见，世事茫茫难以预料的情思，有些颓丧、伤感和惆怅。这种说法可能是套用了封建文人怀才不遇、吊古伤今的老模式，与崔颢这篇具体作品，未必切合。崔颢主要生活在唐玄宗统治的开元、天宝时期，从时代看，正是唐朝盛世。崔颢于开元十一年（723）考中进士，当时可能还很年轻。至天宝三年（744）前，官位已是六品的太仆寺丞，而且诗名很高，被人与王维并提。根据李白因见崔诗而搁笔的传说，崔颢漫游长江中下游，题诗黄鹤楼，可能在开元十三年李白走出四川之前。当时由于升平繁荣，文人们漫游成风。我们没有根据把崔颢的漫游猜测成仕途失意，漂泊流浪。至于说他颓丧、伤感，与诗的情调更是难以吻合。诗的前四句借白云悠悠，黄鹤飞去，把黄鹤楼写得好像真有那种神仙气氛。虽然黄鹤去而未来，诗人不免惆怅，但这种惆怅并非仕途失意，而是由于乘鹤的幻想不能成为现实。至于诗的后半，"晴川历历汉阳树，芳草萋萋鹦鹉洲"，色彩明朗，语言鲜丽，境界开阔，由近及远，由此及彼，想到美好的故乡，面对江上烟波，产生一种乡愁，本是情感合乎逻辑的发展，说成颓丧伤感，与诗人的"愁"，在实质上是不大相符的。

那么对崔颢诗中抒发的情感，究竟应该怎样去认识呢？应该说它一方面是我国文学中伤高怀远传统主题的体现；另一方面，又有盛唐时代文人们的精神和情绪渗透在其中。伤高怀远，是人类在生活中，尤其是在中古社会比较容易出现的一种现象。从宏观角度看，一定社会中的人，一生中供其活动的天地，或者说可能享有的空间和时间，总是大体被限制在一定的范围之内。但人类又从来不满足于仅有的空间和时间，总是通过生产实践和科学研究来加强对空间和时间的占有；并且在实践的同时，借助于幻想，更进一步满足对扩大时空范围的心理需求。人类与时空范围的这种矛盾关系，在登高怀远时，往往被诱发得特别明显而强烈。一般说来，山水名胜总是自然力量和自然美发挥得很充分的地方。在平地上和人群中活动惯了的人们，对于宇宙和人个体之间的对比，并不敏感。而到了山高水长的风景会聚处，自然的启示就会像电光石火一样，闪耀到人的心灵上来。登高望远，面对名山大川，感到宇宙是那样寥廓，空间无穷，时间无尽，而个人相对地是那样渺小、短促，一种难以名状的悲感，很容易涌上心头，出现有愁者增愁、无愁者生愁的现象。中国从宋玉的《招魂》"目极千里兮伤春心"和《高唐赋》"登高望远，使人心悴"，就开始了伤高怀远的吟唱。经过汉魏六朝诗赋，再到唐诗宋词，登高怀远，忧从中来，几乎成为窠臼。但除了那些价值不大的套话之外，好的伤高怀远之作，又总是有它个人的、时代的特有感受投射在其中。比崔颢稍早一点的诗人李峤，曾经在《楚望赋》里说："故夫望之为体也……兴发思虑，震荡心灵。其始也，罔兮若有求而不致也，怅乎若有待而不至也。"登高望远，能够感发人的思虑，震荡人的心灵，使人迷惘地好像有所求而得不到，惆怅地好像有所等待而又等不来。这种感受，具体到《黄鹤楼》诗中是些什么呢？我们从崔颢现存的作品看，他无疑具有盛唐诗人共有的浪漫气质。当他攀上临江耸峙的黄鹄矶，再沿着楼梯一步步升上楼顶的时候，一种突破自身平时所处的空间，悠悠而上的感觉，从身心各个部位都会反映出来。这种环境、感受，再加上神话传说影响，对于崔颢那样的诗人，自然会诱发跨鹤升天一类美妙的畅想。他那飞扬的情绪，不仅从诗歌的语意上反映出来，而且也从黄鹤、白云等飞动的意象多次出现，得到了加强。诗的前半，"昔人已乘黄鹤去，此地空余黄鹤楼"与"黄鹤一去不复返，白云千载空悠悠",看上去好像接近重复,而实际上是通过一再向往黄鹤,又一再落空,这种回环唱叹的方式,尽情地表达李峤所说的那种迷惘得好像有所求而不得,惆怅得好像有所待而不来的体验。不过,虽然迷惘、惆怅,但他所做的追求,毕竟是一种快乐的追求,与一些处在放逐流浪中的文人,登高之后愁上加愁,或像杜甫在乱世中登高流涕,吟唱着"万方多难此登临"(《登楼》)的悲歌,在本质上很不相同。至于诗的后四句,从根本上讲,是人的主体追求超越,想要突破空间、时间限制未能如愿,而反过来求索本源的一种表现。宇宙那么辽阔、那么悠远,作为个人要实现对它的把握是困难的、不可得的。在阔大与渺小、永恒与短暂的对比中,为了不失落自身,人不免要反求自己的本源。"举头望明月,低头思故乡。"(《静夜思》)人被何所去、何所来困扰着,何所去既然很迷惘,便想到求其何所来。这正是崔颢幻想不能实现,转过来思念故乡的心理动因。理解这种动因,是我们把握这首诗前后联系的关键性一环。但思乡本身也是很复杂的,有的人在返本求源的追寻中,面临着"有家归不得"的窘困境地;有的人甚至像李商隐,即使身在故乡,登上城楼,也有"欲问孤鸿向何处,不知身世自悠悠"(《夕阳楼》)的失落感,觉得自己比无处可归的孤鸿,还要缥缈不定。因此,比较起来,崔颢的乡愁是单纯的,本质上是从快乐浪漫的幻想中折回现实和本源的一种怅惘。如果说这中间也有失落,它失落的只是幻想,而不是自身。并且,诗中在从幻想到思乡之间有一个过渡,这过渡就是五、六两句:"晴川历历汉阳树,芳草萋萋鹦鹉洲。"比起"白云千载空悠悠",它是着实而具体的。这种现实的人间美好风光,自然会帮助诗人淡化对于缥缈的仙境的追求,使原有的那种失落感得到补偿。可以想象,由"晴川历历汉阳树,芳草萋萋鹦鹉洲"所引发出的故乡形象,在诗人的脑海中,也一定是很美好的。只不过汉阳近在眼前,而汴州则因江上烟波在诗人遥望的视线中显得模糊了而已。

伤高怀远,盼望黄鹤,思念故乡,思绪始终在飞旋着、追求着,既驰骋于天人之际,又追求于现实之中。这正是盛唐诗人那种浪漫情绪的抒发。诗从宏丽的境界、景物,超逸飞动的旋律、气氛中,呈现出盛唐诗歌共同的风貌特征。可能正是基于这一点,爱好作青春浪漫歌唱的李白,心悦诚服地认为这首诗是没有办法超越的。而另一位非常重视和推崇盛唐气象的宋代诗论家严羽也说:"唐人七言律诗,当以崔颢《黄鹤楼》为第一。"《沧浪诗话》唐人的七律佳作很多,一定要推某诗为第一,未免太绝对了。但严羽的推崇,至少可以说明,在他的感受中,崔颢的《黄鹤楼》诗不是颓丧消沉的。

清代的沈德潜对于崔颢的《黄鹤楼》诗,有过更为具体的评论,说是:"意得象先,神行语外,纵笔写去,遂擅千古之奇。"《唐诗别裁》他在揭示崔诗能够成就"千古之奇"的原因时,强调了诗中的意和神。这种意和神我们在前面作了较为详细的说明,它们在诗中和形象、语言等因素,是一种什么关系呢?沈德潜认为它是得于象之先,行于言之外。也就是说,诗中那种高远的情意和精神,本来早已存在于诗人自身,只不过没有显露,而登临黄鹤楼,在周围景象的触发下,形成情感的抒发。这种情感,是借助物象和语言来表达的,但它有一种遥情远韵作为前导,并且含不尽之意于语言意象之外。正由于这种"意得象先,神行语外",诗人写起诗来,不是迁就各种戒律的束缚,把神气给磨损了、丧失了,而是放开笔,凭着自己思想感情的起落变化,自由抒写,形成一首让人感觉是由眼前景物触发,脱口而出,又自然,又宏丽,并且是有风骨的作品。从作者用意讲,并不刻意求深,而在读者的感受中,内容并不肤浅。以致后来李白带有模仿意味的《登金陵凤凰台》也显得不及崔诗超妙。可以说崔颢寻求对于意和神的表达，在登黄鹤楼时逢到了好的契机。同时，他在艺术上的大胆创造精神，又使得这种契机所提供的一切有利因素，得到了充分的发挥。比如，诗中"黄鹤"二字再三出现，颔联没有对仗，而且上句用了六个仄声字，下句用了五个平声字，未能遵守律诗的平仄、对仗要求。但是从"意得象先，神行语外"的角度看，这里正是由于放弃了对仗，才避免了语调的平板、缓慢，使意和神得到了自由畅快的表达。"黄鹤"这个双声词多次出现，它所提供的形象，在诗中一次次回翔着。那种辘轳相转的句法，正好造成诗的前半一气上扬、奔放之中而又回旋不尽的飞动感。从全篇看，除"黄鹤"二字外，"去"字、"空"字、"人"字也各出现两次，又有"悠悠""历历""萋萋"等叠字，造成意念上的连接呼应，和声音方面的错落、荡漾，再配上平声"尤"韵的韵脚"楼""悠""洲""愁"，构成一种悠扬宛转、舒卷自如的音韵和旋律，情感和声调是配合得非常巧妙自然的。

（原题作《意得象行　神行语外——崔颢〈黄鹤楼〉赏析》，内容略有改动，原载《阅读和欣赏》，中国广播电视出版社1999年版）

王昌龄

从军行七首（其五）

大漠风尘日色昏，红旗半卷出辕门。
前军夜战洮河北，已报生擒吐谷浑。

读过《三国演义》的人，可能对第五回"关云长温酒斩华雄"有深刻印象，这是对塑造关羽英雄形象很精彩的一节。但书中并没有正面描写单刀匹马的关羽与领兵五万的华雄如何正面交手，而是用了这样一段文字：

（关羽）出帐提刀，飞身上马。众诸侯听得关外鼓声大振，喊声大举，如天摧地塌，岳撼山崩，众皆失惊。正欲探听，鸾铃响处，马到中军，云长提华雄之头，掷于地上，其酒尚温。

这段文字，笔墨非常简练，从当时的气氛和诸侯的反应中，写出了关羽的神威。论其客观艺术效果，比写挥刀大战数十回合，更加引人入胜。罗贯中的这段文字，当然有他匠心独运之处，但避开正面铺叙，通过气氛渲染和侧面描写，去让人想象战争场面这一点，却不是他的首创，像王昌龄的这首《从军行》，应该说已早着先鞭，并且是以诗歌形式取得成功的。

"大漠风尘日色昏",由于我国西北部的阿尔泰山、天山、昆仑山均呈自西向东或向东南走向,在河西走廊和青海东部形成一个大喇叭口,风力极大,狂风起时,飞沙走石。因此,"日色昏"接在"大漠风尘"后面,并不是指天色已晚,而是指风沙遮天蔽日。但这不光是表现气候的暴烈,它作为一种背景出现,还自然对军事形势起着烘托、暗示的作用。在这种情势下,唐军采取什么行动呢?不是辕门紧闭,被动防守,而是主动出征。为了减少风的强大阻力,加快行军速度,战士们半卷着红旗,向前挺进。这两句于"大漠风尘"之中,渲染红旗指引的一支劲旅,好像不是自然界在逞威,而是这支军队卷尘挟风,如一柄利剑,直指敌营。这就把读者的心弦扣得紧紧的,让人感到一场恶战已迫在眉睫。这支横行大漠的健儿,将要演出怎样一种惊心动魄的场面呢?在这种悬想之下,再读后两句:"前军夜战洮河北,已报生擒吐谷浑。"这可以说是一落一起。读者的悬想是紧跟着刚才那支军队展开的,可是在沙场上大显身手的机会却并没有轮到他们。就在中途,捷报传来,前锋部队已在夜战中大获全胜,连敌酋也被生擒。情节发展得既快又不免有点出人意料,但却完全合乎情理,因为前两句所写的那种大军出征时迅猛、凌厉的声势,已经充分暗示了唐军的士气和威力。这支强大剽悍的增援部队,既衬托出前锋的胜利并非偶然,又能见出唐军兵力绰绰有余,胜券在握。

从描写看,诗人所选取的对象是未和敌军直接交手的后续部队,而对战果辉煌的"前军夜战"只从侧面带出。这是打破常套的构思。如果改成从正面对夜战进行铺叙,就不免会显得平板,并且在短小的绝句中无法完成。现在避开对战争过程的正面描写,从侧面进行烘托,就把绝句的短处变成了长处。它让读者从"大漠风尘日色昏"和"夜战洮河北"去想象前锋的仗打得多么艰苦、多么出色,从"已报生擒吐谷浑"去体味这次出征多么富有戏剧性。一场激战，不是写得声嘶力竭，而是出以轻快跳脱之笔，通过侧面的烘托、点染，让读者去体味、遐想。这一切，在短短的四句诗里表现出来，在构思和驱遣语言上的难度，应该说是超过"温酒斩华雄"那样一类小说故事的。

（原载《唐诗鉴赏辞典》，上海辞书出版社1983年版）

岑 参

凉州馆中与诸判官夜集

弯弯月出挂城头,城头月出照凉州。
凉州七里十万家,胡人半解弹琵琶。
琵琶一曲肠堪断,风萧萧兮夜漫漫。
河西幕中多故人,故人别来三五春。
花门楼前见秋草,岂能贫贱相看老。
一生大笑能几回,斗酒相逢须醉倒!

在盛唐诗歌的多重琴弦上,把那个时代的强音弹奏得最为激越的,无疑要数边塞诗了。但奏着时代强音的边塞诗,是不是只限于通过战争描写来表现唐帝国声威和战士报国精神的那些作品呢?不,边塞诗本身还包含着多种类型,它们对时代精神风貌的反映,也有着各自不同的侧面。像岑参的名作《凉州馆中与诸判官夜集》,就显得别具一格。这首诗虽然写的是一场普通的宴会,却能让人感受到有一股强大的精神力量在其间鼓荡。

这首诗是天宝十二年(753)所作。当时岑参正前往设在今天新疆地区的北庭都护府任职,途经凉州。凉州,故城在今甘肃武威。作者从军出塞,这已经是第二次了。在这之前,他已在西北边幕生活了将近两年,这次再度经凉州西去。凉州,是河西走廊上最重要的边防重镇，当时河西节度府就设在这里。从河西节度府管辖地区再往西行，就进入所谓西域了。这时，一种新的环境、新的生活，正在等待着岑参。

吟味诗篇，我们会感到，在这新的生活起点面前，诗人的心中有一股情感的潮流，在渐渐涌起。"弯弯月出挂城头，城头月出照凉州。"上句是说夜空中弯弯的月亮升挂在边城的城头上，下句是说月亮在城头继续升高，银光铺泻，照亮了整个凉州。夜晚和月光总是容易撩起人的遐思默想。"弯弯月出挂城头"和"城头月出照凉州"两句反复出现了"城头""月出"四个字，在表现对眼前城头和明月关注的同时，造成一种思绪绵绵的情味，而"城头""月出"一再重复，最后落在"照凉州"三个字上，则隐隐透露出一种对于身在边城异地的敏感。岑参由长安来到凉州，生活的节奏、情调、内容都变了，眼前看到月照边城，心理上必然会有多种反应。而这在开始时，可能是潜在、朦胧的，只能通过对月照边城的咏叹，从总的心境状况上把它反映出来。但随着情绪的发展，由隐到显。在诗人心理上带有支配性的则是重新踏上这座边城时特有的兴会，这从接下去的描写可以体会得出："凉州七里十万家，胡人半解弹琵琶。"这两句虽然基本上是写实，但连用"七里""十万"这样的数量词，大笔淋漓，一气呵成，反映了诗人对这座边城的不平凡的印象。七里，《元和郡县志》说，凉州"城不方，有头、尾、两翅，名为鸟城，南北七里，东西三里"。十万家，虽然未必是实数，但当时河西、陇右三十三州，凉州最大，土地肥沃，物产丰富，所谓"人烟扑地桑柘稠"，"红艳青旗朱粉楼"（元稹《西凉伎》），户口肯定是不少的。凉州处在汉族和少数民族杂居的地方，有大量来自中原和西域的商品在这里交汇，少数民族住户也肯定是不少的。"半解弹琵琶"，不仅点出他们能歌善舞，还透露了当时诗人耳中所闻正是一片琵琶乐舞之声。在诗人的印象中，凉州就是这样带着浓郁的边地情调，有着不寻常的气派和风光。

如果说开头四句，是写诗人的视觉和听觉随着月光普照凉州而遍及于周围环境，是写他带着一种新鲜感去巡礼这座边城，那么五、六句"琵琶一曲肠堪断，风萧萧兮夜漫漫"，则由写环境转而回到写人，着重表现琵琶声和边城之夜给诗人心理上造成的感受。琵琶本是少数民族的乐器，所谓"纤指破拨生胡风"（刘禹锡《泰娘歌》），如今又是在边城弹奏，那种特有的风味，不用说会引起这位再度出塞的诗人多方面的感触，如对于过去生活的追味，对于未来生活的浮想，以及由远离家园，置身异地所带来的乡思边愁，都会在一时间纷至沓来，汇集于心。"肠堪断"正是指这些牵动衷肠的复杂的感受。由于乐曲的这种感染，可以想象，在停奏之后，一时间必然满座沉寂，而大西北的夜晚，边风凉冷峭劲，一阵阵掠过广阔的边塞，作用在沉寂之中的人们的心上，自然会带来"风萧萧兮夜漫漫"之感。不过，虽是风声萧萧和夜境旷寂无边，但一个"兮"字，造成了一种雄健的气势，可以体会得出，诗人的感情并不消沉畏缩，他正以一种坚强的心志，迎向西北高原上那严峻的自然环境。

诗是与河西幕府判官们聚会饮宴的即兴之作。前面虽是重点从环境方面着笔，但实际上已经暗暗点出宴会，并向描写宴会过渡了。"琵琶一曲"已不是"七里十万家"的满城琵琶，而应指宴会间的演奏。所以下面"河西幕中多故人"，点的就是那些参与宴会的朋友了。盛唐时代，社会普遍富于开拓进取的精神，许多文士从军出塞，以致在西北边镇的军帅幕府中出现人才济济的局面。所谓"多故人"，正反映了当时的边幕盛况。天宝九年（750）夏秋间，岑参于第一次出塞的归途中，曾经在凉州幕府作客，到这次再度出塞，前后三年，所以说"故人别来三五春"。"三五春"，时间上是有伸缩性的。朋友众多,其中有的不妨别离稍长一些。然而,"三五春"的作用,又不止限于叙别,它还造成一种时间上的流动感。岁月如流,常不免带来人事方面的感触,这种由岁月而及人事的感慨,到九、十句"花门楼前见秋草,岂能贫贱相看老",就转为正面抒发了。花门,回纥族的别称,花门楼当是指诗人与朋友聚会的客馆,大约因建筑于少数民族居住区域,或带有少数民族建筑风味而这样称呼它。诗人与凉州幕府的朋友们,一别忽已数载,而眼前又到了边塞草黄的季节,一种"抚穷贱而惜光阴,怀功名而悲岁月"(王勃《春思赋》)的人生意气,不由得被强烈地激发起来了。盛唐时代,读书人的政治出路较为宽广,从军出塞取得功名的机会,更比一般情况下要多。但岑参所怀的愿望是"时来整六翮,一举凌苍穹"(《北庭贻宗学士道别》),要趁时而起,展翅飞上天空;"可知年四十,犹自未封侯"(《北庭作》),不甘心的是壮年未能封侯。愿望太高太切,要想成为现实,也并不容易,可是诗人偏说"岂能贫贱相看老",不仅有一股决不甘于碌碌无所成的倔强劲头,而且还流露了一种自认为决不至于在贫贱中老死的信心。这种气概,无疑来源于时代。当时虽处于天宝后期,但盛唐的光辉在许多人眼里还没有褪色,并且在西北地区,唐帝国一直拥有重兵,军事上处于绝对优势,因而像岑参等人,仍然对事业充满信心,相信能够掌握自己的命运,似乎只要拼搏下去,就会如愿以偿。他们叹息光阴的流逝,但不是在流光面前感到惊愕和无能为力。这些已经踏上边庭的军幕文士,无疑是属于生活中既有雄心、又有实际行动的强者,他们正是在时代的浪尖上拼搏、追求;而强者们聚会在一起,由酒和友情做媒介,又不免要形成一种精神性格的交会与撞击。铁与石相碰是会发出火花的,"一生大笑能几回,斗酒相逢须醉倒",便可以看作是他们心灵交会撞击时发出的电光石火。"一生大笑能几回",是强调像当前这样的群英欢聚,开心大笑,一生难得有几回。但诗句不用直陈的方式,而是上句用"能"字造成反诘语气,下句用"须"字承接,显得非如此不可,更让人觉得这大笑、这醉饮,极为痛快淋漓。读到这里,可以想象,在凉州进入夜深,满城琵琶歌舞之声消歇,在"风萧萧兮夜漫漫"的边塞,凉州客馆里依旧华灯照耀,一群来自中原的军幕文士,是那样兴致勃发,宴会上交觥飞觞,不时爆发出一阵阵豪爽的大笑。盛唐诗人们和酒意气相接的时候实在太多了。在他们那里,豪饮酣醉,因为能激发意气被视作盛事。而酒这种能使人兴奋的快乐的精灵,总是在人们意气相投的场合,以它特有的魔力,使人们变得更加热情豪迈、胸胆开张。于是说真话、露真心,气氛越来越热烈。他们意兴昂然,畅谈一切,为了功名,为了友谊,为了唐帝国的荣耀,为了现在的重逢,明日的分别,一次次干杯。每个人都觉得,此夕此刻,老朋友们会聚在一起,只有痛饮到酪酊大醉,方才快意和满足。

对于这首诗,我们只要注意它所反映的一千二百多年前的边城凉州,原是"七里十万家"的煊赫重镇,城中胡汉杂居,和平安定,歌舞繁华,在当时的条件下,边远的凉州竟有那样场面热烈的宴会,与会者是那样一种昂扬的精神状态,就自然会感到这里面分明浮现着大唐帝国强大昌盛的面影。但这只能算是读诗的初步印象,与此同时,如果我们更广泛地联系当时边塞诗的创作,从诗的抒情主人公形象入手去把握作品,则有可能更深入地领会到诗中所表现的时代特征和精神力量。盛唐边塞诗中有两类作品占着特别重要的地位:一类是王昌龄、李白等人的边塞诗,抒情主人公多半是普通战士;一类是岑参、高适等人在西北边疆幕府的作品,它的抒情主人公是诗人自身,是秉笔从戎、亲赴边疆幕府的文士。前一类诗中的战士形象虽然丰富多样，并且有它的时代特征，但在从战士口中唱出征戍情思这一点上，与传统的征戍题材的作品比较接近，它的抒情主人公身份，并不特别引起人们的注意。而岑参、高适诗中作为抒情主人公的军幕文士，在唐诗形象画廊上，则属于完全新的类型，给人的时代感更为突出。

大批文人走向边塞，"倚马见雄笔，随身唯宝刀"（高适《送蹇秀才赴临洮》），既用笔，又用刀，去建立他们的功业，这是前所未有的现象。他们是边帅军府中的幕僚，但绝不同于后代官僚幕府中的帮闲人物，而有着健全的体魄、献身的热忱、豪迈的意气。他们虽是普通文士，却由于边塞生活和鞍马风尘的锻炼，军人的乃至西北风习中的豪迈气质，注入了血液之中。他们所表现的人生意气，与盛唐一般作品中也普遍反映出的人生意气便有所不同，有着"感时思报国"（陈子昂《感遇》）的充实内容，带有更多的行动要求。意气和功业的结合，显得更突出、更紧密了。他们不甘贫贱，对于功名的欲望，丝毫不加掩饰，并且以这种追求当作可嘉的行为，互相激励。这不仅由于他们的豪爽和开朗，更由于所追求的内涵并不狭隘。"功名只向马上取，真是英雄一丈夫"（岑参《送李副使赴碛西官军》），把功名建筑在马上，首先就包含为了民族利益去疆场上拼搏，可以说他们向往功名，不愿憔悴于那样一个声威赫赫的时代。时代的、社会的需要，在他们这些积极的个体成员身上，转化成了对功名事业和人生理想的热烈追求，并注入了诗人的自我形象之中。如果说初唐的陈子昂等人，在已经意识到一代人所负有的历史使命的同时，却又有着难于逞现自己力量的悲怆和孤独感，盛唐岑参等人则越过了这一阶段。这首诗中出现的，不再是"独怆然而涕下"的个人，而是生气勃发的一群人，他们在凉州馆舍，高排盛筵，开怀畅饮，似乎隐隐然意味着对自身所拥有的能量以及在当世所居的地位，有着更高的估计。他们听到琵琶的演奏，见到塞草的秋黄，感情不能平静，但不是叹老嗟卑、感伤唏嘘，而是表现出奋发的人生态度。豪饮、大笑和"岂能贫贱相看老"的感慨，都基于对前途、对生活的信念。透过这一切，不难觉察到，感应着盛唐的时代脉搏，这批富有血性的男儿，脉管搏动得该多么有力！

  与军幕文士的人生意气和功业追求相适应，诗歌在表现这种内容时，给人以笔酣墨饱，声情激荡的强烈印象。岑参诗多半以雄健的笔力表现出一种豪宕起伏的歌行格调。这种格调，是诗人内在情感节奏的自然流露，同时又是把乐府民歌里的声调转向乐府以外诗题上去的一种很成功的创造性的运用。这首诗的前半，连续运用了顶针修辞格，"城头""凉州""琵琶"等词，既是上句的结尾，又转作下句的开头。同时又用了"弯弯""漫漫""萧萧"等叠字。类似这种顶针和叠字，在民歌中是常用的，因为词语的递接回环，显得缠绵委婉。岑诗节奏感很强，有些句子比较陡健，造成的情调不是柔弱缠绵，而是思潮起伏、心事浩茫。诗的后半，只七、八两句连用"故人"二字，流露出朋友间的绵绵深情，后面即不再出现顶针和叠字，这些与全诗句句用韵、前八句两句一转韵、而末四句一韵到底正相配合，体现了感情由联翩接踵，多层次的起伏荡漾，到最后一气喷薄的主情调抒发。岑诗的这种格调，矫健雄宕，独具特色，是盛唐之音在节奏旋律上的一种体现，它与内容相适当、相发挥，显得志深笔长，慷慨淋漓，把唐帝国强盛时期，一代人开拓进取的精神风貌，表现得非常感人。

  （原题作《感应着盛唐的时代脉搏——读岑参〈凉州馆中与诸判官夜集〉》，内容略有改动，原载《阅读和欣赏》，中国广播电视出版社1990年版）

天山雪歌送萧治归京

天山雪云常不开，千峰万岭雪崔嵬。
北风夜卷赤亭口，一夜天山雪更厚。
能兼汉月照银山，复逐胡风过铁关。
交河城边鸟飞绝，轮台路上马蹄滑。
晻霭寒氛万里凝，阑干阴崖千丈冰。
将军狐裘卧不暖，都护宝刀冻欲断。
正是天山雪下时，送君走马归京师。
雪中何以赠君别？唯有青青松树枝。

这首诗写出了我国天山地区下雪时的独特景观，同时也写出了盛唐时期边幕文士独特的送别情绪。一、二句总写雪景，但两句之间又有因果联系，由于雪云久久不开，降雪期长，才使得千峰万岭冰雪崔嵬。这和中原地区的雪是不同的。内地的雪，一场一场地下。如果到了千峰万岭都披上银装的时候，一般总是随即放晴，来个红妆素裹。可是西北地区，常常阴雪不开，雪上加雪。"北风夜卷赤亭口，一夜天山雪更厚。"在千峰万岭已经是"雪崔嵬"的情况下，再来这样一夜风卷狂雪，"雪更厚"的"厚"字分量可想而知。若和王维所写的"隔牖风惊竹，开门雪满山"（《冬晚对雪忆胡居士家》）对照，一是西北之雪，一是中原之雪，各自的特征十分明显。"能兼汉月照银山"四句，先正面写雪的神奇，说雪与月交辉，照彻银妆的山岳，又与风相随，闯过严实的铁关（今新疆焉耆回族自治县南）；接着，再通过飞鸟和战马的反应写雪。"鸟飞绝"，为后来柳宗元写雪景所承袭，"马蹄滑"极富边地特征，非亲临其境者不能道。诗的后半，一开始再次用"千""万"等数词总写雪景，并且用"寒氛万里凝""阴崖千丈冰"突出雪天之寒。顺着寒，进一步用"将军狐裘卧不暖""都护宝刀冻欲断"，从人的感觉方面进行铺写。这既写足了奇寒，同时把话题转到了人事方面："正是天山雪下时，送君走马归京师。雪中何以赠君别？唯有青青松树枝。"四句诗，出现了两个"雪"字，都是上句写出雪的背景，下句写送别。边疆大雪，雪中送友走马归京。寒冽的环境和炽热的内心，彼此交相作用。送别者借何物把它表现出来呢？——"唯有青青松树枝"。在茫茫的冰原中，一簇青青的松枝，迎着飞雪，挺然而出，被送到走马归京的朋友手中。这种情调与南国的折柳送别是多么的不同啊。送别是柔情的，而边疆雪地送别，则又锻炼着一种刚气。这种刚气，正是由松枝代柳表现了出来。但这种刚，又不是缺少情感，而是更为坚韧。"岁寒然后知松柏之后凋"，雪中青松所代表的那种友情是浓烈的、不会凋谢的。

　　诗是雪的颂歌、友情的颂歌，而通过歌颂雪景和友谊，同时体现了岑参这样一位边塞诗人特有的精神风貌。为了表现这一切，诗是用淋漓大笔挥洒而出的。但在放笔挥洒的同时，却又有内在的锤炼工夫。除最后两句外，诗句句押韵，两句一转，用急促的节奏，表现边地奇寒异雪的力量和声威。在结构中，前后可以分作两段看，每段八句，都是由总写渐次过渡到人事。前半的"马蹄滑"和后半的"走马归京师"构成照应。但如果从另一角度，我们又可把诗的开头四句及结尾四句与中间八句分开来看。前后偏重叙事，中间是铺写。为适应铺写的需要，中间八句用大体对偶的句法。这样，上下两段，又通过中间八句在句法上的相近，连成一气。在完成对雪景的铺写后，用"正是天山雪下时"一句总绾，托出送别。这种结构，使全篇灵动而不板滞，各部分既有所分工，又给人一气呵成之感。

　　　　　　　　（原载《唐诗鉴赏辞典补编》，四川文艺出版社1990年版）

李　白

从　军　行

百战沙场碎铁衣，城南已合数重围。
突营射杀呼延将，独领残兵千骑归。

这首诗以短短四句，刻画了一位无比英勇的将军形象。首句写将军过去的戎马生涯。伴随他出征的铁甲都已碎了，留下了累累的刀瘢箭痕，以见他征战时间之长和所经历的战斗之严酷。这句虽是从铁衣着笔，却等于从总的方面对诗中的主人公作了最简要的交代。有了这一句作垫，紧接着写他面临一场新的严酷考验——"城南已合数重围"。战争在塞外进行，城南是退路，但连城南也被敌人设下了重围，全军已陷入可能彻底覆没的绝境。写被围虽只此一句，但却如千钧一发，使人为之悬心吊胆。

"突营射杀呼延将，独领残兵千骑归。"呼延，是匈奴四姓贵族之一，这里指敌军的一员悍将。我方这位身经百战的英雄，正是选中他作为目标，在突营闯阵的时候，首先将他射杀，使敌军陷于慌乱，乘机杀开重围，独领残兵，夺路而出。

诗所要表现的是一位勇武过人的英雄，而所写的战争从全局上看，是一场败仗。虽败却并不令人丧气，而是败中见出了豪气。"独领残兵千骑归"，"独"字几乎有千斤之力，压倒了敌方的千军万马,给人以顶天立地之感。诗没有对这位将军进行肖像描写,但通过紧张的战斗场景,把英雄的精神与气概表现得异常鲜明而突出,给人留下难忘的印象。将这场惊心动魄的突围战和首句"百战沙场碎铁衣"相对照,让人想到这不过是他"百战沙场"中的一仗。这样,就把刚才这一场突围战,以及英雄的整个战斗历程,渲染得格外威武壮烈,完全传奇化了。让人不觉得出现在眼前的是一批残兵败将,而让人感到这些血泊中拼杀出来的英雄凛然可敬。像这样在一首小诗里敢于去写严酷的斗争,甚至敢于去写败仗,而又从败仗中显出豪气,给人以鼓舞,如果不具备像盛唐诗人那种精神气概是写不出的。

（原载《学生古诗文自通》,广西人民出版社1988年版）

关 山 月

明月出天山,苍茫云海间。
长风几万里,吹度玉门关。
汉下白登道,胡窥青海湾。
由来征战地,不见有人还。
戍客望边色,思归多苦颜。
高楼当此夜,叹息未应闲。

《关山月》是乐府旧题。《乐府古题要解》:"《关山月》,伤离别也。"李白的这首诗,在内容上继承了古乐府,但又有极大的提高。

开头四句,可以说是一幅包含着关、山、月三种因素在内的辽阔的边塞图景。我们在一般文学作品里，常常看到"月出东海"或"月出东山"一类描写，而天山在我国西部，似乎应该是月落的地方，何以说"明月出天山"呢？原来这是就征人角度说的。征人戍守在天山之西，回首东望，所看到的是明月从天山升起的景象。天山虽然不靠海，但横亘在山上的云海则是有的。诗人把似乎是在人们印象中只有大海上空才更常见的云月苍茫的景象，与雄浑磅礴的天山组合到一起，显得新鲜而壮观。这样的境界，在一般才力薄弱的诗人面前，也许难乎为继，但李白有的是笔力。接下去"长风几万里，吹度玉门关"，范围比前两句更为广阔。宋代的杨齐贤，好像唯恐"几万里"出问题，说是："天山至玉门关不为太远，而曰几万里者，以月如出于天山耳，非以天山为度也。"用想象中的明月与玉门关的距离来解释"几万里"，看起来似乎稳妥了，但李白是讲"长风"之长，并未说到明月与地面的距离。其实，这两句仍然是从征戍者角度而言的，士卒们身在西北边疆，月光下伫立遥望故园时，但觉长风浩浩，似掠过几万里中原国土，横度玉门关而来。如果联系李白《子夜吴歌》中"秋风吹不尽，总是玉关情"来进行理解，诗的意蕴就更清楚了。这样，连同上面的描写，便以长风、明月、天山、玉门关为特征，构成一幅万里边塞图。这里表面上似乎只是写了自然景象，但只要设身处地体会这是征人东望所见，那种怀念乡土的情绪就很容易感觉到了。

"汉下白登道，胡窥青海湾。由来征战地，不见有人还。"这是在前四句广阔的边塞自然图景上，叠印出征战的景象。下，指出兵。汉高祖刘邦领兵征匈奴，曾被匈奴在白登山（今山西大同市西）围困了七天。而青海湾一带，则是唐军与吐蕃连年征战之地。这种历代无休止的战争，使得从来出征的战士，几乎见不到有人生还故乡。这四句在结构上起着承上启下的作用，描写的对象由边塞过渡到战争，由战争过渡到征戍者。

"戍客望边色,思归多苦颜。高楼当此夜,叹息未应闲。"战士们望着边地的景象,思念家乡,脸上多现出愁苦的颜色,他们推想自家高楼上的妻子,在此苍茫月夜,叹息之声当是不会停止的。"望边色"三个字在李白笔下似乎只是漫不经心地写出,但却把以上那幅万里边塞图和征战的景象,跟"戍客"紧紧联系起来了。所见景象如此,所思亦广阔而邈远。战士们想象中的高楼思妇的情思和他们的叹息,在那样一个广阔背景的衬托下,也就显得格外深沉了。

诗人放眼于古来边塞上的漫无休止的民族冲突,揭示了战争所造成的巨大牺牲和给无数征人及其家属所带来的痛苦,但对战争并没有作单纯的谴责或歌颂,诗人像是沉思着一代代人为它所支付的沉重的代价!在这样的矛盾面前,诗人、征人,乃至读者,很容易激起一种渴望。这种渴望,诗中没有直接说出,但类似"乃知兵者是凶器,圣人不得已而用之"(《战城南》)的想法,是读者在读这篇作品时很容易产生的。

离人思妇之情,在一般诗人笔下,往往写得纤弱和过于愁苦,与之相应,境界也往往狭窄。但李白却用"明月出天山,苍茫云海间。长风几万里,吹度玉门关"的万里边塞图景来引发这种感情。只有胸襟如李白这样浩渺的人,才会如此下笔。明代胡应麟评论说:"浑雄之中,多少闲雅。"(《诗薮》)如果把"闲雅"理解为不局促于一时一事,是带着一种更为广远、沉静的思索,那么,他的评语是很恰当的。用广阔的空间和时间做背景,并在这样的思索中,把眼前的思乡离别之情融合进去,从而展开更深远的意境,这是其他一些诗人所难以企及的。

(原载《唐诗鉴赏辞典》,上海辞书出版社1983年版)

长 干 行

妾发初复额，折花门前剧。
郎骑竹马来，绕床弄青梅。
同居长干里，两小无嫌猜。
十四为君妇，羞颜未尝开。
低头向暗壁，千唤不一回。
十五始展眉，愿同尘与灰。
常存抱柱信，岂上望夫台。
十六君远行，瞿塘滟滪堆。
五月不可触，猿声天上哀。
门前迟行迹，一一生绿苔。
苔深不能扫，落叶秋风早。
八月蝴蝶黄，双飞西园草。
感此伤妾心，坐愁红颜老。
早晚下三巴，预将书报家。
相迎不道远，直至长风沙。

这首诗代替一位商人家的少妇倾吐了从小成长起来的爱情和后来的别离之感。诗用年龄序数法和四季相思的格调，巧妙地把一些生活片断（或少妇拟想中的生活情景）连缀成完整的艺术整体。

起首六句，女子回忆童年时与丈夫一起长大，彼此青梅竹马、两小无猜的情景。"十四为君妇"四句，以极其细腻的笔触，写初婚时的情景。尽管对方是童年时的伙伴，但初婚期内仍然羞涩不堪。"十五始展眉"四句，写婚后的亲昵美满，炽烈爱恋。《庄子·盗跖》云：" 尾生与女子期（约会）于梁（桥）下，女子不来，水至不去，抱梁柱而死。" 小夫妻但愿同生共死，常日怀着尾生抱柱的信念，哪里曾想到有上望夫台的今日呢？"十六君远行"四句，遥思丈夫远行经商，而所去的方向又是长江三峡那条险途，想到那哀猿长啸的环境，想到高浪急流下的暗礁滟滪堆，不由得为之担惊受怕。"门前迟行迹"以下八句，触景生情，刻骨的相思在煎熬着少妇的心。门前伫立等待时留下的足迹已经长满了青苔，盖上了落叶，再加上西园双飞的蝴蝶，格外叫人伤感。因为忧愁的煎熬，自己的容貌也不觉憔悴了。最后四句，寄语远方亲人：您究竟什么时候回来，要预先给家里捎封信，我将亲自迎接，即使到七百里外的长风沙去迎候，也绝不嫌远。

这首诗写南方女子温柔细腻的感情，缠绵婉转，步步深入。配合着舒缓和谐的音节，形象化的语言，在生活图景刻画、环境气氛渲染、人物性格描写上，显示了完整性、创造性。《唐宋诗醇》赞扬说："儿女子情事，直从胸臆中流出。萦回曲折，一往情深。" 所谓"儿女子情事"，乃是指长干儿女的爱情。从内容看，市民气息是很浓的。但从艺术表现上看，又相当古朴。这只要拿它和中唐以后同类之作相比，就可以看得出。纪昀说："兴象之妙不可言传，此太白独有千古处。" 对这种叙事因素很强的诗，纪氏还居然特别欣赏它的兴象，恐怕也是由于商妇爱情生活内容，竟能以那样古朴的样式出现。

不过，从文学发展角度看，李白《长干行》更值得注意的，可能还是它的题材和内容。这首诗通过一连串具有典型意义的生活片断和心理活动描写，几乎展示了一部女主人公的性格发展史；并且，随着人物的成长，写出了一对商人家庭的儿女带有解放色彩的婚姻和爱情。诗中的长干，是一个特殊的生活环境，其地在今南京市，本古金陵里巷，居民多从事商业。古代，在商人、市民中间，封建礼教的控制力量是比较弱的。这位长干女子，似乎从小就远离了封建礼教的监护，而处于一个比较开放的生活环境，那种青梅竹马式的童年生活，对于心灵的健康发展是有利的。她新婚时的"羞颜未尝开。低头向暗壁，千唤不一回"，没有某些女子因受封建婚姻迫害的愁苦，而是通过羞涩情态表现了她对于爱情的矜持和性格中的淳厚素质。她婚后"愿同尘与灰""常存抱柱信"，以及与丈夫离别后的深刻思念，都鲜明生动地表现了真诚平等的相爱和对爱情幸福的热烈追求与向往。这种爱情多少带有一点脱离封建礼教的解放色彩。

八世纪上半叶，大唐帝国经济繁荣，工商业和城市有进一步的发展。李白本人可能出身于商人家庭。出川后又"混游渔商，隐不绝俗"（《与贾少公书》），和市民一直有着密切的联系。他是唐代诗人中最敢于大胆蔑视封建秩序的人物。可以说李白和长干儿女最早呼吸到一点由市民圈子中产生出来的新鲜空气。李白的《长干行》比白居易的《琵琶行》要早半个多世纪。而到《琵琶行》问世前后，在诗歌和传奇中写商妇或妓女等类人物，则几乎成为一种风尚。与此同时，市民文学也随之萌生和发展。因此，李白此篇可以说最早在封建正统文学中透露了点市民气息，是《琵琶行》等一类作品的前驱。只不过《长干行》形式上的古朴，在一定程度上使人忽视了它所反映的八世纪所特有的新鲜生活内容；而《琵琶行》吸收了传奇的手段，又用当时流行的元和体，则更容易让人感到它的新颖。

（原载《古代诗歌鉴赏辞典》，北京燕山出版社1989年版）

秋浦歌十七首（其十五）

白发三千丈，缘愁似个长。

不知明镜里，何处得秋霜。

此"明镜"非指一般梳妆台上的明镜，乃是以"明镜"指秋浦水。诗人在秋浦一带游览，见秋浦水照出自己白发，遂发为"不知明镜里，何处得秋霜"之叹。李白最爱徜徉于大自然，"水如一匹练，此地即平天"（《秋浦歌》其十二）的秋浦水，尤其使他赞叹。诗人俯身看水，澄洁如镜的秋浦照出他的白发，使诗人在沉吟中酝酿出明镜秋霜的佳句，这才符合李白的艺术个性。并且也只有秋浦水那样"平天"似的巨型"明镜"，才能照出三千丈的白发。如果把诗理解为李白在幽窗前，对镜自照，揽发兴叹，就未免歪曲诗境，有损于李白飘逸的形象。而"三千丈"的夸张也就不免来得过火。李白在《秋登宣城谢朓北楼》诗中有句云："两水夹明镜，双桥落彩虹。"在《清溪行》中亦云："人行明镜中，鸟度屏风里。"以明镜比拟水乃至代指水，在李白诗中是常事。且《秋浦歌》首首都涉及秋浦景物，这一首也不得例外，所以"明镜"即指秋浦水当可无疑。

（原载《百家唐宋诗新话》，四川文艺出版社1989年版）

望庐山瀑布水二首（其一）

西登香炉峰，南见瀑布水。

挂流三百丈，喷壑数十里。

欻如飞电来，隐若白虹起。
初惊河汉落，半洒云天里。
仰观势转雄，壮哉造化功。
海风吹不断，江月照还空。
空中乱潈射，左右洗青壁。
飞珠散轻霞，流沫沸穹石。
而我乐名山，对之心益闲。
无论漱琼液，还得洗尘颜。
且谐宿所好，永愿辞人间。

"西登香炉峰，南见瀑布水。"或理解为登上香炉峰顶，看到南面山峰的瀑布。然下云："初惊河汉落，半洒云天里。仰观势转雄，壮哉造化功。"明显交代出是"仰观"，而非身在香炉峰顶，故"西登"决非指已经登上。汉语语词本身一般不表示时态，诗词的语言尤其简省，诗人只说"西登"，但并没有对已经登上还是正在攀登作明确交代。读者容易把正在进行时态和已经完成时态混淆起来，根据这首诗来看，所说的是前者，指在向西攀登香炉峰的途中，看到瀑布。

（原载《百家唐宋诗新话》，四川文艺出版社1989年版）

苏台览古

旧苑荒台杨柳新，菱歌清唱不胜春。
只今惟有西江月，曾照吴王宫里人。

李白《苏台览古》、元稹《行宫》，一写吴宫废墟，一写寥落之唐行宫，皆非寓意于讽刺。《行宫》意在抒发盛衰之感。《苏台览古》则荡漾着与过去时代愉快告别的情绪。旧苑荒台的新柳，不胜春的菱歌清唱，曾照吴王宫人的西江月，在李白心目中都充满着诗意。"江山留胜迹，我辈复登临"（《与诸子登岘山》），李白咏歌之际的情怀，亦当如此。

（原载《百家唐宋诗新话》，四川文艺出版社1989年版）

将　进　酒

君不见黄河之水天上来，奔流到海不复回。君不见高堂明镜悲白发，朝如青丝暮成雪。人生得意须尽欢，莫使金樽空对月。天生我材必有用，千金散尽还复来。烹羊宰牛且为乐，会须一饮三百杯。岑夫子，丹丘生，将进酒，杯莫停。与君歌一曲，请君为我倾耳听。钟鼓馔玉不足贵，但愿长醉不用醒。古来圣贤皆寂寞，唯有饮者留其名。陈王昔时宴平乐，斗酒十千恣欢谑。主人何为言少钱，径须沽取对君酌。五花马，千金裘，呼儿将出换美酒，与尔同销万古愁。

《将进酒》是李白的代表作之一。其中的警句，像"黄河之水天上来""天生我材必有用"，一向脍炙人口。但这首名诗有时却被人们看成是表现及时行乐、宣扬饮酒的作品，在内容上并不很容易把握。它的主导倾向究竟是什么呢？值得我们认真加以体会。

"君不见黄河之水天上来，奔流到海不复回。君不见高堂明镜悲白发,朝如青丝暮成雪。人生得意须尽欢,莫使金樽空对月。天生我材必有用,千金散尽还复来。烹羊宰牛且为乐,会须一饮三百杯。"这是诗的第一段。黄河由西北高原奔腾而下,仰望上游,如同从云端倾泻,所以说"天上来"。不过,仅仅是这样依据客观自然景象加以解释,又未免简单而肤浅。其实,其中包含着诗人李白特有的感受,是李白雄伟的气概和飞扬的精神附丽于黄河形象所产生的神来之笔。而一开头,在"君不见黄河之水天上来,奔流到海不复回"的前面,又用了"君不见"这样提示性的语言,就更显得声情激荡。有人认为,"君不见黄河之水天上来,奔流到海不复回"用意在于引起下文抒发岁月易逝、人生易老的感叹,但诗人开口便说黄河,想来不是凭空想象,很可能是眼前所见。试想如果眼前是长江九派,或者是"难于上青天"的蜀道,诗人的脑海里大概就不会飞出黄河的形象。因此,我们不妨想象李白是在黄河边的一座酒楼上,与朋友酒过数巡,心潮起伏地望着黄河,慨然落笔,写下这气势豪放的诗句。那直奔大海的黄河,它的非凡的气势,和李白浪漫不羁的性格之间,自然产生了一种契合,使诗人自觉或不自觉地在黄河身上感到有自己的影子。

"君不见高堂明镜悲白发,朝如青丝暮成雪。"堂前明镜所照出的容颜,早晨还是少壮华年,发如青丝,到晚上就已经是满头霜雪了。这当然是极度的夸张,但在瞬息千里的黄河之水面前,一刹那间对于过得极快的人生,有这种"朝如青丝暮成雪"的感觉掠过心头,又是很自然的。而且由于黄河形象的衬托,更显出像逝水一样的华年的可贵,慨叹人生过得快。诗人在"高堂明镜悲白发"的句子中用一个"悲"字来概括这种心理感受,很值得注意。"志士惜日短"(傅玄《杂诗》),有志之士对于光阴迅速、人生有限最容易动感情,这种感情又多半是沉重的。自从孔子在河水面前说了"逝者如斯夫,不舍昼夜"的话,后代许多人便常常由去而不返的流水想到人生,想到一生的事业和前程,发出各种感慨。宋代的大词人苏轼,在赤壁矶边,面对着大江东去,想到三国英雄,慨叹自己早生华发。李白此时也同样是由奔流的黄河引起感触,发出了"朝如青丝暮成雪"的悲叹,而对于这,我们如果不加以深思,也许认为仅仅就是感伤岁月易逝,但联系李白一生怀抱壮志而未能如愿的遭遇去加以理解,就会感到这里的"悲"已经揭示了理想和现实的矛盾,抒发了出于种种社会阻力而使光阴虚掷的愤慨。

"人生得意须尽欢,莫使金樽空对月。"这两句紧接着上面年华易逝的慨叹。既然光阴易逝,那么人生每逢得意的时候,就应该尽情欢乐。这里的"得意"和上文的"悲",既矛盾又统一,在这种矛盾统一中,显出"得意"只是在对着美酒和知己时才会有的意兴飞扬,而所谓"悲"也并没有把诗人的精神压倒,他仍然胸襟开阔豁达。

"天生我材必有用,千金散尽还复来。烹羊宰牛且为乐,会须一饮三百杯。"时光虽然像黄河之水一样去而不归,但天生我材却不应默默消逝,必有发挥作用的时候,因此要烹羊宰牛、痛饮尽欢。"天生我材必有用"中的"我",首先当然是诗人自己,但又不只限于诗人自己,而应当是大写的。它代表着封建社会中许多类似李白那样的既有才识又胸怀大志的人。这样,"必有用"的信念,就更显出力量,更显出决心,似乎要一举扫去那"朝如青丝暮成雪"的悲戚。李白诗中经常有这种现象,就是从感叹光阴虚掷、抒发满怀积郁中突破愁闷,引出对前途的追求和自信。像在《宣州谢朓楼饯别校书叔云》那首诗中,一度排开烦恼忧愁而"欲上青天揽明月",像在《行路难》那首诗中,在瞻念前程、倍觉艰险的时候,他突然把思路引向寥廓无垠的境界——"长风破浪会有时,直挂云帆济沧海"。理想的阳光冲破浓厚的阴霾，这正是现实社会压制人才，但终究不能阻止人们对理想执着追求的一种反映；而归根结底，是由时代条件决定的。天宝年间，唐帝国虽然走了下坡路，但"盛世"的余霞残照，还没有完全消逝，它还具有相当的魅力，还能够让人们振奋精神，觉得有信心掌握自己的命运。第一段由年华易逝的感慨激发起来的对于"天生我材必有用"的充满信心的歌唱，可以说是李白不肯动摇自己对于人生信念的豪语。然而诗人抒发的这种豪情，表达的这种信念，又是针对什么的呢？这便把深一层地抒写对于现实的愤懑，留给了第二段。

"岑夫子，丹丘生，将进酒，杯莫停。与君歌一曲，请君为我倾耳听。"岑夫子，指岑勋；丹丘生，指元丹丘。两人都是李白的好友。这一节完全是宴席间频频劝酒的口吻，作为前后两段的过渡，在穿插中使诗显出了层次和变化，同时给诗增加了真切深挚的气氛，让读者感到诗人在酒酣之际，激情难以自抑，须面对知己，把胸中的积郁尽情吐出方才痛快。

"钟鼓馔玉不足贵，但愿长醉不用醒。古来圣贤皆寂寞，唯有饮者留其名。陈王昔时宴平乐，斗酒十千恣欢谑。主人何为言少钱，径须沽取对君酌。五花马，千金裘，呼儿将出换美酒，与尔同销万古愁。"这是诗的第二段。"钟鼓馔玉"指富贵生活，诗人根本不以为可贵，他只愿永远沉浸醉乡。要是从表面去理解，追求长醉，似乎也可以认为是颓废，但联系诗人"天生我材必有用"那种高度自信和远大抱负，联系诗人所面临的理想与现实的冲突，就会感到话中带着愤懑。"珠玉买歌笑，糟糠养贤才。"（《古风》十五）腐朽的统治者就是这样践踏人才。甚至就连古代圣贤孔子和孟子都凄惶奔走，生前也没有找到知音，实在悲凉寂寞。相反地，那些煊赫于世的钟鼓馔玉者，却往往是一些庸才或奸邪之徒。对于这种时世，倒是像阮籍、嵇康那样的佯狂傲世的酒徒，能够引起震动，容易传名。"一醉累月轻王侯"，诗人要用长醉对权贵表示蔑视。这段话非常愤激，反映那个社会不容人们去效法圣贤，反而被逼得发狂，去做放诞的酒徒。

"陈王昔时宴平乐，斗酒十千恣欢谑。主人何为言少钱，径须沽取对君酌。"陈王，指曹植。这里，李白把曹植划出"钟鼓馔玉"的范围之外，而引为同调，并以他在平乐观与宾客尽情豪饮作为效法对象，要主人莫愁少钱，只管沽酒。

"五花马，千金裘，呼儿将出换美酒，与尔同销万古愁。"有人认为对于五花马和千金裘不必拘泥，因为这毕竟是写诗，然而此处也并不排斥五花马、千金裘有实际存在的可能。它虽然未必是李白的，但在盛唐社会风气之下，一向重义轻财的李白，也想必会视之如同自己的一样，觉得朋友自会赞成他的主意的。尤其是当李白醉酒的时候，更有可能如此。但值得注意的是，酒意越浓，语言也就越能直接传达心声。诗人不再用"得意须尽欢"等理由来劝酒了，而是强调此番痛饮，要消除压在心头的"万古愁"。这就显得胸中的积郁无限深广。不喝酒不成，喝少了也不成，非得把宝马轻裘押上不可。诗的最后一个"愁"字，几乎可以掉转全篇，它呼应了开头的"悲"字，使那"悲"的内涵显得更深，同时也使前面的"得意""尽欢"，分明只是在想到才能仍然值得自豪时的一种自我庆慰，而不是樽前月下的寻欢作乐。这种深广的"愁"与"天生我材必有用"的自信，有如波浪汹涌的黄河与擎天的砥柱，砥柱因黄河的冲击而愈显其雄伟。在失意的环境中，仍然能保持自信，自信心在考验中就获得更有力的表现。如果说诗的前一段是豪迈之言，那么后一段就是愤慨之语了。豪言正是从愤慨中激发出来的，而深沉的愤慨又衬托出豪语并非空说大话。

诗由眼前的黄河起兴。由于感情发展也像黄河之水那样奔腾激荡，不易把握，而通篇又都讲饮酒，如果只拘泥于字面，似乎也可以说诗人是在宣扬纵酒行乐，而且诗中用欣赏、肯定的态度，用豪迈的气势来写饮酒，把它写得很壮美，也确实有某种消极作用。这如同他在另一些诗中宣扬求仙一样，都不免是以一种"夸张的庸俗气来代替平凡的庸俗气"（恩格斯语）。要借助酒力消除万古愁，不过反映了诗人当时找不到对抗黑暗势力的有效武器。酒是他个人反抗的兴奋剂，有了酒像是有了千军万马的力量，但酒也是他的精神麻醉剂，使他在沉湎中不能作正面的反抗。这些都表现了时代和阶级的局限。今天即使是对于像李白这样的大诗人也没有必要曲意加以回护。不过，在此同时，我们更应该看到这些毕竟不是诗的主要方面，诗人在强调要饮酒的言辞下，有着内在的很深刻的思想感情，或是悲年华易逝、岁月蹉跎，或是慨叹圣贤寂寞而夸耀酒徒，都暗示着才能不为世用；而豪迈地呼喊"天生我材必有用"，并且要"烹羊宰牛且为乐"，又表现了诗人的乐观自信和放纵不羁的精神。无边的愁并没有淹没诗人的自信，他不能忍受压抑，不甘于才能的毁灭。他的这首诗歌，就是一曲努力排遣愁闷，渴望伸展才智，在悲感中交织着自信的乐章。读这首诗，我们会感到封建社会中普遍存在的怀才不遇的矛盾，在诗中激成了像黄河之水那样汹涌澎湃的情感的波涛。诗让人听到了一位天才因被压抑而发出的强烈的抗议、愤怒的吼声。它激动着人们的心弦，使人感到似乎有一股强大的力量冲向封建黑暗势力，冲向黑暗势力加在人才头上的磐石一样的重压。这不禁又使我们想到苏轼。他和李白同样具有浪漫的气质。苏轼对着大江东去，虽然向往着古人轰轰烈烈的业绩，但在回念自己的时候，只有黯然神伤，无可奈何地认为要被古人嘲笑。而李白在黄河边尽管高声喊悲叫愁,却仍然使人感到他有一种"力拔山兮气盖世"的气概而没有丝毫示弱。苏李之间的这种差别,自然也只有到他们各自所处的时代里去寻找根源。

这首诗和《蜀道难》,可以代表李白乐府歌行的主要艺术风格,就是豪迈奔放。但也各有特色。《蜀道难》主要刻画蜀道山川峥嵘不凡的形象,风格在豪迈奔放中偏于奇险。而《将进酒》则着重塑造诗人的自我形象,风格在豪迈奔放中显得自然。读这首诗,仿佛使酒逞气、热血沸腾的李白——这位傲岸倔强、要用酒去冲销"万古愁"的愤怒诗人,就在眼前。产生这种艺术效果,与诗人抓住酒酣时的精神状态加以表现很有关系。因为此时便于深入揭示内心的激荡和矛盾,展开精神世界的各个侧面。严羽说:"一往豪情,使人不能句字赏摘。盖他人作诗用笔想,太白但用胸口一喷即是,此其所长。"(严羽评点李集)这评论是很精到的。因此,如果认为"将进酒"这个乐府旧题因要求处处言不离酒,对表现理想与现实冲突这一主题,或许有不便的一面,那么,李白正是抓住志士对酒的契机,突出表现当时的百感交集、心潮激荡,这对塑造诗人的自我形象,构成豪放而自然的艺术风格则极为有利。这里体现了一种辩证关系,和一切艺术传统一样,乐府古题对于后人既可能形成束缚,同时由于它们经过前人的探索和开拓,又往往积存着某些对创作的有利因素,指示着某种途径或方向。李白这首诗,正是在运用乐府古题时善于因势利导,借酒作为引发诗情的触媒剂,从而使"将进酒"这一诗题得到最好的开拓,为其注入深刻的思想内容,并获得完美的艺术表现。

(原题作《一往豪情伴酒倾——介绍李白〈将进酒〉》,内容略有改动,原载《名作之园》,浙江古籍出版社1987年版)

附：李白与李贺两首《将进酒》比较

琉璃钟，琥珀浓。小槽酒滴真珠红。烹龙炮凤玉脂泣，罗帷绣幕围香风。吹龙笛，击鼍鼓，皓齿歌，细腰舞。况是青春日将暮，桃花乱落如红雨。劝君终日酩酊醉，酒不到刘伶坟上土。

——李贺《将进酒》

《将进酒》，汉乐府旧题，属《鼓吹曲·铙唱》。它的传统内容，是以劝酒为辞，写人们追求醉酒时的精神状态。李白和李贺的《将进酒》，都围绕这一传统内容展开。文人常有的怀才不遇、人生易老、及时行乐等思想，诗中也都有所流露，但由于两位诗人所处的时代，以及思想性格的差异，两首诗的风貌，又有很大不同。

先看诗境。李白诗歌，一开始展现的是黄河由天而降，东奔大海的景象，和人生很快地由少变老，倏忽间青丝变为白发的过程。空间的广阔，时间的迅疾，使人震荡不安。而席间的饮者，不以散尽千金为可惜，不以富贵圣贤为羡，痛饮狂歌，飞扬跋扈。要学曹植宴客，恣情欢谑；要烹羊宰牛，一饮三百杯；要卖掉五花马、千金裘，换取美酒，销尽万古愁。这种诗境，显得壮浪纵恣、气势磅礴。李贺之作描绘的是一个花天酒地的筵席。盛酒以琉璃之杯，酒色如琥珀之浓。菜肴是珍异油腻的，伴以龙笛鼍鼓、美人歌舞。其声、其色、其味、其情，都给人以兴奋和刺激。但它的效应不是使人精神发越、外向，通向广阔的天地，而是让人更加颓靡，越发加重对这狭小天地的依恋。密不透风的罗帷绣幕，把这片天地紧紧包围。外界的景象，又以春天日暮、花落如雨和荒冢古坟为标志，沉重地压在与宴者心上。

这样，就造成整个诗境的局促与压抑，与李白诗境的阔大开张，大异其趣。

再看抒情主人公的精神面貌与性格。在李白诗中，那雄伟奔放的黄河，象征性地体现着诗人的精神，它那非凡的气势，和李白浪漫不羁的性格之间，有一种契合。黄河从天而落，激浪翻腾，宛如诗人汹涌喷发的情感漩流。诗人慨叹年华虚掷，但不是陷于悲观绝望，难以自拔，而是借助酒力，从愁闷中冲决而出。"天生我材必有用，千金散尽还复来。烹羊宰牛且为乐，会须一饮三百杯"，这是何等气派！不仅要用世，而且达到充满自信的程度。只有对自己的高材和价值有充分的估计，才可能有这种快意的抒发！在自作声价的同时，诗人还纵观历史。既看不起钟鼓馔玉的富贵，也不愿效法蹭蹬寂寞的圣贤，他要以典裘卖马换来的美酒，冲销历史上贤愚不分、才智之士不得舒展怀抱的"万古愁"。从这里可以看出，酒在李白那里，给他增添了抗争的力量和信心。李白在醉酒中向封建社会充分地表现了他的狂傲，发泄了深广的忧愤。读这首诗，仿佛傲岸倔强、热情豪迈的诗人就在眼前。诗中抓住了烈士对酒的契机，突出地表现了当时百感交集、心潮激荡和内在情感的冲撞、拼搏，但无论是悲愁还是欢乐，是愤郁还是自信，都以强有力的形式表现出来，决不纤弱和气馁。它体现了不仅属于李白个人，同时也是属于盛唐时代的强大精神力量。

历史发展到中唐，社会已无"大道如青天"（李白《行路难》）的恢宏气象，平辈长于李贺的孟郊慨叹说："出门即有碍，谁谓天地宽。"（《赠崔纯亮》）昔日的盛世景象，昔日许多文士的特殊际遇和荣宠，只能加深人们对于现实的沮丧与失望。越来越多的士子感到精神空虚、内倾、怪谲、醉生梦死、追求心灵慰安、贪恋物质享受，逐步取代积极用世、意气风发的人生态度和豪迈乐观的精神。李贺生活的元和时期，知识分子的这种转变虽然还不普遍，但李贺因其特殊遭遇和心理气质，却在诗歌中较早地反映了这种精神状态，成为中唐后期最先表露晚唐诗歌征兆的诗家。李贺《将进酒》境界的压抑局促，反映了诗人心理的沉闷窒塞，精神的软弱内倾。诗中以极为新艳的词语，描写了槽滴珠红的美酒、烹龙炮凤的佳肴、龙笛鼍鼓的乐声、皓齿细腰的歌舞，极力铺陈，津津乐道。其场面之热烈，气氛之浓郁，以及语言节奏所传达的那种情绪之震颤，都充分表现了诗人在物欲驱使下心灵的追求。而这种追求与一般人的单纯追求物质享受又有不同。诗的最后四句，从极奢极欲的华筵，掉转笔去写外部环境和诗人的内心活动，让我们看到，在兴致似乎是最高、最浓的当儿，诗人心底上的浓厚阴影，于是暴露出李贺追求"终日酩酊醉"的思想逻辑，绝不是李白的"古来圣贤皆寂寞，唯有饮者求其名"，更不是"天生我材必有用，千金散尽还复来"。而是：落红如雨，青春将暮，何不珍惜那珠红的新酒，那玉脂烹炮的美味，那轻歌曼舞的场景，趁青春之时终日酩酊大醉呢？要知道"酒不到刘伶坟上土"啊！这与李白相比，心灵该是显得多么孱弱和灰暗！李贺所追求的，与其说是物欲，又不如说是一种麻醉。他有无穷无尽徘徊于生和死之间的忧虑和悲伤。与李白悲中见壮，虽然怀着万古愁，而仍对未来抱有充分信心是很不相同的。

　　李白的诗，如黄河浑灏流转，那种恣意挥洒，一波未平，一波又起的笔法，那种参差错落的句式，以及在诗中频频出现的奇伟的意象，巨大的数额，都显示了盛唐诗歌的气势魄力。李贺的诗，艳美紧凑，意象多为珠、玉、花、雨、皓齿、细腰一类偏于细美之物。它的场面热烈，色彩富丽，但由于结尾四句的反跌，热烈和富丽反而引向空虚和幻灭。两诗在意象和手法等方面的不同，也值得我们结合它对思想内容的表达功能加以比较。

（原载《古典文学知识》1993年第3期）

远 别 离

远别离，古有皇英之二女，乃在洞庭之南，潇湘之浦。海水直下万里深，谁人不言此离苦？日惨惨兮云冥冥，猩猩啼烟兮鬼啸雨。我纵言之将何补？皇穹窃恐不照余之忠诚，云凭凭兮欲吼怒。尧舜当之亦禅禹。君失臣兮龙为鱼，权归臣兮鼠变虎。或云尧幽囚，舜野死。九疑联绵皆相似，重瞳孤坟竟何是？帝子泣兮绿云间，随风波兮去无还。恸哭兮远望，见苍梧之深山。苍梧山崩湘水绝，竹上之泪乃可灭。

这是一个古老的传说：帝尧曾经将两个女儿（长曰娥皇、次曰女英）嫁给舜。舜南巡，死于苍梧之野。二妃溺于湘江，神游洞庭之渊，出入潇湘之浦。这个传说，使得潇湘洞庭一带似乎几千年来一直被悲剧气氛笼罩着。"远别离，古有皇英之二女；乃在洞庭之南，潇湘之浦，海水直下万里深，谁人不言此离苦？"一提到这些诗句，人们心理上都会被唤起一种凄迷的感受。那流不尽的清清的潇湘之水，那浩渺的洞庭，那似乎经常出没在潇湘云水间的两位帝子，那被她们眼泪所染成的斑竹，都会一一浮现在脑海里。所以，诗人在点出潇湘、二妃之后发问："谁人不言此离苦？"就立即能获得读者强烈的感情共鸣。

接着，承接上文渲染潇湘一带的景物：太阳惨淡无光，云天晦暗，猩猩在烟雨中啼叫，鬼魅在呼唤着风雨。但接以"我纵言之将何补"一句，却又让人感到不是单纯写景了。阴云蔽日，那"日惨惨兮云冥冥"，不像是说皇帝昏聩、政局阴暗吗？"猩猩啼烟兮鬼啸雨"，不正像大风暴到来之前的群魔乱舞吗？而对于这一切，一个连一官半职都没有的诗人，即使说了，又何补于世，有谁能听得进去呢？既然"日惨惨""云冥冥"，那么，朝廷又怎么能区分忠奸呢？所以诗人接着写道：我觉得皇天恐怕不能照察我的忠心，相反，雷声殷殷，又响又密，好像正在对我发怒呢。这雷声显然是指朝廷上某些有权势的人的威吓，但与上面"日惨惨兮云冥冥，猩猩啼烟兮鬼啸雨"相呼应，又像是仍然在写潇湘洞庭一带风雨到来前的景象，使人不觉其确指现实。

"尧舜当之亦禅禹，君失臣兮龙为鱼，权归臣兮鼠变虎。"这段议论性很强，很像在追述造成别离的原因：奸邪当道，国运堪忧。君主用臣如果失当，大权旁落，就会像龙化为可怜的鱼类，而把权力窃取到手的野心家，则会像鼠一样变成吃人的猛虎。当此之际，就是尧亦得禅舜，舜亦得禅禹。不要以为我的话是危言耸听、亵渎人们心目中神圣的上古三代，证之典籍，确有尧被秘密囚禁、舜野死蛮荒之说啊。《史记·五帝本纪》正义引《竹书纪年》载，尧年老德衰为舜所囚。《国语·鲁语》："舜勤民事而野死。"由于忧念国事，诗人观察历史自然别具一副眼光：尧幽囚、舜野死之说，大概都与失权有关吧？"九疑联绵皆相似，重瞳孤坟竟何是？"舜的眼珠有两个瞳孔，人称重华。传说他死在湘南的九嶷山，但九座山峰联绵相似，究竟何处是重华的葬身之地呢？称舜墓为"孤坟"，并且叹息死后连坟地都不能为后人确切知道，更显凄凉。不是死得暧昧，何至如此呢！娥皇、女英二位帝子，在绿云般的丛竹间哭泣，哭声随风波远逝，去而无应。"见苍梧之深山",着一"深"字,令人可以想象群山迷茫,即使二妃远望也不知其所,这就把悲剧更加深了一步。"苍梧山崩湘水绝,竹上之泪乃可灭。"斑竹上的泪痕,乃二妃所洒,苍梧山应该是不会有崩倒之日,湘水也不会有涸绝之时,二妃的眼泪又岂有止期?这个悲剧实在是太深了!

诗所写的是二妃的别离,但"我纵言之将何补"一类话,分明显出诗人是对现实政治有所感而发的。所谓"君失臣""权归臣"是天宝后期政治危机中突出的标志,并且是李白当时心中最为忧念的一端。元代萧士赟认为玄宗晚年贪图享乐、荒废朝政,把政事交给李林甫、杨国忠,边防交给安禄山、哥舒翰,"太白熟观时事,欲言则惧祸及己,不得已而形之诗,聊以致其爱君忧国之志。所谓皇英之事,特借指耳。"这种说法是可信的。李白之所以要危言尧舜之事,意思大概是要强调人君如果失权,即使是圣哲也难保社稷妻子。后来在马嵬事变中,玄宗和杨贵妃演出一场远别离的惨剧,可以说是正好被李白言中了。

诗写得迷离惝恍,但又不乏要把迷阵挑开一点缝隙的笔墨。"我纵言之将何补?皇穹窃恐不照余之忠诚,云凭凭兮欲吼怒。"这些话很像他在《梁甫吟》中所说的"我欲攀龙见明主,雷公砰轰震天鼓。……白日不照吾精诚,杞国无事忧天倾"。不过,《梁甫吟》是直说,而《远别离》中的这几句隐隐呈现在重重迷雾之中,一方面起着点醒读者的作用,一方面又是在述及造成远别离的原因时,自然地带出。诗仍以叙述二妃别离之苦开始,以二妃恸哭远望终结,让悲剧故事笼括全篇,保持了艺术上的完整性。

诗人是明明有许多话急于要讲的。但他知道即使是把喉咙喊破了,也决不会使唐玄宗醒悟,真是"言之何补"!况且诗人自己也心绪如麻，不想说，但又不忍不说。因此，写诗的时候不免若断若续、似吞似吐。范梈说："此篇最有楚人风。所贵乎楚言者，断如复断，乱如复乱，而辞意往复屈折行乎其间者，实未尝断而乱也；使人一唱三叹，而有遗音。"（据瞿蜕园、朱金城《李白集校注》转引）这是很精到的见解。诗人把他的情绪，采用楚歌和骚体的手法表现出来，使得断和续、吞和吐、隐和显，销魂般的凄迷和预言式的清醒，紧紧结合在一起，构成深邃的意境和强大的艺术魅力。

（原载《唐诗鉴赏辞典》，上海辞书出版社1983年版）

行路难三首（其一）

金樽清酒斗十千，玉盘珍羞直万钱。
停杯投箸不能食，拔剑四顾心茫然。
欲渡黄河冰塞川，将登太行雪满山。
闲来垂钓碧溪上，忽复乘舟梦日边。
行路难，行路难，多歧路，今安在？
长风破浪会有时，直挂云帆济沧海。

这是李白所写的三首《行路难》的第一首。这组诗从内容看，应该是写在天宝三载（744）李白离开长安的时候。

诗的前四句写朋友出于对李白的深厚友情，出于对这样一位天才被弃置的惋惜，不惜金钱，设下盛宴为之饯行。"嗜酒见天真"的李白，要是在平时，因为这美酒佳肴，再加上朋友的一片盛情，肯定是会"一饮三百杯"的。然而，这一次他端起酒杯，却又把酒杯推开了；拿起筷子，却又把筷子撂下了。他离开座席，拔下宝剑，举目四顾，心绪茫然。停、投、拔、顾四个连续的动作，形象地显示了内心的苦闷抑郁、感情的激荡变化。

接着两句紧承"心茫然"，正面写"行路难"。诗人用"冰塞川""雪满山"象征人生道路上的艰难险阻，具有比兴的意味。一个怀有伟大政治抱负的人物，在受诏入京、有幸接近皇帝的时候，却不能被皇帝任用，被"赐金还山"，变相撵出了长安，这不正像遇到冰塞黄河、雪拥太行吗！但是，李白并不是那种软弱的性格，从"拔剑四顾"开始，就表示不甘消沉，而要继续追求。"闲来垂钓碧溪上，忽复乘舟梦日边。"诗人在心境茫然之中，忽然想到两位开始在政治上并不顺利，而最后终于大有作为的人物：一位是吕尚，九十岁在磻溪钓鱼，得遇文王；一位是伊尹，在受汤聘前曾梦见自己乘舟绕日月而过。想到这两位历史人物的经历，又给诗人增强了信心。

"行路难，行路难，多歧路，今安在？"吕尚、伊尹的遇合，固然增加了对未来的信心，但当他的思路回到眼前现实中来的时候，又再一次感到人生道路的艰难。离筵上瞻望前程，只觉前路崎岖，歧途甚多，要走的路，究竟在哪里呢？这是感情在尖锐复杂的矛盾中再一次回旋。但是倔强而又自信的李白，决不愿在离筵上表现自己的气馁。他那种积极用世的强烈要求，终于使他再次摆脱了歧路彷徨的苦闷，唱出了充满信心与展望的强音："长风破浪会有时，直挂云帆济沧海！"他相信尽管前路障碍重重，但仍将会有一天要像刘宋时宗悫所说的那样，乘长风破万里浪，挂上云帆，横渡沧海，到达理想的彼岸。

这首诗一共十四句，八十二个字，在七言歌行中只能算是短篇，但它跳荡纵横，具有长篇的气势格局。其重要的原因之一，就在于它百步九折地揭示了诗人感情的激荡起伏、复杂变化。诗的一开头，"金樽美酒""玉盘珍羞"，让人感觉似乎是一个欢乐的宴会，但紧接着"停杯投箸""拔剑四顾"两个细节，就显示了感情波涛的强烈冲击。中间四句，刚刚慨叹"冰塞川""雪满山"，又恍然神游千载之上，仿佛看到了吕尚、伊尹由微贱而忽然得到君主重用。诗人心理上的失望与希望、抑郁与追求，急遽变化交替。"行路难，行路难，多歧路，今安在？"四句节奏短促、跳跃，完全是急切不安状态下的内心独白，逼肖地传达出进退失据而又要继续探索追求的复杂心理。结尾二句，经过前面的反复回旋以后，境界顿开，唱出了高昂乐观的调子，相信自己的理想抱负总有实现的一天。通过这样层层叠叠的感情起伏变化，既充分显示了黑暗污浊的政治现实对诗人的宏大理想抱负的阻遏，反映了由此而引起的诗人内心的强烈苦闷、愤郁和不平，同时又突出表现了诗人的倔强、自信和他对理想的执着追求，展示了诗人力图从苦闷中挣脱出来的强大精神力量。

这首诗在题材、表现手法上都受到鲍照《拟行路难》的影响，但却青出于蓝而胜于蓝。两人的诗，都在一定程度上反映了封建统治者对人才的压抑，而由于时代和诗人精神气质方面的原因，李诗却揭示得更加深刻强烈，同时还表现了一种积极的追求、乐观的自信和顽强地坚持理想的品格。因而，和鲍作相比，李诗的思想境界就显得更高。

（原载《唐诗鉴赏辞典》，上海辞书出版社1983年版）

行路难三首（其二）

大道如青天，我独不得出。羞逐长安社中儿，赤鸡白雉赌梨栗。弹剑作歌奏苦声，曳裾王门不称情。淮阴市井笑韩信，汉朝公卿忌贾生。君不见昔时燕家重郭隗，拥篲折节无嫌猜。剧辛乐毅感恩分，输肝剖胆效英才。昭王白骨萦蔓草，谁人更扫黄金台？行路难，归去来！

"大道如青天，我独不得出。"这个开头与第一首不同。第一首用赋的手法，从筵席上的美酒佳肴写起，起得比较平。这一首，一开头就陡起壁立，让久久郁积在内心里的感受，一下子喷发出来。亦赋亦比，使读者感到它的思想感情内容十分深广。后来孟郊写了"出门如有碍，谁谓天地宽"的诗句，可能受了此诗的启发，但气局比李白差多了。能够和它相比的，还是李白自己的"蜀道之难，难于上青天"这类诗句，大概只有李白那种胸襟才能写得出。不过，《蜀道难》用徒步上青天来比喻蜀道的艰难，使人直接想到那一带山川的艰险，却并不感到文意上有过多的埋伏。而这一首，用青天来形容大道的宽阔，照说这样的大道是易于行路的，但紧接着却是"我独不得出"，就让人感到这里面有许多潜台词。这样，这个警句的开头就引起了人们对下文的注意。

"羞逐"以下六句，是两句一组。"羞逐"两句是写自己的不愿意。唐代上层社会喜欢拿斗鸡进行游戏或赌博。唐玄宗曾在宫内造鸡坊，斗鸡的小儿因而得宠。当时有"生儿不用识文字，斗鸡走狗胜读书"的民谣。如果要去学斗鸡，是可以交接一些纨绔子弟，在仕途上打开一点后门的。但李白对此嗤之以鼻。所以声明自己羞于去追随长安里社中的小儿。这两句和他在《答王十二寒夜独酌有怀》中所说的"君不能狸膏金距学斗鸡,坐令鼻息吹虹霓"是一个意思,都是说他不屑与"长安社中儿"为伍。那么,去和那些达官贵人交往呢?"弹剑作歌奏苦声,曳裾王门不称情。""弹剑作歌",用的是冯谖的典故。冯谖在孟尝君门下作客,觉得孟尝君对自己不够礼遇,开始时经常弹剑而歌,表示要回去。"曳裾王门",即拉起衣服前襟,出入权贵之门。李白是希望"平交王侯"的,而现在在长安,权贵们并不把他当一回事,因而使他像冯谖一样感到不能忍受。这两句是写他的不称意。"淮阴市井笑韩信,汉朝公卿忌贾生。"韩信未得志时,在淮阴曾受到一些市井无赖们的嘲笑和侮辱。贾谊年轻有才,汉文帝本打算重用,但由于受到大臣灌婴、冯敬等的忌妒、反对,后来竟遭贬逐。李白借用了韩信、贾谊的典故,写出在长安时一般社会上的人对他嘲笑、轻视,而当权者则加以忌妒和打击。这两句是写他的不得志。

"君不见"以下六句,深情歌唱当初燕国君臣互相尊重和信任,流露他对建功立业的渴望,表现了他对理想的君臣关系的追求。战国时燕昭王为了使国家富强,尊郭隗为师,于易水边筑台置黄金其上,以招揽贤士。于是乐毅、邹衍、剧辛纷纷来归,为燕所用。燕昭王对于他们不仅言听计从,而且屈己下士、折节相待。当邹衍到燕时,昭王"拥篲先驱",亲自扫除道路迎接,恐怕灰尘飞扬,用衣袖挡住扫帚,以示恭敬。李白始终希望君臣之间能够有一种比较推心置腹的关系,他常以伊尹、姜尚、张良、诸葛亮自比,原因之一,也正因为他们和君主之间的关系,比较符合自己的理想。但这种关系在现实中却是不存在的。唐玄宗这时已经腐化而且昏庸,根本没有真正的求贤、重贤之心,下诏召李白进京,也只不过是装出一副爱才的姿态,并要他写一点歌功颂德的文字而已。"昭王白骨萦蔓草,谁人更扫黄金台？"慨叹昭王已死，没有人再洒扫黄金台，实际上是表明他对唐玄宗的失望。诗人的感慨是很深的，也是很沉痛的。

以上十二句，都是承接"大道如青天，我独不得出"，对"行路难"作具体描写。既然朝廷上下都不是看重他，而是排斥他，那么就只有拂袖而去了。"行路难，归去来！"在当时的情况下，他只有此路可走。这两句既是沉重的叹息，也是愤怒的抗议。

这首诗表现了李白对功业的渴望，流露出在困顿中仍然想有所作为的积极用世的热情，他向往像燕昭王和乐毅等人那样的风云际会，希望有"输肝剖胆效英才"的机缘。篇末的"行路难，归去来"，只是一种愤激之词，只是比较具体地指要离开长安，而不等于要消极避世，并且也不排除在此同时他还抱有他日东山再起"直挂云帆济沧海"的幻想。

（原载《唐诗鉴赏辞典》，上海辞书出版社1983年版）

杨叛儿

君歌《杨叛儿》，妾劝新丰酒。何许最关人？乌啼白门柳。乌啼隐杨花，君醉留妾家。博山炉中沉香火，双烟一气凌紫霞。

《杨叛儿》本北齐时童谣，后来成为乐府诗题。李白此诗与《杨叛儿》童谣的本事无关，而与乐府《杨叛儿》关系十分密切。开头一句中的《杨叛儿》，即指以这篇乐府为代表的情歌。"君歌《杨叛儿》，妾劝新丰酒。"一对青年男女，一方唱歌，一方劝酒，显出男女双方感情非常融洽。

"何许最关人？乌啼白门柳。"白门，本刘宋都城建康（今南京）城门，因为南朝民间情歌常常提到白门，所以成了男女欢会之地的代称。"最关人"，犹言最牵动人心。是何事物最牵动人心呢？——"乌啼白门柳"。五个字不仅点出了环境、地点，还暗示了时间。"乌啼"，应是接近日暮的时候。其时、其地、其景，不用说是最关情的了。

"乌啼隐杨花，君醉留妾家。"乌鸦归巢之后渐渐停止啼鸣，在柳叶杨花之间甜蜜地憩息了。这里既是写景，又充满着比兴意味，情趣盎然。这里的"醉"，当然不排斥酒醉，同时还包括男女之间柔情蜜意的陶醉。

"博山炉中沉香火，双烟一气凌紫霞。"沉香，即名贵的沉水香。博山炉是一种炉盖作重叠山形的薰炉。这两句承"君醉留妾家"把诗推向高潮，进一步写男女欢会。对方的醉留，正像沉香投入炉中，爱情的火焰立刻燃烧起来，情意融洽，精神升华，则像香火化成烟，双双一气，凌入云霞。

这首诗，形象丰满，生活气息浓厚，显得非常新鲜、活泼，但它却不同于一般直接歌唱现实生活的作品，而是李白根据古乐府《杨叛儿》进行的艺术再创造。古词只四句："暂出白门前，杨柳可藏乌。君作沉水香，侬作博山炉。"古词和李白的新作，神貌颇为相近，但艺术感染力有很大差距。李诗一开头，"君歌《杨叛儿》，妾劝新丰酒"就是原乐府中所无。而缺少这两句，全诗就看不到场面，失去了一开头就笼罩全篇的男女慕悦的气氛。第三句"何许最关人"，这是较原诗多出的一句设问，使诗意显出了变化，表现了双方在"乌啼白门柳"那种特定的环境下浓烈的感情。五句"乌啼隐杨花"，从原诗中"藏乌"一语引出，但意境更美。接着，"君醉留妾家"则写出醉留，意义更显豁，有助于表现爱情的炽烈和如鱼得水的情趣。特别是最后既用"博山炉中沉香火"七字檃括原诗的后半："君作沉水香，侬作博山炉。"又生发出了"双烟一气凌紫霞"的绝妙形容。这一句由前面的比兴，发展到带有较多的象征意味，使全诗的精神和意趣得到完美的体现。

李白《杨叛儿》中一男一女由唱歌劝酒到醉留，这在封建礼教面前是带有解放色彩的。较之古《杨叛儿》，情感更炽烈，生活的调子更加欢快和浪漫。这与唐代经济繁荣，社会风气比较解放，显然有关。

（原载《唐诗鉴赏辞典》，上海辞书出版社1983年版）

襄 阳 歌

落日欲没岘山西，倒著接䍦花下迷。襄阳小儿齐拍手，拦街争唱《白铜鞮》。旁人借问笑何事，笑杀山公醉似泥。鸬鹚杓，鹦鹉杯。百年三万六千日，一日须倾三百杯。遥看汉水鸭头绿，恰似葡萄初酦醅。此江若变作春酒，垒曲便筑糟丘台。千金骏马换小妾，醉坐雕鞍歌《落梅》。车旁侧挂一壶酒，凤笙龙管行相催。咸阳市中叹黄犬，何如月下倾金罍？君不见晋朝羊公一片石，龟头剥落生莓苔。泪亦不能为之堕，心亦不能为之哀。清风朗月不用一钱买，玉山自倒非人推。舒州杓，力士铛，李白与尔同死生。襄王云雨今安在？江水东流猿夜声。

开元十三年（725），李白从巴蜀东下。十五年，在湖北安陆和退休宰相许圉师的孙女结婚。襄阳离安陆不远，这首诗可能写在这一时期。它是李白的醉歌，诗中用醉汉的心理和眼光看周围世界，实际上是用更带有诗意的眼光来看待一切、思索一切。

诗一开始用了晋朝山简的典故。山简镇守襄阳时，喜欢去习家花园喝酒，常常大醉骑马而回。当时的歌谣说他："日暮倒载归，酩酊无所知。复能骑骏马，倒着白接䍦。"接䍦（lí），一种白色帽子。李白在这里是说自己像当年的山简一样，日暮归来，烂醉如泥，被儿童拦住拍手唱歌，引起满街的喧笑。

可是李白毫不在乎，说什么人生百年，一共三万六千日，每天都应该往肚里倒上三百杯酒。此时，他酒意正浓，醉眼蒙眬地朝四方看，远远看见襄阳城外碧绿的汉水，幻觉中就好像刚酿好的葡萄酒一样。啊，这汉江若能变作春酒，那么单是用来酿酒的酒曲，便能垒成一座糟丘台了。诗人醉骑在骏马雕鞍上，唱着《梅花落》的曲调，后面还跟着车子，车上挂着酒壶，载着乐队，奏着劝酒的乐曲。他洋洋自得，忽然觉得自己的纵酒生活，连历史上的王侯也莫能相比呢！秦丞相李斯不是被秦二世杀掉吗，临刑时对他儿子说："吾欲与若（你）复牵黄犬，俱出上蔡（李斯的故乡）东门，逐狡兔，岂可得乎！"还有晋朝的羊祜，镇守襄阳时常游岘山，曾对人说："由来贤达胜士登此远望，如我与卿者多矣，皆湮没无闻，使人悲伤。"祜死后，襄阳人在岘山立碑纪念，见到碑的人往往流泪，名为"堕泪碑"。但这碑到了今天又有什么意义呢？如今碑也已剥落，再无人为之堕泪了！一个生前即未得善终，一个身后虽有人为之立碑，但也难免逐渐湮没，哪有"月下倾金罍"这般快乐而现实呢！那清风朗月可以不花一钱尽情享用，酒醉之后，像玉山一样倒在风月中，该是何等潇洒、适意！

诗的尾声，诗人再次宣扬纵酒行乐，强调即使尊贵到能与巫山神女相接的楚襄王，亦早已化为子虚乌有，不及与伴自己喝酒的舒州杓、力士铛（chēng）同生共死更有乐趣。

这首诗为人们所爱读。因为诗人表现的生活作风虽然很放诞，但并不颓废，支配全诗的，是对他自己所过的浪漫生活的自我欣赏和陶醉。诗人用直率的笔调，给自己勾勒出一个天真烂漫的醉汉形象。诗里生活场景的描写非常生动而富有强烈戏剧色彩，达到了绘声绘影的程度，反映了盛唐社会生活中生动活泼的一面。

这首诗一方面让我们从李白的醉酒，从李白飞扬的神采和无拘无束的风度中，领受到一种精神舒展与解放的乐趣；另一方面，它通过围绕李白所展开的那种活跃的生活场面，能启发人想象生活还可能以另一种带喜剧的色彩出现，从而加深人们对生活的热爱。全篇语言奔放，充分表现出李白富有个性的诗风。

（原载《唐诗鉴赏辞典》，上海辞书出版社1983年版）

临 路 歌

大鹏飞兮振八裔，中天摧兮力不济。余风激兮万世，游扶桑兮挂石袂。后人得之传此，仲尼亡兮谁为出涕？

这首诗题中的"路"字，可能有误。根据诗的内容，联系唐代李华在《故翰林学士李君墓铭序》中说："年六十有二不偶，赋临终歌而卒。"则"临路歌"的"路"字当与"终"字因形近而致误，"临路歌"即"临终歌"。

"大鹏飞兮振八裔，中天摧兮力不济。"打开《李太白全集》，开卷第一篇就是《大鹏赋》。这篇赋的初稿，写于青年时代。可能受了庄子《逍遥游》中所描绘的大鹏形象的启发，李白在赋中以大鹏自比，抒发他要使"斗转而天动，山摇而海倾"的远大抱负。后来李白在长安，政治上虽遭到挫折，被唐玄宗"赐金还山"，但并没有因此志气消沉，大鹏的形象，仍然一直激励着他努力奋飞。他在《上李邕》诗中说："大鹏一日同风起，扶摇直上九万里。假令风歇时下来，犹能簸却沧溟水。……"也是以大鹏自比的。大鹏在李白的眼里是一个带着浪漫色彩的、非凡的英雄形象。李白常把它看作自己精神的化身。他有时甚至觉得自己就真像一只大鹏正在奋飞，或正准备奋飞。但现在，他觉得自己这样一只大鹏已经飞到不能再飞的时候了，他便要为大鹏唱一支悲壮的《临终歌》。

歌的头两句是说：大鹏展翅远举啊，振动了四面八方；飞到半空啊，翅膀摧折，无力翱翔。两句诗概括了李白的生平。"大鹏飞兮振八裔"，可能隐含有李白受诏入京一类事情在里面。"中天摧兮"则指他在长安受到挫折，等于飞到半空伤了翅膀。结合诗人的实际遭遇去理解，这两句就显得既有形象和气魄，又不空泛。它给人的感觉，有点像项羽《垓下歌》开头的"力拔山兮气盖世，时不利兮骓不逝"，那无限苍凉而又感慨激昂的意味，着实震撼人心。

"余风激兮万世，游扶桑兮挂石袂。""激"是激荡、激励，意谓大鹏虽然中天摧折，但其遗风仍然可以激荡千秋万世。这实质是指理想虽然幻灭了，但自信他的品格和精神，仍然会给世世代代的人们以巨大的影响。扶桑，是神话传说中的大树，生在太阳升起的地方。古代把太阳作为君主的象征，这里"游扶桑"即指到了皇帝身边。"挂石袂"的"石"当是"左"字之误。严忌《哀时命》中有"左袪

（袖）挂于扶桑"的话，李白此句在造语上可能受了严忌的启发。不过，普通的人不可能游到扶桑，也不可能让衣袖给树高千丈的扶桑挂住。而大鹏又只应是左翅，而不是"左袂"。挂住的究竟是谁呢？在李白的意识中，大鹏和自己有时原是不分的，正因为如此，才有这样的奇句。

"后人得之传此，仲尼亡兮谁为出涕？"前一句说后人得到大鹏半空夭折的消息，以此相传。后一句用孔子泣麟的典故。传说麒麟是一种象征祥瑞的异兽。哀公十四年（前481），鲁国猎获一只麒麟，孔子认为麒麟出非其时而被猎获，非常难受。但如今孔子已经死了，谁肯像他当年痛哭麒麟那样为大鹏的夭折而流泪呢？这两句一方面深信后人对此将无限惋惜，一方面慨叹当今之世没有知音，含意和杜甫总结李白一生时说的"千秋万岁名，寂寞身后事"（《梦李白》）非常相近。

《临终歌》发之于声，是李白的长歌当哭；形之于文，可以看作李白自撰的墓志铭。李白一生，既有远大的理想，而又非常执着于理想，为实现自己的理想追求了一生。这首《临终歌》让我们看到，他在对自己一生回顾与总结的时候，流露的是对人生无比眷念和未能才尽其用的深沉惋惜。读完此诗，掩卷而思，恍惚间会觉得诗人好像真化成了一只大鹏在九天奋飞，那渺小的树杈，终究是挂不住它的，它将在永恒的天幕上翱翔，为后人所瞻仰。

（原载《唐诗鉴赏辞典》，上海辞书出版社1983年版）

黄鹤楼送孟浩然之广陵

故人西辞黄鹤楼，烟花三月下扬州。
孤帆远影碧空尽，唯见长江天际流。

这首送别诗有它自己特殊的情味。它不同于王勃《送杜少府之任蜀川》那种少年刚肠的离别，也不同于王维《渭城曲》那种深情体贴的离别。这首诗，可以说是表现一种充满诗意的离别。其所以如此，是因为这是两位风流潇洒的诗人的离别。还因为这次离别跟一个繁华的时代、繁华的季节、繁华的地区相联系，在愉快的分手中还带着诗人李白的向往，使得这次离别有着无比的诗意。

李白与孟浩然的交往，是在他刚出四川不久，正当年轻快意的时候，他眼里的世界，还几乎像黄金一般美好。比李白大十多岁的孟浩然，这时已经诗名满天下。他给李白的印象是陶醉在山水之间，自由而愉快，所以李白在《赠孟浩然》诗中说："吾爱孟夫子，风流天下闻。红颜弃轩冕，白首卧松云。"再说这次离别正是开元盛世，太平而又繁荣，季节是烟花三月、春意最浓的时候，从黄鹤楼到扬州，这一路都是繁花似锦。而扬州呢？更是当时整个东南地区最繁华的都会。李白是那样一个浪漫、爱好游览的人，所以这次离别完全是在很浓郁的畅想曲和抒情诗的气氛里进行的。李白心里没有什么忧伤和不愉快，相反地认为孟浩然这趟旅行快乐得很，他向往扬州，又向往孟浩然，所以一边送别，一边心也就跟着飞翔，胸中有无穷的诗意随着江水荡漾。

"故人西辞黄鹤楼"，这一句不光是为了点题，更因为黄鹤楼乃天下名胜，可能是两位诗人经常流连聚会之所。因此一提到黄鹤楼，就带出种种与此处有关的富于诗意的生活内容。而黄鹤楼本身呢？又是传说仙人飞上天空去的地方，这和李白心目中这次孟浩然愉快地去扬州，又构成一种联想，增加了那种愉快的、畅想曲的气氛。

"烟花三月下扬州"，在"三月"上加"烟花"二字，把送别环境中那种诗的气氛涂抹得尤为浓郁。烟花者，烟雾迷蒙，繁花似锦也。给人的感觉绝不是一片地、一朵花，而是看不尽、看不透的大片阳春烟景。三月，固然是烟花之时，而开元时代繁华的长江下游，又何尝不是烟花之地呢？"烟花三月"，不仅再现了那暮春时节、繁华之地的迷人景色，而且也透露了时代气氛。此句意境优美，文字绮丽，清人孙洙誉为"千古丽句"。

"孤帆远影碧空尽，唯见长江天际流。"诗的后两句看起来似乎是写景，但在写景中包含着一个充满诗意的细节。李白一直把朋友送上船，船已经扬帆而去，而他还在江边目送远去的风帆。李白的目光望着帆影，一直看到帆影逐渐模糊，消失在碧空的尽头，可见目送时间之长。帆影已经消逝了，然而李白还在翘首凝望，这才注意到一江春水，在浩浩荡荡地流向远远的水天交接之处。"唯见长江天际流"，是眼前景象，可是谁又能说是单纯写景呢？李白对朋友的一片深情，李白的向往，不正体现在这富有诗意的神驰目注之中吗？诗人的心潮起伏，不正像浩浩东去的一江春水吗？

总之，这一场极富诗意的、两位风流潇洒的诗人的离别，对李白来说，又是带着一片向往之情的离别，被诗人用绚烂的阳春三月的景色，用放舟长江的宽阔画面，用目送孤帆远影的细节，极为传神地表现出来了。

（原载《唐诗鉴赏辞典》，上海辞书出版社1983年版）

灞陵行送别

送君灞陵亭，灞水流浩浩。上有无花之古树，下有伤心之春草。我向秦人问路岐，云是王粲南登之古道。古道连绵走西京，紫阙落日浮云生。正当今夕断肠处，骊歌愁绝不忍听。

长安东南三十里处，原有一条灞水，汉文帝葬于此，遂称灞陵。唐代，人们出长安东门相送亲友，常常在这里分手。因此，灞上、灞陵、灞水等，在唐诗里经常是和离别联系在一起的。这些词本身就带有离别的色彩。"送君灞陵亭，灞水流浩浩。""灞陵""灞水"重叠出现，烘托出浓郁的离别气氛。写灞水水势"流浩浩"，固然是实写，但诗人那种惜别的感情，不也如浩浩的灞水吗？这是赋，而又略带比兴。

"上有无花之古树，下有伤心之春草。"这两句一笔宕开，大大开拓了诗的意境，不仅展现了灞陵道边的古树春草，而且在写景中透露了朋友临别时不忍分手、上下顾盼、瞩目四周的情态。春草萋萋，自不必说会增加离别的惆怅意绪，令人伤心不已；而古树枯而无花，对于春天似无反映，那种历经沧桑、归于默然的样子，不是比多情的芳草能引起更深沉的人生感慨吗？这样，前面四句，由于点到灞陵、古树，在伤离、送别的环境描写中，已经潜伏着怀古的情绪了。于是五、六句的出现就显得自然。

"我向秦人问路岐，云是王粲南登之古道。"王粲，建安时代著名诗人。汉献帝初平三年，董卓的部将李傕、郭汜等在长安作乱，他避难荆州，作了著名的《七哀诗》，其中有"南登灞陵岸，回首望长安"的诗句。"岐"，通"歧"。这里说朋友南行之途，乃是当年王粲避乱时走过的古道，不仅暗示了朋友此行的不得意，而且檃栝了王粲《七哀诗》中"回首望长安"的诗意。不用说，友人在离开灞陵、长别帝都时，也会像王粲那样，依依不舍地翘首回望。

"古道连绵走西京，紫阙落日浮云生。"这是回望所见。漫长的古道，世世代代负载过多少前往长安的人，好像古道自身就飞动着直奔西京。然而今日的西京，巍巍紫阙之上，日欲落而浮云生，景象黯淡。这当然也带有写实的成分，灞上离长安三十里，回望长安，暮霭笼罩着宫阙的景象是常见的。但在古诗中，落日和浮云联系在一起时，往往有指喻"谗邪害公正"的寓意。这里便是用落日浮云来象征朝廷中邪佞蔽主、谗毁忠良，透露朋友离京有着令人不愉快的政治原因。

由此看来，行者和送行者除了一般的离情别绪之外，还有着对于政局的忧虑。理解了这种心情，对诗的结尾两句的内涵，也就有了较深切的体会。"正当今夕断肠处，骊歌愁绝不忍听。""骊歌"，指逸诗《骊驹》，是一首离别时唱的歌，因此骊歌也就泛指离歌。骊歌之所以愁绝，正因为今夕所感受的，并非单纯的离别，而是由此触发的更深广的愁思。

诗是送别诗，真正明点离别的只收尾两句，但读起来却觉得围绕着送别，诗人抒发的感情绵长而深厚。从这首诗的语言节奏和音调，能感受出诗人欲别而不忍别的绵绵情思和内心深处相应的感情旋律。诗以两个较短的五言句开头，但"灞水流浩浩"的后面三字，却把声音拖长了，仿佛临歧欲别时感情如流水般地不可控制。随着这种"流浩浩"的情感和语势，以下都是七言长句。三句、四句和六句用了三个"之"字，一方面造成语气的贯注，一方面又在句中把语势稍稍煞住，不显得过分流走，则又与诗人送之而又欲留之的那种感情相仿佛。诗的一、二句之间，有"灞陵"和"灞水"相递连；三、四句"上有无花之古树，下有伤心之春草"，由于排比和用字的重叠，既相递连，又显得回荡。五、六句和七、八句，更是顶针直递而下，这就造成断而复续、回环往复的音情语气，从而体现了别离时内心深处的感情波澜。围绕离别，诗人笔下还展开了广阔的空间和时间：古老的西京，绵绵的古道，紫阙落日的浮云，怀忧去国、曾在灞陵道上留下足迹的前代诗人王粲……由于思绪绵绵，向着历史和现实多方面扩展，因而给人以世事浩茫的感受。

李白的诗，妙在不着纸。像这首诗无论写友情、写朝局，与其说是用文字写出来的，不如说更多的是在语言之外暗示的。诗的风格是飘逸的，但飘逸并不等于缥缈空泛，也不等于清空。其思想内容和艺术形象却又都是丰满的。诗中展现的西京古道、暮霭紫阙、浩浩灞水，以及那无花古树、伤心春草，构成了一幅令人心神激荡而几乎目不暇接的景象，这和清空缥缈便迥然不同。像这样随手写去，自然流逸，但又有浑厚的气象、充实的内容，是别人所难以企及的。

（原载《唐诗鉴赏辞典》，上海辞书出版社1983年版）

客　中　作

兰陵美酒郁金香，玉碗盛来琥珀光。
但使主人能醉客，不知何处是他乡。

抒写离别之悲、他乡作客之愁，是古代诗歌创作中一个很普遍的主题。然而这首诗虽题为客中作，抒写的却是作者的另一种感受。

"兰陵美酒郁金香，玉碗盛来琥珀光。""兰陵"，点出作客之地，但把它和美酒联系起来，便一扫令人沮丧的外乡异地凄楚情绪，而带有一种使人迷恋的感情色彩了。著名的兰陵美酒，是用郁金香加工浸制，带着醇浓的香味，又是盛在晶莹润泽的玉碗里，看去犹如琥珀般的光艳。诗人面对美酒，愉悦兴奋之情自可想见了。

"但使主人能醉客，不知何处是他乡。"这两句诗，可以说既在人意中，又出人意料之外。说在人意中，因为它符合前面的描写和感情发展的自然趋向；说出人意料之外，是因为"客中作"这样一个似乎是暗示要写客愁的题目，在李白笔下，完全是另一种表现。这样诗就显得特别耐人寻味。诗人并非没有意识到是在他乡，当然也并非丝毫不想念故乡。但是，这些都在兰陵美酒面前被冲淡了。一种流连忘返的情绪，甚至乐于在客中、乐于在朋友面前尽情欢醉的情绪完全支配了他。由身在客中，发展到乐而不觉其为他乡，正是这首诗不同于一般羁旅之作的地方。

李白天宝初年长安之行以后，移家东鲁。这首诗作于东鲁的兰陵，而以兰陵为"客中"，显然应为开元年间亦即入京前的作品。这时社会呈现着财阜物美的繁荣景象，人们的精神状态一般也比较昂扬振奋，而李白更是重友情、嗜美酒、爱游历，祖国山川风物，在他的心目中是无处不美的。这首诗充分表现了李白豪放不羁的个性，并从一个侧面反映出盛唐时期的时代气氛。

（原载《唐诗鉴赏辞典》，上海辞书出版社1983年版）

谢 公 亭

谢亭离别处,风景每生愁。
客散青天月,山空碧水流。
池花春映日,窗竹夜鸣秋。
今古一相接,长歌怀旧游。

谢公亭位居宣城城北,谢朓任宣城太守时,曾在这里送别诗人范云。

"谢亭离别处,风景每生愁。"谢朓、范云当年离别之处犹在,今天每睹此处景物则不免生愁。"愁"字内涵很广,思古人而恨不见,度今日而觉孤独,乃至由谢朓的才华、交游、遭遇,想到自己受谗遭妒,都可能蕴含其中。

"客散青天月,山空碧水流。"两句紧承上联"离别""生愁",写谢公亭的风景。由于"离别",当年诗人欢聚的场面不见了,此地显得天旷山空,谢公亭上唯见一轮孤月,空山寂静,碧水长流。这两句写的是眼前令人"生愁"的寂寞。李白把他那种怀斯人而不见的怅惘情绪涂抹在景物上,就使得这种寂寞而美好的环境,似乎仍在期待着久已离去的前代诗人,从而能够引起人们对于当年客散之前景况的遐想。这不仅是怀古,同时包含李白自己的生活感受。李白的诗,也经常为自己生活中故交云散、盛会难再而深致惋惜,这表现了李白对于人间友情的珍视,并且也很容易引起读者的共鸣。

"客散"两句似乎已经括尽古今了,但意犹未尽,接着两句"池花春映日,窗竹夜鸣秋",不再用孤月、空山之类景物来写"生愁",而是描绘谢公亭春秋两季佳节良宵的景物。池花映着春日自开自落，窗外修竹在静谧的秋夜中窣窣地发出清响，则风景虽佳，人事依然不免寂寞。两句看上去似乎只是描写今日的风光，而由于上联已交代了"客散""山空"，读者却不难从这秀丽的景色中，感受到诗人言外的寂寞，以及他面对谢公亭风光追思遐想、欲与古人神游的情态。

"今古一相接，长歌怀旧游。"诗人在缅怀遐想中，似是依稀想见了古人的风貌，沟通了古今的界限，乃至在精神上产生了共鸣。这里所谓"一相接"，是由于心往神驰而与古人在精神上的契合，是写在精神上对于谢公旧游的追踪。这是一首缅怀谢朓的诗，但读者却从中感受到李白的精神性格。他的怀念，表现了他美好的精神追求，高超的志趣情怀。

李白的五律，具有律而近古的特点。这一方面体现在往往不受声律的约束，在体制上近古；而更主要地则是他的五律绝无初唐的浮艳气息，深情超迈而又自然秀丽。像这首《谢公亭》，从对仗声律上看，与唐代一般律诗并无多大区别，但从精神和情致上看，说它在唐律中带点古意却是不错的。李白有意要矫正初唐律诗讲究辞藻着意刻画的弊病，这首《谢公亭》就是信笔写去而不着力的。"客散青天月，山空碧水流"，浑括地写出了谢公没后亭边的景象，并没有细致的描绘，但青天、明月、空山、碧水所构成的开阔而又带有寂寞意味的境界，却显得高远。至于诗的后四句，王夫之说得更为精辟："五六不似怀古，乃以怀古。'今古一相接'五字，尽古今人道不得。神理、意致、手腕，三绝也。"（《唐诗评选》）盖谓"池花春映日，窗竹夜鸣秋"二句，写得悠远飘逸，看似描绘风光，而怀古的情思已寓于其中。"今古一相接"五字，一笔排除了古今在时间上的障碍，雄健无比。尤其是"一相接"三字，言外有谢公亡后，别无他人，亦即"古来相接眼中稀"（《金陵城西楼月下吟》）之意。这样就使得李白怀念谢公，与一般人偶尔发一点思古之幽情区别开了，格外显得超远。像这种风神气概，就逼近古诗，而和一般初唐律诗面貌迥异。

（原载《唐诗鉴赏辞典》，上海辞书出版社1983年版）

忆东山二首（其一）

不向东山久，蔷薇几度花。
白云还自散，明月落谁家。

"东山"，是东晋著名政治家谢安曾经隐居之处。据施宿《会稽志》载：东山位于浙江上虞市西南，山旁有蔷薇洞，相传是谢安游宴的地方；山上有谢安所建的白云、明月二堂。了解这个，就会觉得诗里那蔷薇、那白云、那明月，都不是信笔写出，而是切合东山之景，语带双关。李白的诗就有这样的好处，即使在下笔时要受东山这样一个特定地点的限制，要写出东山的特点和风物，但成诗以后，仍显得极其自然和随意，毫无拘束之态。

李白向往东山，是由于仰慕谢安。这位在淝水之战中吟啸自若，似乎漫不经心地就击败苻坚百万之众于八公山下的传奇式人物，在出仕前就是长期隐居东山。当匡扶晋室，建立殊勋，受到昏君和佞臣算计时，又曾一再辞退，打算归老东山。所以，在李白看来，东山之隐，标志一种品格。它既表示对于权势禄位无所眷恋，但又不妨在社稷苍生需要的时候，出而为世所用。李白向往的东山之隐，和谢安式的从政是相结合的。在陶醉自然、吟咏啸歌之际，并不忘情于政治，而当身居朝廷的时候，又长怀东山之念，保持自己淡泊的襟怀。李白一生以谢安自期、自比。"北阙青云不可期，东山白首还归去"（《忆旧游寄谯郡元参军》）；"谢公终一起，相与济苍生"（《送裴十八图南归嵩山》）；"但用东山谢安石，为君谈笑静胡沙"（《永王东巡歌》），都是在不同的处境和心情下，从不同的角度想到谢安和东山。李白写这首诗的时候，大约正在长安。唐玄宗亲自下诏召他进京，看来是够礼贤下士的了，但实际上并没有给他像谢安那样大展雄才的机会。由于诗人的正直和傲慢，却招惹了权贵的忌恨。李阳冰在《草堂集序》中说："丑正同列，害能成谤，格言不入，帝用疏之。公（李白）乃浪迹纵酒以自昏秽，咏歌之际，屡称东山。"这就是李白这首诗的背景。从"不向东山久，蔷薇几度花"可以看出，诗人在默算着离开"东山"（实际上指进京以前的隐居之地）的时日。流光如逝，岁月老人，他有像谢安与东山那样的离别，却未成就像谢安那样的功业。因此，在诗人的沉吟中，已经包含着光阴虚度、壮怀莫展的感慨了。当初，诗人告辞东山时，又何尝舍得丢开那种环境和生活呢，只不过为了实现匡国济世之志才暂时应诏而去。但如今在帝城久久淹留却毫无所成，又怎能对得起东山的风物呢？所以"白云还自散，明月落谁家"两句中所包含的感情，一方面是向往，一方面又有一种内疚，觉得未免辜负了那儿的白云、明月。

这首诗应该看作是李白的"归去来辞"。他向往着东山，又觉得有负于东山。他无疑是要归去了，但他的归去却又不同于陶渊明。陶渊明是决心做隐士，是去而不返的。李白却没有这种决心。东山是和谢安这样一位政治家的名字结合在一起的。向往东山，既有隐的一面，又有打算待时而起的一面。"东山高卧时起来，欲济苍生未应晚。"(《梁园吟》)他的东山之隐,原来还保留着这样一种情愫。诗中李白隐以谢安这样一个人物自比,又用白云、明月来衬托自己的形象,那东山的白云和明月是何等淡泊、何等明洁;而李白的情怀,便和这一切融合在一起了。

(原载《唐诗鉴赏辞典》,上海辞书出版社1983年版)

杜 甫

望 岳

岱宗夫如何？齐鲁青未了。
造化钟神秀，阴阳割昏晓。
荡胸生曾云，决眦入归鸟。
会当凌绝顶，一览众山小。

杜甫（712—770，字子美）的伟大诗作，不仅忠实反映了他所处时代广阔的社会现实和各色人等的心情意绪，成为一代诗史，同时也极富哲理意味。这种哲理意味在更深的层次上增加了杜甫诗的内容厚度。

"岱宗"指泰山。"夫如何"是自问。用一个"夫"字在句中舒宕语气，有一种沉吟的意味。这种设问方式，表现出诗人在泰山面前惊羡的、竭力想把它形容得准确一点的心情。"齐鲁青未了"，是说泰山横跨齐鲁，青苍的山色，连绵不断。这样一问一答，一开始就以咏叹的笔调写出了泰山的苍莽雄阔。

"造化钟神秀，阴阳割昏晓。"大自然把种种神奇秀丽集中地赋予了泰山。由于山之高大无比，它的向阳面是光天丽日，而背阴面则被分割为黑苍苍的幽深昏暗的一片。这两句固然是一写其神秀，一写其巍峨。一阴一阳有近乎昏晓之别，则读者可以想象种种景色随着明晦不同，又该是怎样地变化万千。

"荡胸生曾云，决眦入归鸟。""曾云"即层云；"决眦"，尽力睁大眼睛。人在山间，云雾缭绕周围，仿佛云即生于胸中，有开合动荡之势。凝神眺望飞鸟，见它一一归向林中荫翳之处。因为贪看不舍，眼角都几乎要裂开了。两句由前半极写山之雄伟高大，转为具体描写眺望之景。同时由客观进入主观，为过渡到末尾的抒怀准备了条件。"会当凌绝顶，一览众山小。"诗人在眺望中自然进一步产生了登上绝顶的愿望。他想超越眼前的境界，看到众山在泰山顶峰下面相形显小的奇观。

这首诗写了泰山雄奇秀美的景象，同时也抒写了诗人的胸襟抱负，本是眺望岱岳的纪实之作，但结尾两句由于富有象征意义，读者又可从中引出一些哲理来。从语源上看，它来源于《孟子·尽心》"登泰山而小天下"，以及扬雄《法言》"登东岳者，然后知众山之岹嶬也"。把孟子、扬雄所谈的哲理与这篇诗歌所展现的想象空间融合起来，可以给我们多种启示。比如，我们可以侧重从"无限风光在险峰"方面去理解末尾两句，从中吸取奋发向上的精神和毅力；又比如它可以启示我们不要以"众山"的高度和景观为满足，众山虽高，但当登上岱宗绝顶的时候，还会有"一览众山小"的境界；再比如它还可以启示我们，览众山小是有条件的，正如韩愈所说："求观众丘小，必上泰山岑。"以上这些哲理，又是互相联系沟通，具有同时从不同的侧面激励和鼓舞人的作用。

（原载《中外哲理名诗鉴赏辞典》，昆仑出版社1999年版）

房兵曹胡马

胡马大宛名，锋棱瘦骨成。
竹批双耳峻，风入四蹄轻。
所向无空阔，真堪托死生。
骁腾有如此，万里可横行。

咏物诗一方面最忌呆板刻画，了无生气；另一方面，也忌与物离得太远，不见物的特征。"须在不即不离之间"（钱泳《履园谭诗》）。这首诗前四句刻画逼真，马的不凡姿态跃然纸上；后四句顺势放手写马的能力性情，由摹写转入抒情。张𬘡说："四十字中，其种其相，其才其德，无所不备。"（《杜诗详注》引）确实是既见骨相，又见血性，使马的神采雄姿跃然纸上。诗不仅写了物，而且由马并及兵曹，特别是在对马的摹写赞叹与对其主人的祝愿中，注入了诗人的精神。杜甫年轻时的自信自负、奋发有为，通过这首咏马诗也得到了鲜明的体现，把马的"飞行万里之势写得如在眼前"的诗人该是何等神旺气高。此种咏物诗，完全没有粘着题面"区区模写体贴"的拘束，"写生神妙，直空千古"（《龙性堂诗话初集》）。

五言律体而以旺气出之，矫健豪纵，质而能壮，整而能放。清人施补华说："五言律亦可施议论断制。……前四句写马之形状，是叙事也；'所向'二句写出性情，是议论也；'骁腾'一句勒，'万里'一句断。此真大手笔，虽不易学，然须知有此境界。"（《岘佣说诗》）

（原载《中华活页文选》1999年第30期）

赠 李 白

秋来相顾尚飘蓬，未就丹砂愧葛洪。
痛饮狂歌空度日，飞扬跋扈为谁雄？

　　这是杜甫现存最早的一首七绝，赠李白而风格即稍近李白，有宕逸之气、矫然之致。

　　四句诗，画出了李白的形象。《杜诗镜铨》引蒋弱六云："是白一生小像。公赠白诗最多，此首最简，而足以尽之。"所言甚是。首句写李白飘零的身世，次句见李白崇尚炼丹求仙，三句见李白纵放于诗酒，四句见李白之桀骜不驯。分别从最具特征的几个侧面描写了李白，尤其是"痛饮狂歌""飞扬跋扈"八个字，确实在读者面前展现了一个活生生的李白。

　　杜甫前期，精神性格也有其浪漫狂放的一面，与李白同游时，两人许多地方甚为投合。杜甫在以此诗为李白画像的同时，也或多或少把自己带了进去。刘拜山说："避世不甘，用世无缘，彼此一例。'相顾飘蓬'四字，惺惺相惜，统摄全篇。"（《千首唐人绝句》）所析得其要领。此诗在一定程度上也不无两人合照的意味。

（原载《中华活页文选》1999年第30期）

兵 车 行

　　车辚辚，马萧萧，行人弓箭各在腰。耶娘妻子走相送，尘埃不见咸阳桥。牵衣顿足拦道哭，哭声直上干云霄。道旁过者问行人,行人但云点行频。或从十五北防河,便至四十西营田。去时里正与裹头,归来头白还戍边。边庭流血成海水,武皇开边意未已。君不闻,汉家山东二百州,千村万落生荆杞。纵有健妇把锄犁,禾生陇亩无东西。况复秦兵耐苦战,被驱不异犬与鸡。长者虽有问,役夫敢申恨?且如今年冬,未休关西卒。县官急索租,租税从何出?信知生男恶,反是生女好。生女犹得嫁比邻,生男埋没随百草。君不见,青海头,古来白骨无人收。新鬼烦冤旧鬼哭,天阴雨湿声啾啾。

诗一开头就显示了咸阳桥边的应征图景,天昏地暗,哭声直上云霄。这幅图景,已足以揭露统治者的黩武,但作者并不满足,而是以此为中心,从时间上追溯过去,从空间上扩展到山东和关西广大地区,又进而延伸到社会心理和青海头的鬼魂世界,由此可见杜诗的广阔性。一般诗人揭露黩武,多着眼于它造成的伤亡,本篇则进一步写它对中原地区生产和经济的严重破坏。"弊中国以邀边功,农桑废而赋敛益争,不待禄山作逆,山东已有土崩之势矣。"(何焯《义门读书记》)由此可见杜诗的深刻性。以写行役为主,先纪事,后纪言。对话中,先写往事,后写本事。行文上,"逐层相接,累累贯珠"(同上引),如开头人哭与后面鬼哭,"辚辚""萧萧"与后面"啾啾"构成照应;"且如今年冬"二句应"开边意未已","县官急索租"二句应"村落生荆杞"等等,由此可见杜诗的严密性。读者可以从广阔性、深刻性、严密性等方面推而广之,细细体会杜甫许多长篇诗歌的思想与艺术。

(原载《中华活页文选》1999年第8期)

自京赴奉先县咏怀五百字

杜陵有布衣，老大意转拙。
许身一何愚，窃比稷与契。
居然成濩落，白首甘契阔。
盖棺事则已，此志常觊豁。
穷年忧黎元，叹息肠内热。
取笑同学翁，浩歌弥激烈。
非无江海志，潇洒送日月。
生逢尧舜君，不忍便永诀。
当今廊庙具，构厦岂云缺。
葵藿倾太阳，物性固莫夺。
顾惟蝼蚁辈，但自求其穴。
胡为慕大鲸，辄拟偃溟渤？
以兹误生理，独耻事干谒。
兀兀遂至今，忍为尘埃没！
终愧巢与由，未能易其节。
沉饮聊自遣，放歌破愁绝。
岁暮百草零，疾风高冈裂。
天衢阴峥嵘，客子中夜发。
霜严衣带断，指直不得结。
凌晨过骊山，御榻在嵽嵲。
蚩尤塞寒空，蹴踏崖谷滑。
瑶池气郁律，羽林相摩戛。
君臣留欢娱，乐动殷胶葛。

赐浴皆长缨，与宴非短褐。
彤庭所分帛，本自寒女出。
鞭挞其夫家，聚敛贡城阙。
圣人筐篚恩，实欲邦国活。
臣如忽至理，君岂弃此物？
多士盈朝廷，仁者宜战慄。
况闻内金盘，尽在卫霍室。
中堂舞神仙，烟雾蒙玉质。
暖客貂鼠裘，悲管逐清瑟。
劝客驼蹄羹，霜橙压香橘。
朱门酒肉臭，路有冻死骨。
荣枯咫尺异，惆怅难再述。
北辕就泾渭，官渡又改辙。
群冰从西下，极目高崒兀。
疑是崆峒来，恐触天柱折。
河梁幸未坼，枝撑声窸窣。
行旅相攀援，川广不可越。
老妻寄异县，十口隔风雪。
谁能久不顾？庶往共饥渴。
入门闻号咷，幼子饿已卒。
吾宁舍一哀，里巷亦呜咽。
所愧为人父，无食致夭折。
岂知秋禾登，贫窭有仓卒？
生常免租税，名不隶征伐。
抚迹犹酸辛，平人固骚屑。

默思失业徒，因念远戍卒。
忧端齐终南，澒洞不可掇。

　　这首五言长诗以记述自京赴奉先的行程为线索，以言志抒怀为主体，熔"纪行""咏怀"为一炉，是杜甫十年旅食京华政治生活体验的总结。诗中通过作者个人的身世遭遇、路途见闻，抒发了往昔的抱负、当前的感叹和对将来的忧虑，诗人的观察力是很敏锐的，看得很深刻，但不是冷眼旁观、客观解剖，而是以"穷年忧黎元，叹息肠内热"的情怀，欲歌欲哭、热泪涔涔地写出他所看到、所想到的一切。诗从帝王后妃写到失业徒、远戍卒，从京城和骊山的离宫写到渭水渡口和外县的贫困农村，展示了天宝末期广阔的社会图景。在这幅图景中，通过君臣欢娱揭示了上层统治集团的荒淫腐朽；通过彤庭分帛揭示出聚敛的残酷；通过群冰西下、河梁塞窄的景象，暗示社会险象丛生；通过诗人自家"幼子饿已卒"和对失业徒、远戍卒的推想，表现民不聊生、国家根基已经动摇的情景。在上述对生活做出多侧面广阔反映的基础上，诗人对社会本质又进一步作了更深挖掘。它把社会两极——处在最上层的帝王贵族和处在最下层的平民百姓，放在第二段二、三两层集中加以描写，把社会问题的症结，概括在"朱门酒肉臭，路有冻死骨"十个字中。通过对这一本质现象的揭露和围绕它展开的多方面描写，真实地反映了安史之乱前夕，社会上尖锐的阶级对立和危机四伏的政治形势。

　　杨伦《杜诗镜铨》说："五古前人多以质厚清远胜，少陵出而沉郁顿挫，每多大篇，遂为诗道中另辟一门径。"波澜起伏、百转千回的感情表达方式，是构成此诗"沉郁顿挫"艺术风格的一个重要因素。诗从身事入国事，转入家事，又由家事推进一层，再到国事。大有千里一曲之势，而笔笔顿挫，曲之中又有无数波折。以诗的第一段为例：前十二句，除"穷年"二句在一篇之中地位特殊，要把话一气说足，算是例外外，其余都是两句一个波澜，诉说自己的"稷契"之志、忧民之心。后二十句（从"非无江海志"至"放歌破愁绝"），基本上是四句一个回旋，一纵一收，从各个角度剖析自己，说明内心的矛盾冲突。抒郁结，写胸臆，一气流转，而又反复折难。思想的博大精深与行文的波澜起伏，千回百折，突出地体现了杜诗的沉郁顿挫。

赵翼《瓯北诗话》说："'朱门酒肉臭，路有冻死骨'，此语本有所自。《孟子》：'狗彘食人食而不知检，涂有饿莩而不知发。'《史记·平原君传》：'君之后宫婢妾，被绮縠，余粱肉，而民衣褐不完，糟糠不厌。'《淮南子》：'贫民糟糠不接于口，而虎狼厌当豢；百姓短褐不完，而宫室衣锦绣。'此皆古人久已说过，而一入少陵手，便觉惊心动魄，似从古未经人道者。"杜甫"朱门"一联何以产生"惊心动魄"的艺术力量呢？一是高度概括，尖锐对比。以十个字两个五言句，概括了封建社会贫富两极的悬殊与对立；一语道破社会问题症结所在，语言之精练，对比之尖锐，概括之探广，非《孟子》等书上有关话语可比。二是形象鲜明，给人留下突出印象。《孟子》等书所言，形象性则相对弱一些。三是感情强烈。"酒肉臭"语含谴责和愤慨。"冻死骨"更有一种触目惊心、沉痛之极的感受。四是有特定的语言环境。"朱门"两句，不是孤立出现的奇峰。在这之前，诗对上层统治集团的骄奢淫逸作了深刻的揭露，对下层人民所受的残酷剥削也有了相应的描写。因此，它是出现在有着充分的酝酿与准备的情况之下，显得特别有力。同时，"朱门"句是对上面描写的概括，"路有"句又是途中目击，与一般的感慨议论不同。它极富有生活感，让人感到的是血淋淋的现实。当然，从根本上讲，所以能够写出这样震撼千古的警句，还是由于作者爱国爱民，既关心国家和人民命运，又对现实有着深刻的体验和清醒的认识。

（原载《中华活页文选》1999年第8期）

月　　夜

今夜鄜州月，闺中只独看。
遥怜小儿女，未解忆长安。
香雾云鬟湿，清辉玉臂寒。
何时倚虚幌，双照泪痕干？

　　从对面抒写离情，不言自己如何忧念对方，而说对方望月怀人，忧念自己。中间两联，围绕"只独看"，写小儿女之"未解忆"与其妻在鄜州看月光景，诗思仍在对面盘旋。尾联作期望之词，遥想未来。纪昀说："通首无一笔着正面，机轴绝奇。"（《瀛奎律髓刊误》）

　　从空间上看，起二句见家在鄜州，四句点出身在长安，却从"未解忆"中带出，浑然无迹，五、六句紧应闺中，结句合鄜州、长安。从时间上看，结尾"何时"与起句"今夜"相应，想象未来"双照"时的"泪痕干"，正反映今夜"独看"时的泪无干。又，题是"月夜"，诗是思家，只用"独看""双照"，就构成跨越空间和时间而情景和环境却能融贯沟通的诗境。这些地方用笔精而运法密，但读来却一气贯注、明白如话，丝毫不为律所缚。

（原载《中华活页文选》1999年第8期）

赠卫八处士

人生不相见，动如参与商。
今夕复何夕，共此灯烛光。
少壮能几时？鬓发各已苍！
访旧半为鬼，惊呼热中肠。
焉知二十载，重上君子堂。
昔别君未婚，儿女忽成行。
怡然敬父执，问我来何方？
问答乃未已，驱儿罗酒浆。
夜雨剪春韭，新炊间黄粱。
主称会面难，一举累十觞。
十觞亦不醉，感子故意长。
明日隔山岳，世事两茫茫。

杜甫的《赠卫八处士》是与他的"三吏""三别"等诗写作时间相去不远，而在内容和风格上独具特色的一首名作。卫八，是杜甫的旧友；处士，指未做官的读书人。

这首诗是公元759年春天，杜甫去东京洛阳探望之后，返回华州途中所作。在这前不久，唐朝廷军队与安庆绪、史思明的叛乱军队在相州大战，遭到惨重损失，洛阳、渔关一线再度陷入兵荒马乱之中。卫八处士的住处，大概接近华州治所，离开动乱的中心地带已经比较远。杜甫在经过一路奔波，目睹了像"三吏""三别"中所写的种种乱离景象之后，又来到这位朋友家里，度过了一个相对平静的夜晚。

"人生不相见，动如参与商。"天上参商二星一东一西，此升彼落,永远不能相见;人生会面之难,经常就像参商二星一样。这开头,就把强烈的人生感慨带入诗篇,明明是相见,却从不见写起。

"今夕复何夕,共此灯烛光。"《诗经》里有"今夕何夕,见此良人"的话。这里用了"今夕何夕",便把"见此良人"的意思檃栝进去了。而在"今夕何夕"中间加一个"复"字,感叹的情味就更重。诗人激动地说:"今夜究竟是怎样一个值得纪念的夜晚,能和您共对烛光、聚首长谈啊!"烛光所能照临的范围是很有限的,所以"共此灯烛光"给人心理上的感觉也就更接近、更亲切。从艰难和久别中突然进入此种境界,真有如梦如迷之感。

"少壮能几时?鬓发各已苍!"久别重逢,共对烛光,自然首先会注意到对方容貌的变化。别离时都是年轻少壮,但今夜烛光却照出彼此已经鬓发斑白了。这两句本来可以用直陈的方式进行叙述,但诗人用了"少壮能几时"这样设问的语气,就增加了文字的波澜,表现了深沉的喟叹和惊悸不安的心情。这正是旧友乍见时,由外表变化很自然地引起的人生感慨。

"访旧半为鬼,惊呼热中肠。""访",是询问、打听。旧友相见,除慨叹自身变化外,紧接着又不免要问到有关亲朋故旧的下落,但不问则已,一问却有半数已不在人间了,这使彼此都不禁失声惊呼,心里火辣辣地难受。按说,杜甫这一年才四十八岁,在一般情况下何至亲故已经死亡一半呢?这是有安史之乱作为背景的。如果说诗篇开头的"人生不相见"已经隐隐透露了时代气氛,那么这种亲故半数死亡,则明显地反映着一场大的干戈乱离。"惊呼热中肠",已经由"少壮能几时"的一般人生感慨,转为对时代乱离的又一次惊心而痛切地回顾了。

"焉知二十载,重上君子堂。"哪里想到二十年之后,还能再次走上您的客堂。这里"焉知"二字含意值得琢磨,好像是庆幸未曾想到能够如此,又像是慨叹人世艰难,怎能想象二十年才得见此一面。其实,这是忧喜交并,两方面的意思兼而有之。如果我们对上一句"惊呼"所包含的感情有充分的体会,就可以进而感到"焉知"二句把更为复杂的心理,表现得多么周到深切。有上面访旧而引起的"惊呼",才会有这种慨叹。其中既包含能够活到今日的幸存的欣慰,又带着痛伤。

二十年后,"重上君子堂",感到有什么突出的变化呢?"昔别君未婚,儿女忽成行。"这里仍然不免有倏忽之间彼此已过中年的感慨,但是随着二十年岁月的过去,眼前却出现了一群天真活泼的孩子。新的一代在成长,也许从他们的面貌和举止中,还能忆起老朋友旧日的某些影子,这又不免是一种安慰。细细比较"儿女忽成行"的"忽"字,和"鬓发各已苍"的"已"字,能够看到感情色彩的变化,"已"字比较沉重,而"忽"字则稍显轻松,似乎带有意外的喜悦。

"怡然敬父执,问我来何方?"如果说上两句感情已转向轻松,那么这两句就有进一步的发展了。孩子们把诗人作为父亲的挚友来尊敬,也可能是出于礼貌,但怡然而敬,就不止出于礼貌了,因而让人感到亲切和由衷的喜悦。这里,写孩子们天真的态度和问话,正是反映了朋友对自己的情谊。

"问答乃未已,驱儿罗酒浆。"孩子们同诗人还没有说完话,就被他们的父亲叫去张罗摆酒待客的事儿了。从"问答乃未已",可以看出孩子们和远道而来的客人谈话兴致之高;而不等话说完,就差遣孩子们去摆设酒菜,则又表现主人急于要设宴为朋友接风洗尘。这两句语气紧凑,表现出热烈而匆忙的气氛。

"夜雨剪春韭,新炊间黄粱。"说是备办酒席,其实根本没有什么珍馐异味——不过是从菜园中刚剪来的韭菜和新煮的掺有黄米的米饭而已。有人说，简单的饭菜表现了处士家风，这自然是不错的，但战乱给中原经济带来的严重破坏，恐怕也是重要原因。不过，这种只是随其所有而待客，倒是最能体现老朋友间不拘形迹的淳朴友谊。间有黄粱的米饭香软可口，初春的韭菜，更是鲜嫩而芬芳。春夜沉沉，细雨笼罩的茅屋里，当这种饭菜的香气似乎随着灯烛的光影，满室弥漫的时候，这屋子该是显得多么温暖和足以令人陶醉啊！"夜雨剪春韭，新炊间黄粱"，用了大体上对偶的句式，这种偶句的出现，反映了诗人情绪的上扬。

"主称会面难，一举累十觞。十觞亦不醉，感子故意长。"久别重逢的老朋友在春雨之夜端起酒杯话旧，一般似乎应该是细斟慢酌，但主人强调会面困难，几乎不让客人停歇，一连就劝了十大杯酒，这正是主人内心不平静的表现。主人尚且如此，而曾饱经乱离，如今又处在动荡不安之旅途中的杜甫，心情的激动就更不用说了。所以一举十觞也不觉醉。诗人似乎要通过慷慨地接受劝酒来表示对于故人深情厚谊的无限感激。这四句，两句写主人，两句写自己，中间"一举累十觞"和"十觞亦不醉"，前后句中的"十觞"两个字构成紧凑的顶针格，见出热忱融洽的气氛。而"感子故意长"则概括地点出了今夕的感受，总括了从"今夕复何夕"至此二十句诗。这样，由对"今夕"眷念不舍，就自然想到明日的离别。

"明日隔山岳，世事两茫茫。"山岳，指西岳华山。诗人想到明天还要登程赶路，刚刚见面，又将离别，一别之后，世事茫茫，彼此境况如何，就不得而知了。极言明日一别，后事难料，正见出今夕相会之乐。世事茫茫之感，平时固然也有，但战乱年代更甚，末句的感慨，正带着战乱在人们心灵上的投影。

这首诗用十分省净的笔墨描绘了一宿的夜境和诗人的内心感受，历来为人们所爱读。当时正值安史之乱，作者在"三吏""三别"中描写的是那样一种呻吟和流血的场面，而《赠卫八处士》则又写出故人茅屋灯光所照耀的这样一个温暖的夜晚，这种生活与感受，究竟和干戈乱离构成何种关系呢？会不会因为干戈乱离的存在，这种描写就会使生活的面貌受到歪曲呢？这似乎是一个不容易回避的问题。不过，我们觉得，在理解这首诗的时候，不但不需要回避，而且尤其不应该脱离安史之乱这样一个时代背景。杜甫这次从洛阳回华州途中，写过"三吏""三别"，对时代乱离的感受，比以前更为深刻而强烈。诗人是在一个动乱的年代、动乱的旅途中，到老朋友家里去投宿的；是在一别二十年之久，经历了沧桑巨变，饱尝了种种辛酸苦难的情况下与老朋友见面的；又是在刚刚相见，明天仍须离别的情况下度过此夜的。这一切都使得与老朋友的短暂会见，显得特别不寻常。尤其是这位多年不见的老朋友，包括他的儿女在内，待人是那样的朴实、真诚，情感是那样深厚，招待是那样殷勤。于是，这眼前灯光所照，就成了乱离环境中温暖美好的一角，这一夜就成了动荡不安时代中充满和平宁静气氛的一瞬。这是动乱旅途中理想的间歇，是泪水中的微笑、辛苦中的微甜。生活是丰富多样的，当它在受到破坏和创伤的时候，并不排斥还有某种美好的成分和因素存在着。这首诗的动人之处，正在于展示了那干戈相见、杀伐争夺的时世中，变得特别珍贵的生活美和人情美。这种生活美和人情美，使得争战乱离相形之下格外显得反常。读这首诗，我们仿佛不知不觉跟着诗人来到卫八处士的家，体验到这难忘的一夜生活，好像看到了"灯烛光"，接触到了"罗酒浆"的儿女，感受到了当时的气氛。可以想象，这一切对于杜甫这样一位忧肠百结的诗人，会使他的灵魂得到虽然是暂时的、却是多么充分的慰藉。"今夕复何夕，共此灯烛光"，那种被战乱推得很遥远的、恍如隔世的和平生活，似乎一下子又来到诗人眼前。这在杜甫可能更感珍贵，但对于读者，又何尝不强烈地激起对正常、美好生活的向往呢？因此杜甫对和卫八处士相聚这一夕的描写，特别是其中所流露的对于生活美和人情美的珍视，不是没有意义的。这种珍视，本身就是对破坏人们正常生活的非正义战争的否定，它显示出结束战乱是多么符合人们的愿望。

杜甫的作品，以沉郁顿挫见称，他的古体诗常常给人以开合变化、千回百折之感，思想感情也显得深沉凝重。可以说诗人是用大气力去写诗、读者也常常要用大气力去读他的诗。不过，这首诗却似乎写得毫不费力，乍看去似乎不觉沉郁顿挫，而接近汉魏古诗和陶渊明的风格，诗人只是随其所触所感，顺手写去，就造成很浓厚的气氛，把那一夕生活和心底卷起的层层波澜一一展现在读者面前，使人有如身临其境。所以清代的浦起龙说它"古趣盎然，少陵别调"。诗顺着时间线索，历叙与处士及其儿女见面、问答和设宴、饮酒等情景，从离别说到聚首，从初见时回顾过去，写到将别时的瞻念未来，写得层次井然，确实类似古诗那样质朴而平易近人。在叙事中，通过必要的剪裁，避开了可能出现的铺叙。比如写到儿女"怡然敬父执，问我来何方"，本来还应该再有几句，才能结束这种问答，但接着却是"问答乃未已，驱儿罗酒浆"，以致有的研究者认为这在行文上有捧土挡住黄河奔流的气象。诗写到"主称会面难，一举累十觞"，本来连饮十觞时的主客叙话，似乎也应该有几句交代，但随即用"十觞亦不醉，感子故意长"两句紧紧收住，通过这些剪裁，使诗的语言显得既有节制，又意味深厚，浑成古朴。不过，《赠卫八处士》虽然给人有这种接近汉魏古诗的感觉，但它的感情内涵毕竟比汉魏古诗丰富而复杂，有杜诗所独具特色的感情波澜，这种感情波澜，如层漪叠浪，展开于作品内部。清代学者张上若说《赠卫八处士》"情景逼真，兼极顿挫之妙"（杨伦《杜诗镜铨》引），正是透过它的浑朴，从更深处看到了杜诗的沉郁顿挫。比如，写愉快的会见，却由"人生不相见"的慨叹发端，因而转入"今夕复何夕，共此灯烛光"时，便格外见出内心的激动。但诗人的情绪又并没有直线发展下去，下面接以"少壮能几时？鬓发各已苍！访旧半为鬼，惊呼热中肠"，感情又趋向沉郁。诗的中间部分，写主人一家的亲切热情，冲淡了世事茫茫的凄凉，带给诗人以幸福的微醺，但等到进入高潮，劝酒的内容却是"主称会面难"，又带来乱离的感慨，像溶溶的春水中仍然挟带着冰雪。全诗不仅结尾的"明日隔山岳，世事两茫茫"有"篇终接混茫"的气氛，就连开头"人生不相见，动如参与商"也是一片苍茫，好像在生活链条上，唯有与卫八处士相聚这一夕，带着温暖和荧荧的闪光。这就把诗人对这一夕的温暖感觉，置于苍凉的感情基调上。诗人这样写，固然由于生活的面目本来如此，表现了杜甫的现实主义精神，但同时也强化了诗人所要表达的生活感受。如果不是二十年的阔别，也就不会深感今夕难得。如果没有"访旧半为鬼，惊呼热中肠"和"明日隔山岳，世事两茫茫"的人事巨变，那么儿女"罗酒浆"的场面，乃至"夜雨剪春韭，新炊间黄粱"的款待，也就不知要失去多少情味。正由于杜甫是在乱离中来看这比较特殊的一夕，则未免悲喜交集，掀起更深的感情波澜，因而反映在文字上也就有顿挫之致，只不过这种顿挫寓于自然浑朴之中，需要细心体会才能发现罢了。

杜甫的许多诗常把干戈乱离或由此而生的悲感，与生活中温暖的带有亮色的成分交织在一起加以表现，通过沉郁顿挫的文字，让生活美和人情美在那样一个万方多难的社会背景下发出光彩，从而引导人们在黑暗和冰冷的王国中向往光亮和温暖。在这方面，《赠卫八处士》是写得很成功的一篇。

（原载《历代名篇赏析集成·魏晋南北朝隋唐五代卷》，中国文联出版公司1988年版）

春　　望

国破山河在，城春草木深。
感时花溅泪，恨别鸟惊心。
烽火连三月，家书抵万金。
白头搔更短，浑欲不胜簪。

前四句主要写春望之景，后四句主要抒春望之情。首联从大处落笔，先写望中所见，极其概括而沉痛。颔联由大而小，由总览转为具体抒写在这特殊春天里面对景物的感受。腹联分别从"感时""恨别"生出（"烽火"紧扣"感时"，"家书"紧扣"恨别"），但下句又因上句而生（因烽火故家书珍贵而难得）。在前三联写出春望所见所感之后，末联进而写望者的形象。"望"是全篇的贯串线索，从所望景色开始，以望者情态作结。诗人的白头怅望、白发稀疏之中含有不尽的国仇家恨。诗的章法细密、对仗工整，但感情真挚博大，使人只觉得自然深至，而不觉其律法之工细。

从全诗看，时代的巨变、长安的春天、个人的处境，三者紧密结合。而三、四句，每句都包含这三方面："感"和"恨"是个人的情感，"时"和"别"是人世，"花"和"鸟"是自然，"溅泪"和"惊心"则是三方面合在一起的时代感受。

（原载《中华活页文选》1999年第30期）

悲　陈　陶

孟冬十郡良家子，血作陈陶泽中水。
野旷天清无战声，四万义军同日死。
群胡归来血洗箭，仍唱胡歌饮都市。
都人回面向北啼，日夜更望官军至。

陈陶，地名，即陈陶斜，又名陈陶泽，在长安西北。唐肃宗至德元载（756）冬，唐军跟安史叛军在这里作战，唐军四五万人几乎全军覆没。来自西北十郡（今陕西一带）清白人家的子弟兵，血染陈陶战场，景象是惨烈的。杜甫这时被困在长安，诗即为这次战事而作。

这是一场遭到惨重失败的战役。杜甫是怎样写的呢？他不是客观主义地描写四万唐军如何溃散，乃至横尸郊野，而是第一句就用了郑重的笔墨大书这一场悲剧事件的时间、牺牲者的籍贯和身份。这就显得庄严，使"十郡良家子"给人一种重于泰山的感觉。因而，第二句"血作陈陶泽中水"，便叫人痛心，乃至目不忍睹。这一开头，把唐军的死，写得很沉重。至于下面"野旷天清无战声，四万义军同日死"两句，不是说人死了，野外没有声息了，而是写诗人的主观感受。是说战罢以后，原野显得格外空旷，天空显得清虚，天地间肃穆得连一点声息也没有，好像天地也在沉重哀悼"四万义军同日死"这样一个悲惨事件，渲染"天地同悲"的气氛和感受。

　　诗的后四句，从陈陶斜战场掉转笔来写长安。"群胡归来血洗箭，仍唱胡歌饮都市。"两句活现出叛军得志骄横之态。胡兵想靠血与火，把一切都置于其铁蹄之下，但这是怎么也办不到的，于无声处可以感到长安在震荡。人民抑制不住心底的悲伤，他们北向而哭，向着陈陶战场，向着肃宗所在的彭原方向啼哭，更加渴望官军收复长安。一"哭"一"望"，而且中间着一"更"字，充分体现了人民的情绪。

　　陈陶之战伤亡是惨重的，但是杜甫从战士的牺牲中，从宇宙的沉默气氛中，从人民流泪的悼念中，从他们悲哀的心底上，仍然发现并写出了悲壮的美。它能给人们以力量，鼓舞人民为讨平叛乱而继续斗争。

　　这首诗的写作，说明杜甫没有客观主义地展览伤痕，而是有正确的指导思想，他根据战争的正义性质，写出了人民的感情和愿望，表现出他在创作思想上达到了很高的境界。

（原载《唐诗鉴赏辞典》，上海辞书出版社1983年版）

曲江二首（其二）

　　朝回日日典春衣，每日江头尽醉归。
　　酒债寻常行处有，人生七十古来稀。
　　穿花蛱蝶深深见，点水蜻蜓款款飞。
　　传语风光共流转，暂时相赏莫相违。

　　杜甫任左拾遗后期，因肃宗嫌猜，非常失意，觉得心志多违，无补于朝廷（《题省中壁》云"退食迟回违寸心""衮职曾无一字补"）。组诗《曲江二首》是他在失意中的伤感之作。王嗣奭说："以忧愤而托之行乐者。"（《杜臆》）首联把"朝回"与"尽醉归"联在一起，便可想见在朝中当有许多"违寸心"之事。颔联"酒债"和"人生"联在一起，人生之不如意便尽在言外。腹联借"穿花蛱蝶""点水蜻蜓"写曲江风景之美，似乎很轻松快乐，但末联用"共流转"，用"暂时相赏"，便将借这种风光以遣怀，以及这种风光不可久驻的悲哀，曲折地表现了出来。前两句（腹联）放开写，后两句（末联）收转，与首四句的一气直下不同，使诗显得顿宕有致。

此诗是杜甫七律一体中较早在艺术上达到纯熟境界的作品，恣意纵笔，落落酣畅，同时又能曲折深厚，于颓放中见悲慨，有一股奇崛之气。

（原载《中华活页文选》1999年第30期）

新 安 吏

客行新安道，喧呼闻点兵。借问新安吏："县小更无丁？""府帖昨夜下，次选中男行。""中男绝短小，何以守王城？"肥男有母送，瘦男独伶俜。白水暮东流，青山犹哭声。"莫自使眼枯，收汝泪纵横。眼枯即见骨，天地终无情！我军取相州，日夕望其平。岂意贼难料，归军星散营。就粮近故垒，练卒依旧京。掘壕不到水，牧马役亦轻。况乃王师顺，抚养甚分明。送行勿泣血，仆射如父兄。"

唐肃宗乾元元年（758）冬，郭子仪收复长安和洛阳，旋即，郭和李光弼、王思礼等九节度使乘胜率军进击，以二十万兵力在邺郡（即相州，治所在今河南安阳）包围了安庆绪叛军，局势甚可喜。然而昏庸的肃宗对郭子仪、李光弼等领兵并不信任，诸军不设统帅，只派宦官鱼朝恩为观军容宣慰处置使，使诸军不相统属，又兼粮食不足，士气低落，两军相持到次年春天，史思明援军至，唐军遂在邺城大败。郭子仪退保东都洛阳，其余各节度使逃归本镇。唐王朝为了补充兵力，大肆抽丁拉夫。杜甫这时正由洛阳回华州任所，耳闻目睹了这次惨败后人民罹难的痛苦情状，经过艺术提炼，写成组诗"三吏""三别"。《新安吏》是组诗的第一首。新安，在洛阳西。

"客行新安道，喧呼闻点兵。"这两句是全篇的总起。"客"，杜甫自指。以下一切描写，都是从诗人"喧呼闻点兵"五字中生出。

"借问新安吏：'县小更无丁？'"这是杜甫的问话。唐高祖武德七年（624）定制：男女十六为中，二十一为丁。至天宝三载（744），又改以十八为中男，二十二为丁。按照正常的征兵制度，中男不该服役。杜甫的问话是很尖锐的，眼前明明有许多人被当作壮丁抓走，却撇在一边，跳过一层问："新安县小，再也没有丁男了吧？"大概他以为这样一问，就可以把新安吏问住了。"府帖昨夜下，次选中男行。"吏很狡黠，也跳过一层回答说，州府昨夜下的军帖，要挨次往下抽中男出征。看来，吏敏感得很，他知道杜甫用中男不服兵役的王法难他，所以立即拿出府帖来压人。讲王法已经不能发生作用了，于是杜甫进一步就实际问题和情理发问："中男又矮又小，怎么能守卫东都洛阳呢？"王城，指洛阳，周代曾把洛邑称作王城。这在杜甫是又逼紧了一步，但接下去却没有答话。也许吏被问得张口结舌，但更大的可能是吏不愿跟杜甫噜苏下去了。这就把吏对杜甫的厌烦，杜甫对人民的同情，以及诗人那种迂执的性格都表现出来了。

"肥男有母送,瘦男独伶俜。白水暮东流,青山犹哭声。"跟吏已经无话可说了,于是杜甫把目光转向被押送的人群。他怀着沉痛的心情,把这些中男仔细地打量再打量。他发现那些似乎长得壮实一点的男孩子是因为有母亲照料,而且有母亲在送行。中男年幼,当然不可能有妻子。但为什么父亲不来呢?上面说过"县小更无丁",有父亲在还用抓孩子吗?所以"有母"之言外,正可见另一番惨景。"瘦男"之"瘦"已叫人目不忍睹,加上"独伶俜"三字,更见无亲无靠。无限痛苦,茫茫无堪告语,这就是"独伶俜"三字给人的感受。杜甫对着这一群哀号的人流,究竟站了多久呢?只觉天已黄昏了,白水在暮色中无语东流,青山好像带着哭声。这里用一个"犹"字便见恍惚。人走以后,哭声仍然在耳,仿佛连青山白水也呜咽不止。似幻觉又似真实,读起来叫人惊心动魄。以上四句是诗人的主观感受。它在前面与吏的对话和后面对征人的劝慰语之间,在行文与感情的发展上起着过渡作用。

"莫自使眼枯,收汝泪纵横。眼枯即见骨,天地终无情!"这是杜甫劝慰征人的开头几句话。照说中男已经走了,话讲给谁听呢?好像是把先前曾跟中男讲的话补叙在这里,又像是中男走过以后,杜甫觉得太惨了,一个人对着中男走的方向自言自语,那种发痴发呆的神情,更显出其茫茫然的心理。照说抒发悲愤一般总是要把感情往外放,可是此处却似乎在收。"使眼枯""泪纵横"本来似乎可以再作淋漓尽致的刻画,但杜甫却加上了"莫"和"收"。"不要哭得使眼睛发枯,收起奔涌的热泪吧。"然后再用"天地终无情"来加以堵塞。"莫""收"在前,"终无情"在后一笔煞住,好像要人把眼泪全部吞进肚里。这就收到了"抽刀断水水更流"的艺术效果。这种悲愤也就显得更深、更难控制,"天地"也就显得更加"无情"。

照说杜甫写到"天地终无情",已经极其深刻地揭露了兵役制度的不合理，然而这一场战争的性质不同于写《兵车行》的时候。当此国家存亡迫在眉睫之时，诗人从维护祖国的统一角度考虑，在控诉"天地终无情"之后，又说了一些宽慰的话。相州之败，本来罪在朝廷和唐肃宗，杜甫却说敌情难以预料，用这样含混的话掩盖失败的根源，目的是要给朝廷留点面子。本来是败兵，却说是"归军"，也是为了不致过分叫人丧气。"况乃王师顺，抚养甚分明。"唐军讨伐安史叛军，当然可以说名正言顺，但哪里又能谈得上爱护士卒、抚养分明呢？另外，所谓战壕挖得浅，牧马劳役很轻，郭子仪对待士卒亲如父兄等等，也都是些安慰之词。杜甫讲这些话，都是对强征入伍的中男进行安慰。诗在揭露的同时，又对朝廷有所回护，杜甫这样说，用心是很苦的。实际上，人民蒙受的惨痛，国家面临的灾难，都深深地刺激着他沉重而痛苦的心灵。

杜甫在诗中所表现的矛盾，除了有他自己思想上的根源外，同时也是社会现实本身矛盾的反映。一方面，当时安史叛军烧杀掳掠，对中原地区生产力和人民生活的破坏是空前的。另一方面，唐朝统治者在平时剥削、压迫人民，在国难当头的时候，却又昏庸无能，把战争造成的灾难全部推向人民，要捐要人，根本不顾人民死活。这两种矛盾，在当时社会现实中尖锐地存在着，然而前者毕竟居于主要地位。可以说，在平叛这一点上，人民和唐王朝多少有一致的地方。因此，杜甫的"三吏""三别"既揭露统治集团不顾人民死活，又旗帜鲜明地肯定平叛战争，甚至对应征者加以劝慰和鼓励，也就不难理解了。因为当时的人民虽然怨恨唐王朝，但终究咬紧牙关，含着眼泪，走上前线支持了平叛战争。

（原载《唐诗鉴赏辞典》，上海辞书出版社1983年版）

潼 关 吏

　　士卒何草草，筑城潼关道。大城铁不如，小城万丈余。借问潼关吏："修关还备胡？"要我下马行，为我指山隅："连云列战格，飞鸟不能逾。胡来但自守，岂复忧西都。丈人视要处，窄狭容单车。艰难奋长戟，万古用一夫。""哀哉桃林战，百万化为鱼。请嘱防关将，慎勿学哥舒！"

　　乾元二年（759）春，唐军在相州（治所在今河南安阳）大败，安史叛军乘势进逼洛阳。如果洛阳再次失陷，叛军必将西攻长安，那么作为长安和关中地区屏障的潼关势必有一场恶战。杜甫经过这里时，刚好看到了紧张的备战气氛。开头四句可以说是对筑城的士兵和潼关关防的总写。漫漫潼关道上，无数的士卒在辛勤地修筑工事。"草草"，劳苦的样子。前面加一"何"字，更流露出诗人无限赞叹的心情。放眼四望，沿着起伏的山势而筑的大小城墙，既高峻又牢固，显示出一种威武的雄姿。这里大城小城应作互文来理解。一开篇杜甫就用简括的诗笔写出唐军加紧修筑潼关所给予他的总印象。

　　"借问潼关吏：'修关还备胡？'"这两句引出了"潼关吏"。"胡"，即指安史叛军。"修关"何为，其实杜甫是不须问而自明的。这里故意发问。而且又有一个"还"字，暗暗带出了三年前潼关曾经失守一事，从而引起人们对这次潼关防卫效能的关心与悬念。这对于开拓下文，是带关键性的一笔。

　　接下来，应该是潼关吏的回答了。可是他似乎并不急于作答，却"要（yāo 邀）我下马行，为我指山隅"。从结构上看，这是在两段对话中插入一段叙述，笔姿无呆滞之感。然而，更主要的是这两句暗承了"修关还备胡"。杜甫不是忧心忡忡吗？而那位潼关吏看来对所筑工事充满了信心。他可能以为这个问题不必靠解释，口说不足为信，还是请下马来细细看一下吧。下面八句，都是潼关吏的话，他首先指看高耸的山峦说："瞧，那层层战栅，高接云天，连鸟也难以飞越。敌兵来了，只要坚决自守，何须再担心长安的安危呢！"语调轻松而自豪，可以想象，关吏说话时因富有信心而表现出的神采。他又兴致勃勃地邀请杜甫察看最险要处：老丈，您看那山口要冲，狭窄得只能容单车通过。真是一夫当关，万夫莫开。这八句，"神情声口俱活"（浦起龙《读杜心解》），不只是关吏简单的介绍，更主要的是表现了一种"胡来但自守"的决心和"艰难奋长戟"的气概。而这虽然是通过关吏之口讲出来的，却反映了守关将士昂扬的斗志。

紧接关吏的话头，诗人却没有赞语，而是一番深深的感慨。为什么呢？因为诗人并没有忘记"前车之覆"。桃林，即桃林塞，指河南灵宝市以西至潼关一带地方。三年前，占据了洛阳的安禄山派兵攻打潼关，当时守将哥舒翰本拟坚守，但为杨国忠所疑忌。在杨国忠的怂恿下，唐玄宗派宦官至潼关督战。哥舒翰不得已领兵出战，结果全军覆没，许多将士被淹死在黄河里。睹今思昔，杜甫余哀未尽，深深觉得要特别注意吸取上次失败的教训，避免重蹈覆辙。"请嘱防关将，慎勿学哥舒！""慎"字意味深长，它并非简单地指责哥舒翰的无能或失策，而是深刻地触及了多方面的历史教训，表现了诗人久久难以消磨的沉痛悲愤之感。

与"三别"通篇作人物独白不同，"三吏"是夹带问答的。而此篇的对话又具有自己的特点。首先是在对话的安排上，缓急有致，表现了不同人物的心理和神态。"修关还备胡"，是诗人的问话，然而关吏却不急答，这一"缓"，使人可以感觉到关吏胸有成竹。关吏的话一结束，诗人马上表示了心中的忧虑，这一"急"，更显示出对历史教训的痛心。其次，对话中神情毕现，形象鲜明。关吏的答话并无刻意造奇之感，而守关的唐军却给读者留下一种坚韧不拔、英勇沉着的印象。其中"艰难奋长戟，万古用一夫"两句又格外精警突出，塑造出犹如战神式的英雄形象，具有精神鼓舞的力量。

（原载《唐诗鉴赏辞典》，上海辞书出版社1983年版）

乾元中寓居同谷县作歌七首（其七）

男儿生不成名身已老，三年饥走荒山道。长安卿相多少年，富贵应须致身早。山中儒生旧相识，但话宿昔伤怀抱。呜呼七歌兮悄终曲，仰视皇天白日速。

本篇集中抒写穷老流离之感，慨叹志向未酬，抗议社会不公。其悲伤愤激的情感，犹如喷涌的潮水，冲击着读者的心弦。长短句错综使用；两句与两句之间均有大幅度的跳跃；篇幅短窄，空间时间跨度却很大；结尾处，在悄然曲终时，人与空间、时间突然打照面（"仰视皇天白日速"）。这一切都使诗歌显得哀壮激烈、豪宕奇崛。

《同谷七歌》各首之间脉理相通，形成有机联系，定格连章的写法具有创造性。清代浦起龙说："亦是乐府遗音，兼取（屈原）《九歌》、（张衡）《四愁》、（蔡琰）《十八拍》诸调，而变化出之，遂成杜氏创体。"（《读杜心解》）

（原载《中华活页文选》1999年第8期）

醉 时 歌

诸公衮衮登台省，广文先生官独冷。甲第纷纷厌粱肉，广文先生饭不足。先生有道出羲皇，先生有才过屈宋。德尊一代常坎坷，名垂万古知何用！杜陵野客人更嗤，被褐短窄鬓如丝。日籴太仓五升米，时赴郑老同襟期。得钱即相觅，沽酒不复疑。忘形到尔汝，痛饮真吾师。清夜沉沉动春酌，灯前细雨檐花落。但觉高歌有鬼神，焉知饿死填沟壑？相如逸才亲涤器，子云识字终投阁。先生早赋归去来，石田茅屋荒苍苔。儒术于我何有哉，孔丘盗跖俱尘埃。不须闻此意惨怆，生前相遇且衔杯！

本篇抒写郑虔和自己怀才不遇的激愤情绪，表达了两人之间的深厚情谊，对现实给予了嘲弄和抗议。在风格上，它比杜甫一般的七言古诗更为豪纵。痛快淋漓，出言无所顾忌，几乎有点接近李白的歌行。但正如宋宗元所说："挥洒自如，却有结构。"（《网师园唐诗笺》）一开头把排比、对偶等句法结合在一起，造成一种情感喷发的气势和旋律；中间四个五言句，旋律发生变化，有一种"忘形到尔汝"的声气与口吻；而短句促调，潜气内转，激起新的高潮，出现"清夜沉沉"四句那样神来气来、酣畅淋漓的笔墨和薄儒术、齐丘跖的激愤之语；同时，写法上由前面的叙述为主，转向下面的描写和议论。在"但觉高歌有鬼神"，似乎不知其然而然的宣泄中，仍然跌宕起伏，有精心的结构和组织，又让人觉得毕竟是杜甫的诗。

（原载《中华活页文选》1999年第8期）

丹青引赠曹将军霸

将军魏武之子孙，于今为庶为清门。
英雄割据虽已矣，文采风流今尚存。
学书初学卫夫人，但恨无过王右军。
丹青不知老将至，富贵于我如浮云。
开元之中常引见，承恩数上南薰殿。
凌烟功臣少颜色，将军下笔开生面。
良相头上进贤冠，猛将腰间大羽箭。
褒公鄂公毛发动，英姿飒爽来酣战。
先帝御马玉花骢，画工如山貌不同。
是日牵来赤墀下，迥立阊阖生长风。
诏谓将军拂绢素，意匠惨澹经营中。
斯须九重真龙出，一洗万古凡马空。
玉花却在御榻上，榻上庭前屹相向。
至尊含笑催赐金，圉人太仆皆惆怅。
弟子韩幹早入室，亦能画马穷殊相。
幹惟画肉不画骨，忍使骅骝气凋丧。
将军画善盖有神，必逢佳士亦写真。
即今漂泊干戈际，屡貌寻常行路人。
途穷反遭俗眼白，世上未有如公贫。
但看古来盛名下，终日坎壈缠其身。

本篇内容丰富，写了曹霸卓越的绘画艺术和不幸的身世遭遇，展示了安史之乱前后社会的沧桑变化，在对曹霸的同情中，还寓有诗人自己的流落不遇之感。但题为"丹青引",在多方面内容中,仍以写曹霸的绘画及其遭遇为主。围绕这一中心,诗中一层又一层地进行铺垫和陪衬。先以书法陪衬丹青,在丹青中又以画功臣陪衬画马。写画马,又以一般画工的作品和真马跟曹霸所画之马进行对照,以皇帝、圉人、太仆的反应进行渲染,并借批评韩幹"画肉",进一步肯定曹之"善画有神"。围绕曹霸身世,前溯家世,后又以飘零干戈、流落失意作反衬,"处处皆有开合,通身用衬"(方东树《昭昧詹言》),"起头之上更有起头,结尾之下更有结尾"(徐增《而庵说唐诗》)。章法上错综复杂而又法度谨严,表现出杜甫在组织安排材料上的非凡才能。

全诗四十句,都是整齐的七言,八句一换韵,平仄韵互押,有点接近初唐七古。但行文跌宕纵横,夭矫变化,且基本上不用偶句,又具盛唐七古的本色。句式、用韵与行文、章法上的这些特点,形成一种充沛的气势、排宕的格局,沉雄顿挫,苍劲奇横,清代翁方纲称之为"古今七言诗第一压卷之作"(《王文简古诗平仄论》)。

(原载《中华活页文选》1999年第8期)

观公孙大娘弟子舞剑器行并序

大历二年十月十九日,夔府别驾元持宅,见临颖李十二娘舞剑器,壮其蔚跂,问其所师,曰:"余公孙大娘弟子也。"开元三载,余尚童稚,记于郾城观公孙氏,舞剑器浑脱,浏漓顿挫,独出冠时,自高头宜春梨园二伎坊内人洎外供奉,晓是舞者,圣文神武皇帝初,公孙一人而已。玉貌锦衣,况余白首,今兹弟子,亦非盛颜。既辨其由来，知波澜莫二，抚事慷慨，聊为《剑器行》。昔者吴人张旭，善草书帖，数常于邺县见公孙大娘舞西河剑器，自此草书长进，豪荡感激，即公孙可知矣。

> 昔有佳人公孙氏，一舞剑器动四方。
> 观者如山色沮丧，天地为之久低昂。
> 㸌如羿射九日落，矫如群帝骖龙翔。
> 来如雷霆收震怒，罢如江海凝清光。
> 绛唇珠袖两寂寞，晚有弟子传芬芳。
> 临颍美人在白帝，妙舞此曲神扬扬。
> 与余问答既有以，感时抚事增惋伤。
> 先帝侍女八千人，公孙剑器初第一。
> 五十年间似反掌，风尘澒洞昏王室。
> 梨园弟子散如烟，女乐余姿映寒日。
> 金粟堆前木已拱，瞿唐石城草萧瑟。
> 玳筵急管曲复终，乐极哀来月东出。
> 老夫不知其所往，足茧荒山转愁疾。

此诗记述了诗人自己先后在郾城和夔州观赏公孙大娘与其弟子的舞蹈，写此篇时，玄宗死已五年，杜甫白首滞峡，时世变化，人事蹉跎，引起无限感慨。因此，赞舞技，伤身世，悼玄宗，慨兴亡，多重思想感情交融在一起，豪荡感激，沉郁悲壮，而尤以反映五十年沧桑变化和自己对此沉痛的情感为主导。明代王嗣奭说："此诗见剑器而伤往事，所谓抚事慷慨也。故咏李氏却思公孙，咏公孙却思先帝，全是为开元、天宝五十年治乱兴衰而发。"（《杜诗详注》引）就思想内容的主导方面讲,这样看是对的。而顺着这一思路,可以看到作者在组织结构,以及用笔的虚实和变化上,颇具匠心。全篇以公孙师徒的剑器舞为线索,先实写详写公孙舞技,继虚写略写李氏在夔州献艺,然后由女乐转到玄宗和五十年的变化,再用"瞿塘"一句收归宴会和自身,以百感茫茫作结。或正面描写,或侧面带出,境界不断变换。"前如山之嶙峋,后如海之波澜,前半极其浓至,后半感叹。"(《唐宋诗醇》)这些地方可以领略杜甫七古淋漓顿挫、法度森严的风貌特征。

(原载《中华活页文选》1999年第8期)

梦李白二首(其二)

浮云终日行,游子久不至。
三夜频梦君,情亲见君意。
告归常局促,苦道来不易。
江湖多风波,舟楫恐失坠。
出门搔白首,若负平生志。
冠盖满京华,斯人独憔悴。
孰云网恢恢,将老身反累。
千秋万岁名,寂寞身后事。

诗写出了杜甫和李白之间的深情厚谊,也表现了对于封建社会不平的愤懑。诗有两点很值得注意:一、情意真切。写梦中李白的形象和话语,以及梦后的感慨,"语语是梦,非忆非怀"(方世举《兰丛诗话》）。见出作者确实是频频经历了梦境，交情恳至，完全是一片精神往来。二、感慨深远。后面六句的上下句之间，"满京华"与"独憔悴"，"网恢恢"与"身反累"，"万岁名"与"身后事"，均构成反差，表现出对社会的抗议，对李白的同情，同时也包含诗人自身的感慨。最末一句竟然说到身后，情至语塞。这是通过李白这样一位天才诗人的不幸遭遇，写出了极深的感慨，悲痛沉郁之至。作者不加文饰地抒写胸臆，自然真切，在他的五古中属于比较接近汉魏古诗的一类。

（原载《中华活页文选》1999年第8期）

蜀　　相

丞相祠堂何处寻？锦官城外柏森森。
映阶碧草自春色，隔叶黄鹂空好音。
三顾频繁天下计，两朝开济老臣心。
出师未捷身先死，长使英雄泪满襟。

这是一首凭吊古迹、颂扬诸葛亮的怀古诗。文学史上咏诸葛亮的诗极多，而以此诗最负盛名。诗上半写诸葛祠堂，下半写诸葛本人，而上半在对祠堂描写中已暗含其人。首句询问诸葛祠堂自然是缅怀所祠之人。次句古柏森森，似隐隐可以感受到孔明英灵栖托于此的肃穆气氛。三、四句"空"字、"自"字，突出作者无心流连观赏景物，见其一意向往祠堂主人，从而有力地推向对诸葛亮本人的咏叹。五、六句极其简练地以如椽之笔括尽诸葛亮功业心事，托现出他辉煌的一生。结尾则由其辉煌跌入终究未能实现北定中原愿望的遗恨。其才、其德、其志、其命，互相对照，使人在精神上受到强烈震撼，"泪满襟"即不光是杜甫，而且使"千古英雄有才无命者皆括于此"（王嗣奭《杜臆》）。《历代诗发》云："前四句伤其人之不可见，后四句叹其功之不能成。"（转引自陈伯海主编《唐诗汇评》）指出了前后的联系脉络。纪昀云："前四句疏疏洒洒，后四句忽变沉郁，魄力绝大"（《瀛奎律髓刊误》），则又揭示了此诗在通体浑成中所包含的开合变化。

诗的后半出以议论，但仍具有极大的感染力。创作此诗时，安史之乱尚未平定，国家需要有扶危济困之才；作者自己则流寓成都，政治理想落空。在此情况下，诸葛亮的业绩，刘备与之相互信任的君臣关系，以及出师终未如愿的遗憾，都使杜甫百感交集，故缅怀诸葛发为议论的同时，又与现实感受、与强烈的抒情融为一体，读之但觉痛快激昂，极受感染。

（原载《中华活页文选》1999年第30期）

春夜喜雨

好雨知时节，当春乃发生。
随风潜入夜，润物细无声。
野径云俱黑，江船火独明。
晓看红湿处，花重锦官城。

此诗状物、写情都值得细细体会。浦起龙说："写雨切'夜'易，切'春'难：此处着眼。"（《读杜心解》）其实，诗不仅非常恰如其分地写出"夜雨""春雨"的特点，更难得的还有像"随风潜入夜，润物细无声"等句，浑浑幻幻，脉脉绵绵，将春夜好雨摹写得极为逼真，不仅写出雨之状态，而且似见雨之品格灵性，极有神味。诗人在状物中还带有很深的情感。围绕"喜"，写和风细雨之润物，写云黑江暗所显示的雨意之浓，写雨后锦城繁花之红湿肥重，"'喜'意都从罅缝里迸透"（《读杜心解》）。

（原载《中华活页文选》1999年第30期）

茅屋为秋风所破歌

八月秋高风怒号，卷我屋上三重茅。茅飞渡江洒江郊，高者挂罥长林梢，下者飘转沉塘坳。南村群童欺我老无力，忍能对面为盗贼。公然抱茅入竹去，唇焦口燥呼不得，归来倚杖自叹息。俄顷风定云墨色，秋天漠漠向昏黑。布衾多年冷似铁，娇儿恶卧踏里裂。床头屋漏无干处，雨脚如麻未断绝。自经丧乱少睡眠，长夜沾湿何由彻！安得广厦千万间，大庇天下寒士俱欢颜，风雨不动安如山。呜呼！何时眼前突兀见此屋，吾庐独破受冻死亦足！

这首诗写诗人自己在贫困中茅屋遭受暴风雨袭击的情景，又从切身体验推己及人，渴望有广厦千万间为天下寒士解除痛苦。忧国忧民的情怀和变革现实的理想，使诗歌具有极其感人的力量。诗的文字很朴实，自抒胸臆，似未作经营布置，而由于诗人在风雨中有一番挣扎，在极为潦倒不堪之中，又推开自身往大处想，所以仍能波澜迭起，极见变化。开头五句，句句押韵，一连串的平声韵脚，以及"卷""飞""渡""洒""挂罥""飘转"等动词接连而出，用笔"亦如飘风之来，疾卷了当"（浦起龙《读杜心解》，下引同）。"南村"五句，写群儿无赖，茅草无法收回，最后用单句黯然收住，如见诗人无可奈何之状。"俄顷"八句，转为写雨，中间插入"自经丧乱少睡眠"一句由风雨飘摇中的茅屋想到处于动乱中的国家，并自然过渡到结尾。结尾写理想境界，奔放的激情，火热的希望，在文字上"又复飘忽如风"。这样一层层推进转折，奇繁变化，跟诗人生活体验和思想感情发展有着密切的关系。

（原载《中华活页文选》1999年第8期）

闻官军收河南河北

剑外忽传收蓟北，初闻涕泪满衣裳。
却看妻子愁何在？漫卷诗书喜欲狂。
白日放歌须纵酒，青春作伴好还乡。
即从巴峡穿巫峡，便下襄阳向洛阳。

由于特定的背景、特定的心情，此诗在杜甫集中别具风神。杜甫自安史之乱以来，诗歌的调子一直是悲怆的、抑郁的。但此诗产生在平定叛乱消息传来的时候，诗中写出诗人闻讯时惊喜欲狂的心情，成为杜甫"生平第一快诗"。《唐诗快》（黄周星集评）说："意外惊喜之况，有如长江放流，骏马注坡，直是一往奔腾，收拾不住。"除这种奔腾之势外，捕捉表现短暂之间种种情状亦极为成功。"此诗'忽传''初闻''却看''漫卷''即从''便下'，于仓卒间写出欲歌欲哭之状，使人千载如见。"（仇兆鳌《杜诗详注》引顾宸语）

由于此诗气势流畅，语言明快，情态逼肖，使人读时几乎不觉其为律诗，但实际上却是格律谨严，结构极为讲究。除首联外，其余三联全部对偶。尤其是末联，使用当句对兼流水对，在唐诗中是唯一成功的例子。关于结构，浦起龙说："八句诗，其疾如飞。题事只一句，余俱写情。得力全在次句：于情理，妙在逼真；于文势，妙在反振。（按：指借涕泪以表现喜悦，在文势上取得反振的效果。）三、四，以转作承。（按：指转写看妻子、卷诗书，而实际上仍承首联听到胜利消息时引起的惊喜之情，进一步加以抒写。）第五，乃能缓受。（按：指不直接写还乡事，用白日放歌作垫，文势上给人拓展开来的感觉。）第六，上下引脉。（按：指承上收复蓟北、晴空万里的大好形势，引出要与青春结伴还乡的念头，归到作还乡路线的畅想。）七、八，紧申'还乡'。生平第一快诗也。"（《读杜心解》）浦氏的这种分析能帮助我们看到，这首诗通过章法安排，将感情的产生、变化、发展过程，表现得极为细致传神。

（原载《中华活页文选》1999年第30期）

绝句四首（其三）

两个黄鹂鸣翠柳，一行白鹭上青天。
窗含西岭千秋雪，门泊东吴万里船。

景物明丽，境界开阔，既是写景诗，又可算生活诗。所写非清幽脱俗之境，而是门前窗外之所见。透过写景，诗人表现了自己的生活情调和观赏时的喜悦。王嗣奭说："草堂多竹树，境亦超旷，故鸟鸣鹭飞，与物俱适；窗对西山，古雪相映，对之不厌……门泊吴船……安则可居，乱则可去，去亦不恶，何适如之！"（《杜臆》）由于有这种情趣贯串其间，所以四句诗一句一景，但不是互不相干，而是构成一个统一的意境。

四句皆对，又用"两个黄鹂鸣翠柳"这样的俗话，是杜甫这类小诗不同于李白、王昌龄等人写法的表现。

（原载《中华活页文选》1999年第30期）

登　　楼

花近高楼伤客心，万方多难此登临。
锦江春色来天地，玉垒浮云变古今。
北极朝廷终不改，西山寇盗莫相侵。
可怜后主还祠庙，日暮聊为《梁甫吟》。

"伤客心"三字可以概括全诗，而"伤客心"的内容却极其丰富复杂。有对时局的忧虑，有对自己身世的慨叹。而忧时中既有危机感，又有对朝廷仍将存在下去的信心；慨己中，既自伤寂寞，又流露了自信和不甘寂寞的情绪。作者的心境虽然悲凉，但不流于衰飒，博大的情怀，坚定的信念，体现在诗中，仍然使之具有雄浑高阔的气象。做到这一点是很不容易的，宋叶梦得说："七言难于气象雄浑，句中有力，而纡徐不失言外之意。自老杜'锦江春色来天地，玉垒浮云变古今'与'五更鼓角声悲壮，三峡星河影动摇'等句之后，常恨无复继者。"（《石林诗话》）

诗在组织安排上亦具匠心。明王嗣奭说："此诗妙在突然而起，情理反常，令人错愕；而伤之故，至末始尽发之，而竟不使人知，此作诗者之苦心也。"（《杜臆》引）指出"伤之故，至末始尽发"，说明诗对于读者自始至终构成一种期待。"花近"二句，花近高楼与伤客心是相悖的，后句说明前句，因为万方多难，所以出现了类似"感时花溅泪"的情景。杨伦说："首二句倒装突兀。"如果顺说，就显得平直。所以首联倒装，应着重从避免平直方面去理解它的意义，而从解释"伤之故"方面去看，与其认为后句对前句起了说明作用，不如说是用"万方多难"的慨叹，进一步加强读者的悬念。读者要想充分了解"伤客心"的原因，是需要读完全诗，才能真正领会的。

（原载《中华活页文选》1999年第30期）

白帝城最高楼

城尖径仄旌旆愁，独立缥缈之飞楼。
峡坼云霾龙虎睡，江清日抱鼋鼍游。
扶桑西枝对断石，弱水东影随长流。
杖藜叹世者谁子？泣血迸空回白头。

这是一首自创音节的七律拗体。平仄如下：

```
（首句） —  —  |  |  |  |  |
（次句） |  |  —  |  —  —  |
（三句） |  |  —  —  —  |  |
（四句） —  —  |  |  —  —  |
（五句） —  —  —  —  |  |  |
（六句） |  |  |  |  —  —  —
（七句） |  —  |  |  |  —  |
（八句） |  |  |  —  —  |  —
```

首句"昃""旆"都是仄声，拗起。次句"立""缈"仄声，又用虚字"之"和"之飞楼"三个平声字，变律诗句法为歌行句法。三、四句对仗工整，体现了律诗特点，但"鼋鼍游"是三个平声字连用。五、六句，上句"桑""枝"两字皆平，下句"水""影"两字皆仄，上句末尾"对断石"连用三仄，下句"随长流"连用三平，这种拗救，加上对偶的工整，又符合律的要求。第七句音节为上五下二，第五字又用"者"字，是极为拗峭的散文句法。七言律诗，就体式而言，缺点在于束缚太严格，谨守格律者，如缺少才情，会流于气格卑弱、意境平庸。杜甫以其驾驭格律的非凡能力，在体制方面，既有正又有变。他的拗律就是自由横放于正格之外的变体，在掌握格律的基本精神与重点的同时，又突破格律的某些固定形式，这对七律是一种开拓，有助于在写七律时避免平弱庸俗。以本篇而论，它于声律之拗中有一份法度，有工整的对偶，仍然是律。另一方面，它以拗折险涩之笔，写艰难苦涩之情，声律的拗折矫健与景物的奇险、情感的郁勃相应，给人以耳目一新之感，对七律声调与意境的开拓都有意义。

（原载《中华活页文选》1999年第30期）

秋兴八首（其一）

玉露凋伤枫树林，巫山巫峡气萧森。
江间波浪兼天涌，塞上风云接地阴。
丛菊两开他日泪，孤舟一系故园心。
寒衣处处催刀尺，白帝城高急暮砧。

《秋兴八首》是杜甫晚年律诗的代表作。声律上遵守律诗的正格，而又能在严格的限制中腾掷跳跃，丝毫不显牵强局促；风格上能将雄浑典丽与沉郁顿挫有机统一在一起，而丝毫没有不协调之感。诗中所写，不为一时一事所牵，是把他对时局的感受，对个人、社会和历史的沉思，综合酝酿成一种超越现实的情境，并借巫山秋景以发之。本篇作为组诗的首章，写了巫山巫峡的萧瑟景象，但不是一般的摹景，而是景中寓风云变幻、时世维艰，以及个人生活动荡不安之感。诗人触景伤情，心事浩茫，难以言状，而心情聚结的中心点则体现在"丛菊两开他日泪，孤舟一系故园心"一联之中。所谓"故园心"，不是一时的怀想，而是多年的情结，不是狭小的家园，而是忧念以长安为中心的整个国家。正因为如此，诗人虽是点到即止，读者却能感觉到这"故园心"后面，翻腾的是浩瀚的情感潮流，内涵无比深广。

（原载《中华活页文选》1999年第30期）

咏怀古迹五首（其三）

群山万壑赴荆门，生长明妃尚有村。
一去紫台连朔漠，独留青冢向黄昏。
画图省识春风面，环佩空归月夜魂。
千载琵琶作胡语，分明怨恨曲中论。

昭君之怨，包括对汉元帝昏庸的埋怨，但主要的是女子远嫁异域怀念故土的怨恨忧思。杜甫写诗时，"漂泊西南天地间"（《咏怀古迹五首》其一），远离中原，处境与昭君类似。诗在同情昭君、婉转表达昭君痛苦时，也寓有诗人自己的身世之感。

此诗与咏怀诸葛亮的《蜀相》相比，一用议论，写得庄严肃穆；一则"只叙明妃，无一语涉议论"（《杜诗镜铨》引李子德评），风流摇曳，极有韵致。"独留青冢向黄昏""环佩空归月夜魂"，描绘了极其动人的昭君悲剧形象。

（原载《中华活页文选》1999年第30期）

登　高

风急天高猿啸哀，渚清沙白鸟飞回。
无边落木萧萧下，不尽长江滚滚来。
万里悲秋常作客，百年多病独登台。
艰难苦恨繁霜鬓，潦倒新停浊酒杯。

诗写登高所见巫峡一带无边无际的秋声秋色，和诗人百端交集的伤感。情与景互相交融映衬，成为整体，突出表现了杜甫夔州诗意境悲壮苍凉的特征。

对仗工整而自然。律诗只要求中间两联对偶，首尾两联可以不对。此诗则四联皆对，而且首尾两联还是句中对。对偶句不像非对偶句，前后承接，一线而下。对偶在一联之中，句子是双行的，而双行容易失去流动感。此诗整体的脉络是由景及情。前四句用"风急"开端，一线贯穿，后面所写景物，皆有风急的背景存在。颔联，"无边"句纵写，由上而下；"不尽"句横写，由西而东。颈联，"万里"句从空间下笔，"百年"句从时间下笔。全诗上下联之间有承接，一联之中有变化，不显得堆垛板滞，可以说是以单行之神，运双行之笔。

诗的五、六句，如罗大经所分析，有八层，其余六句，一、二句写了风急、天高、猿啸、渚清、沙白、鸟飞六种景物意象，三、四和七、八句也都各具三个以上层次。全诗意象繁密，层次多重，但由于大气包举，运单行之神，做到了既有顿挫，又自然流走。

律达到尽致极工的程度，且又浑浩流转、境界阔大、格调高远，是非常不容易的，明代胡应麟推此诗为"古今七律第一"（《诗薮》）。

（原载《中华活页文选》1999年第30期）

又呈吴郎

堂前扑枣任西邻，无食无儿一妇人。
不为困穷宁有此？只缘恐惧转须亲。

即防远客虽多事，便插疏篱却甚真。
已诉征求贫到骨，正思戎马泪盈巾。

    大历二年（767）秋，杜甫由夔州城西瀼西草堂迁居东屯，将草堂让给一位从远道来的姓吴的亲戚居住。瀼西草堂的西邻有位寡妇，以前常到堂前扑枣充饥，但吴某一来，却在堂前插上篱笆，弄得老妇人不好再来打枣了，为此，杜甫写了这首诗给吴某。因为在写这首诗之前，杜甫曾写过一首《简吴郎司法》，所以本篇题为"又呈吴郎"。

    诗写得非常朴实，几乎没有在艺术上作任何追求，读起来却非常动人。这是因为艺术最动人的力量来自真和善，而高度的真、善，在表现上往往是很朴实的。这首诗的真、善，体现在围绕着老妇人打枣这件事，把诗人自己和老妇人的心情作了真切的揭示，同时又表现了诗人对于劳动人民的真心体贴。"堂前扑枣任西邻"，"任"是任凭老妇人打取，不作任何追问。这不是出于富者的满不在乎，而恰恰是很重视这件事，但觉得只有采取听之任之的态度，才最合适。次句"无食无儿一妇人"等于给上句作注脚。所以任其扑取，是因为面临着这样一位老妇人："无食"见其穷，"无儿"见无人奉养，穷且没有任何指望。两个"无"字加在"一"字上，老妇人的可哀，以及诗人对她的悲悯之深，都可以从字里行间领会得到。"不为困穷宁有此？只缘恐惧转须亲"，诗人设身处地代老妇人考虑，如果不是为生计所迫，她岂肯这样做？从她打枣时的表现，可以看出她是惴惴不安、非常不得已的。而正为对方怀有恐惧之心，所以反倒需要在态度上格外亲切。"转须亲"比首句任其扑枣的"任"又进了一步。这两句写出老妇人的不得已和心怀恐惧，而杜甫则是深深体察到了这一点，又设法使老妇人尽量减少顾虑。围绕着一"惧"一"亲"，双方的心情表现得极为真切动人。"即防远客虽多事,便插疏篱却甚真。"因为本已有恐惧不安的情绪,所以远客一来,草堂换主,她不能不有所提防,而吴某插上篱笆,在心中早就不踏实的老妇人看来,却很像真要禁止她打枣。从心理发展上看,"即防远客",承上面的"恐惧"而来,又启下面老妇人"却甚真"的猜想。这两句虽写老妇人对吴某的反应,却又出自杜甫的揣摩推测,吴郎拒绝打枣虽未必"甚真",而杜甫的关切倒该用"甚真"二字去概括。不过,杜甫对老妇人的关怀不是婆婆妈妈式的,而是既有感同身受般的深厚同情,同时又站得更高,想得更远。"已诉征求贫到骨,正思戎马泪盈巾。"老妇人的穷困无食,是因为赋税剥削残酷;老妇人的孤寡无儿,从末句看,则又似乎与其丈夫或儿子死于戎马兵役有关。作为一个蒿目时艰,关心国家命运的诗人,杜甫由一个普通的穷苦老妇人,想到天下更多在赋税和战争灾祸下挣扎的黎民百姓,想到国家的艰危。而正因为诗人想得那么多、那么远,沉痛之至,当他带着这种感情来关心老妇人打枣时,才能那样深切之至。至此,我们看到杜甫为了开导和劝说吴某,把他自己和老妇人的心情都极细微、极曲折地呈献在吴郎面前,从而也呈献在读者面前,这是诗的真切处。杜甫不仅关切老妇人,且又为老妇人开脱。即使对于吴某,也是在开导的同时,为他回护,尽量不伤吴某的自尊心。这些又是非常善意的,于委婉含蓄处,正见杜甫用心之苦,同情人民感情之深。真和善的结合,使这一首朴实的诗具有动人的力量。

　　本篇纯用白描手法,以浅显的语言表达深厚的感情,是律诗通俗化的一个成功尝试。清人郭曾炘谓:"全说白话,即白傅集中,似此率直者亦少。在杜公亦偶然信笔为之。惟末二语仍稍见本色耳。"(《读杜札记》)所评极为切当。郭氏提到白居易,似乎已有探讨这类作品在后世影响的意思。从关心人民疾苦的现实主义精神看，《又呈吴郎》一类作品对白居易讽谕诗的创作无疑是有影响的。不过，作为一首通俗化的律诗，《又呈吴郎》所影响的倒似乎是白居易一些抒情写景的律诗。能够从内容和形式上同时继承《又呈吴郎》所开创的传统，大约到杜荀鹤写《山中寡妇》一类作品时，才能明显地见到。

（原载《杜甫诗歌赏析集》，巴蜀书社1993年版）

登岳阳楼

昔闻洞庭水，今上岳阳楼。
吴楚东南坼，乾坤日夜浮。
亲朋无一字，老病有孤舟。
戎马关山北，凭轩涕泗流。

昔闻其名，今历其境，欣喜中不无感慨。欣喜自不用说，感慨则是因为今天在漂泊中得以登上此楼。三、四句，洞庭的壮阔令人心胸开豁。五、六句，则是于开豁之境俯仰一身，倍感孤独飘零。结尾，由自身的遭遇，转到对时势的关注与忧虑。这一因登楼而引起的思想情感发展过程体现在诗歌中，境随心转，意到笔随。

"吴楚东南坼，乾坤日夜浮。"写尽洞庭湖的气势，气象极大。与孟浩然的名句"气蒸云梦泽，波撼岳阳城"相比，正如沈德潜所说："（孟）实写洞庭，此只用空写，却移他处不得。"（《唐诗别裁》）两者都是咏洞庭的名句。不过，从全篇看，孟诗后半比较弱，杜诗则抱家国无穷之悲，显得更加首尾相称，通篇浑茫。

宋末元初的方回说:"予登岳阳楼。此诗(按:指孟诗)大书左序球门壁间,右书杜诗,后人自不敢复题也。"(《瀛奎律髓》卷一)

(原载《中华活页文选》1999年第30期)

江南逢李龟年

岐王宅里寻常见,崔九堂前几度闻。
正是江南好风景,落花时节又逢君。

这是杜甫绝句中最有情韵、最富含蕴的一篇。只二十八字,却包含着丰富的时代生活内容。如果诗人当年围绕安史之乱的前前后后写一部回忆录,是不妨用它来题卷的。

李龟年是开元时期"特承顾遇"的著名乐师。杜甫初逢李龟年,是在"开口咏凤凰"的少年时期,正值所谓"开元全盛日"。当时王公贵族普遍爱好文艺,杜甫即因才华早著而受到岐王李范和秘书监崔涤的延接,得以在他们的府邸欣赏李龟年的歌唱。而一位杰出的艺术家,既是特定时代的产物,也往往是特定时代的标志和象征。在杜甫心目中,李龟年正是和鼎盛的开元时代,以及自己充满浪漫情调的青少年时期的生活,紧紧联结在一起的。几十年之后,他们又在江南重逢。这时,遭受了八年动乱的唐王朝业已从繁荣昌盛的顶峰跌落下来,陷入重重矛盾之中;杜甫辗转漂泊到潭州,"疏布缠枯骨,奔走苦不暖"(《逃难》),晚境极为凄凉;李龟年也流落江南,"每逢良辰胜景,为人歌数阕,座中闻之,莫不掩泣罢酒"(《明皇杂录》）。这种会见，自然很容易触发杜甫胸中本就郁积着的无限沧桑之感。"岐王宅里寻常见，崔九堂前几度闻。"诗人虽然是在追忆往昔与李龟年的接触，流露的却是对"开元全盛日"的深情怀念。这两句下语似乎很轻，含蕴的感情却深沉而凝重。"岐王宅里""崔九堂前"，仿佛信口道出，但在当事者心目中，这两个文艺名流经常雅集之处，无疑是鼎盛的开元时期丰富多彩的精神文化的渊薮，它们的名字就足以勾起对"全盛日"的美好回忆。当年出入其间，接触李龟年这样的艺术明星，是"寻常"而不难"几度"的，现在回想起来，简直是不可企及的梦境了。这里所蕴含的天上人间之隔的感慨，是要结合下两句才能品味出来的。两句诗在迭唱和咏叹中，流露了对开元全盛日的无限眷恋，好像是要拉长回味的时间似的。

梦一样的回忆，毕竟改变不了眼前的现实。"正是江南好风景，落花时节又逢君。"风景秀丽的江南，在承平时代，原是诗人们所向往的作快意之游的所在。如今自己真正置身其间，所面对的竟是满眼凋零的"落花时节"和皤然白首的流落艺人。"落花时节"，像是即景书事，又像是别有寓托，寄兴在有意无意之间。熟悉时代和杜甫身世的读者会从这四个字上头联想起世运的衰颓、社会的动乱和诗人的衰病漂泊，却又丝毫不觉得诗人在刻意设喻，这种写法显得特别浑成无迹。加上两句当中"正是"和"又"这两个虚词一转一跌，更在字里行间寓藏着无限感慨。江南好风景，恰恰成了乱离时世和沉沦身世的有力反衬。一位老歌唱家与一位老诗人在漂流颠沛中重逢了，落花流水的风光，点缀着两位形容憔悴的老人，成了时代沧桑的一幅典型画图。它无情地证实"开元全盛日"已经成为历史陈迹，一场翻天覆地的大动乱，使杜甫和李龟年这些经历过盛世的人，沦落到了不幸的地步。感慨无疑是很深的，但诗人写到"落花时节又逢君"，却黯然而收,在无言中包孕着深沉的慨叹、痛定思痛的悲哀。这样"刚开头却又煞了尾",连一句也不愿多说,真是显得蕴藉之极。沈德潜评此诗:"含意未申,有案未断。"这"未申"之意对于有着类似经历的当事者李龟年,自不难领会;对于后世善于知人论世的读者,也不难把握。像《长生殿·弹词》中李龟年所唱的"当时天上清歌,今日沿街鼓板","唱不尽兴亡梦幻,弹不尽悲伤感叹,凄凉满眼对江山",等等,尽管反复唱叹,意思并不比杜诗更多,倒很像是剧作家从杜诗中抽绎出来似的。

四句诗,从岐王宅里、崔九堂前的"闻"歌,到落花江南的重"逢","闻""逢"之间,联结着四十年的时代沧桑、人生巨变。尽管诗中没有一笔正面涉及时世身世,但透过诗人的追忆感喟,读者却不难感到给唐代社会物质财富和文化繁荣带来浩劫的那场大动乱的阴影,以及它给人们造成的巨大灾难和心灵创伤。确实可以说"世运之治乱,华年之盛衰,彼此之凄凉流落,俱在其中"(孙洙评)。正像旧戏舞台上不用布景,观众通过演员的歌唱表演,可以想象出极广阔的空间背景和事件过程;又像小说里往往通过一个人的命运,反映一个时代一样。这首诗的成功创作似乎可以告诉我们:在具有高度艺术概括力和丰富生活体验的大诗人那里,绝句这样短小的体裁究竟可以具有多大的容量,而在表现如此丰富的内容时,又能达到怎样一种举重若轻、浑然无迹的艺术境界。

(与刘学锴先生合作,原载《唐诗鉴赏辞典》,上海辞书出版社1983年版)

江　汉

江汉思归客，乾坤一腐儒。
片云天共远，永夜月同孤。
落日心犹壮，秋风病欲苏。
古来存老马，不必取长途。

这是杜甫晚年漂泊在湖北境内所写的一首著名的五言律诗。读这首诗的时候，我们不妨设想：一个人怀有报国之志，但是终身坎坷，直到垂暮之年，仍然不幸漂泊，远离朝廷，这时他会想些什么呢？不用说，在这种遭遇面前，哀伤绝望、心灰意懒，甚至转而求田问舍、追求个人享乐都会有的，但杜甫却不是这样，我们看看他在诗中所表现的情怀吧。

"江"指长江；"汉"指汉水。"江汉"泛指现在湖北省南部地区。"客"，杜甫自指。唐代宗大历三年（768），杜甫五十七岁，他丢开了晚年最后一个生活据点——夔州草堂，一家人乘着一叶孤舟，漂泊到了湖北境内，所以自称为"客"。客子自然是容易思乡的，但杜甫在"客"字上加"思归"二字，却不是指想回到自己的故乡河南巩县，而是指想返回朝廷。"江汉思归客"，说自己是一位漂泊江汉而渴望被朝廷召用的人。这一句，诗人把自己所在之地，以及身份和处境，都点了出来，但这位"思归客"的特殊之点，还有待进一步点明。"乾坤一腐儒"正补足了这一点。"乾坤"，指天地。这句如果直译，等于说自己是天地之间一位迂腐的读书人。"江汉思归客，乾坤一腐儒。"诗一开头就很突兀，尤其是后一句，话更说得有点怪。"腐儒"二字，照说是一种自谦自贬之词，承认自己学而不化，不通世务。然而，在贤愚不分、离开钻营就难以找到出路的封建社会，被弃置不用，甚至被嗤之为"腐儒"的，却又往往是一些正直的、有抱负、有学识的人。所以，杜甫自称"腐儒"，是在自嘲中带着自负。诗歌的语言精练含蓄，像"腐儒"一词在这里，便具有多方面的意义和感情色彩。而"腐儒"之前，又有"乾坤"二字，"乾坤一腐儒"，在幽默中更显出跌宕。乾坤之大，"一腐儒"何其渺小。然而"一腐儒"在乾坤之内还值得一提，又未免有些非同一般。从自嘲的方面来理解这一句，它透露出自己在世俗的眼光里是不被看得起的，天地虽大，这个"腐儒"却找不到托身之所。从自负方面去理解，"腐儒"的"腐"只不过是不愿随波逐流、坚持一贯处世原则和人生态度的一种特殊而形象的说法。所以，从表面上看，"天地"和"一腐儒"对比，后者似乎显得微不足道，但等到弄清了"腐儒"二字的实际含义，就会转而觉得这样的所谓"腐儒"乾坤之内又能有几人？总之，这句诗的内涵是复杂的、丰富的，通过诗的跌宕的语气、诗人的那种自嘲自负，可以引起读者多方面的联想。

"片云天共远，永夜月同孤。"这是承接首联，描绘自己久客在外的孤单寂寞的处境。两句如果用散文的句式，等于说："共片云在远天，与孤月同长夜。"意思是：我现在流落异乡，就好像跟一片浮云一起在遥远的天边飘荡；寂寞中只有孤月为伴，共度这漫漫长夜。这里，诗人写片云和孤月，既起衬托作用，又带有自况的意味。读到这里，我们会感到诗人这种孤而且远的处境的确是够不幸的了。志在中兴国家、救济人民，渴望"再光中兴业，一洗苍生忧"（《凤凰台》）的诗人，落到这种地步，谁能不寄予同情呢？志向不能实现，老诗人只能在异乡、在寂寞和被遗忘中了此一生了。他即使是感伤、消沉，唱出凄楚的音调，读者又有多少理由去责备他呢？可以说读者在这里是准备着让诗人去抒发他的天涯沦落之感、倾听他的哀诉的。

然而，当我们不免带着一种哀悯的感情来体会诗人当年心境的时候，我们不应该忽略杜甫毕竟是杜甫。请看下面的诗句吧："落日心犹壮，秋风病欲苏。"这一联给我们总的印象是，在惨淡萧瑟的环境中，有一股热流，有一股遏制不住的生命力在激荡。诗人并未沉溺于自伤自哀之中，相反地，他胸中却像有一团火在燃烧，尽管是身在远天，处于孤寂之中。本来，就景物而言，落日、秋风一般总不免让人觉得萧瑟。落日使人想到时光的流逝，想到晚景暮年，容易引起沦落之感、衰老之叹。李商隐的名句"夕阳无限好，只是近黄昏"（《乐游原》），就是这种感情的集中表现。但杜甫的感情却不是往低沉的一面发展，"落日心犹壮"，仍然觉得桑榆未晚，雄心尚存，还想在垂暮之年有所作为。至于秋风，对于衰老多病的人更常常是一种威胁，杜甫此时肺病严重，一只胳膊麻痹，一只耳朵已聋，连走路都需要人搀扶了，但在秋风面前，却没有浮起生命无多的慨叹与悲哀，相反觉得病体好像就要痊愈了。当然，这只是一种主观感受，"欲苏"的"欲"字，说明病情的好转只是存在于诗人的心理之上。但愈是属于心理上的感受，愈是见得诗人精神的顽强。这两句情与景之间，自然界的落日秋风和诗人的"心犹壮""病欲苏"的感受之间，是一种相反相成的关系，而这两句相对于"片云天共远，永夜月同孤"那种环境气氛，又是一种转折，它所表现的积极的人生态度和实际所处的飘零流落的处境，在艺术上也同样产生相反相成的效果。通过两重反衬，诗人那种自强不息的精神，就显得格外突出。

对于中间两联，有人曾就"永夜月同孤"和"落日心犹壮"提出疑问，认为不该日月并见。有人则主张"落日"只是一种借喻，比喻自己到了老年晚境。其实，中国农历月初，傍晚时上弦月和落日同时看到是常有的事。宋代周邦彦的词《浪淘沙慢》中有"见隐隐云边新月白，映落照"的句子，写的也是这种所谓"日月并见"的现象。这里，我们可以就杜甫当时的处境加以设想：可能是秋天的一个黄昏，杜甫在那只漂泊于江汉的船中困卧了多日，此时由他的儿子搀扶着，缓步走上岸来，依杖临风，伫立江头。他放眼四望，天际有几片白云，悠悠飘动，一弯上弦月在蓝天上现出淡淡的轮廓，由于不见众星的陪伴，新月似乎格外孤独。秋风袅袅，一轮殷红的太阳，正在落入地平线。这种景象，写到诗里，自然就有可能日月并见了。当然，日和月并不排斥有自喻的意味，但像《江汉》这样情真景切的诗，诗人引物自喻，首先应该是由于受到实际景物的诱发。

诗是写诗人的"思归"，在他乡流落中放眼远眺，觉得仍可有所作为，自然使诗人思归的心更加殷切起来。但细细体会"落日"一句，所谓"心犹壮"，"犹"字里面是包含着许多话没有明说的。杜甫毕竟是不在其位而又残废衰老，虽有壮心，究竟何所施展呢？这不能不引起他的思考。杜甫一生尊奉儒家，儒家的处世原则本来也是"达则兼济天下，穷则独善其身"。作为像他这样处在穷途的文人，早年兼济天下的壮心，到晚年作为一种回光返照，一闪念就化为云烟，照说也很自然，即使发出"落日心犹壮"的呼喊，等到冷静地作现实考虑的时候，还是有可能把消极退隐作为归宿。但杜甫一生的实际表现和"独善"是无缘的，他仍然从积极的方面，对自己尚可能做的贡献，作了激动人心的表白。这就是诗的末联："古来存老马，不必取长途。"传说齐桓公攻打孤竹，在归途中迷了路，管仲说，老马的智慧可用，于是让老马做向导，众人随着老马得归齐国。诗人以老马自喻，说古代留养老马，并不强求它有长途跋涉的精力，而是另有所取。这是承认奔走驰骋、担负朝廷的繁重任务，已经不能胜任了。

只不过扪心自问，老马尚有识途的本领，自己为朝廷贡献一点经验智慧仍然是可以的吧？杜甫真是坚韧不拔、令人同情而又值得尊敬。只要一息尚存，他就还想为国家尽一份微薄的力量，希望朝廷能拿他当一匹识途老马来对待，用他一点余力和长处。谁能认为这种想法是非分的、不切实际的呢？如果命运对人是公平的，朝廷是知人善任的，难道不应该成全诗人最低的愿望吗？这既是激动人心的抒怀述志，同时也可以说是一种控诉。

这首诗围绕着"思归"，充分表达了诗人晚年的处境、心情和愿望。有人说："全是老骥伏枥，志在千里，烈士暮年，壮心不已之意。"评论所引用的是曹操《龟虽寿》里的诗句，用它来概括《江汉》的主旨，无疑对人是有启发的。但是同时我们却不可不注意这两篇作品的区别，因为通过这种区别，倒是更能认清《江汉》所体现的思想精神。曹操歌唱"老骥伏枥，志在千里"的时候，国家大权在握，手下雄兵百万，猛将如云，可以说正处在人生事业的高峰上。他当时面临的矛盾，是人生短促与最后完成伟大事业之间的矛盾。他没有满足于已经建立的功业，要趁有生之年，进一步实现统一中国的宏愿，这无疑是很可贵的。但总的来说，他的壮心是顺境中的产物。杜甫却不同，他的晚年，是被作为朝廷的"弃物"，抛置在天涯的。特别是离开夔州以后，境况更加萧瑟凄凉，"饥藉家家米，愁征处处杯"（《秋日荆南述怀三十韵》），窘困得连一顿饭、一杯酒都需要向人乞讨，贫穷老病集于一身。因此，他这匹老马，是身残力衰，被世上忘却了的老马。如果缺乏对理想追求到底的精神，早就该万念俱灰了。而杜甫却在这难以想象、不堪忍受的艰苦境遇中，发出了"落日心犹壮"的呼声，他的壮心不已自然和曹操的踌躇满志，在思想基础和具体内容上都很不相同。杜甫的可贵，在于他不顾自身的沦落艰难，始终怀着拯民济世的思想。他丢开成都草堂而至夔州，又丢开夔州草堂而向江汉，孤舟漂泊，挣扎着，奋斗着，渴望能为祖国献上最后一点精力。这种眷眷不已，在逆境中焕发出来的积极用世精神，这种永不衰竭的政治热情，闪耀着献身主义的光辉，表现为一种崇高的人格美。这些，既赢得了读者的敬仰，同时也暴露了那将他弃置天涯的封建王朝的腐朽和黑暗，使之更加令人愤恨。

这是一首从积极方面抒情述志的诗，但杜甫既不像李白那样乐观而富有信心地宣称"天生我材必有用"，更不像他自己早年那样天真地以为可以"致君尧舜上，再使风俗淳"了。这是因为个人和时代都经历了巨大丧乱，尽管杜甫是痛苦越深、毅力越强，所谓"留滞才难尽，艰危气益增"（《泊岳阳城下》）。但激昂的歌声毕竟是从"留滞"与"艰危"的处境中唱出来的，所以在表达上不是激情奔放、慷慨陈词，而是苍凉悲壮、沉着收敛，这在景物环境描写和直接抒情述志方面，都有所体现。

这首诗的中间两联，好像在不经意之间就点了云、天、夜、月、落日、秋风六种景物，而这些景物，又是处处由情加以贯串：诗人在自己的感觉中，与片云共远天，伴孤月度长夜；视落日而心犹壮，遇秋风而病欲苏。"共远""同孤""犹壮""欲苏"八个字，与景物构成非常自然的联系。诗所写的景象虽然是悲凉的，由此感发起来的情绪，却不是日暮途穷的忧伤，而是积极奋发，诗人那颗时刻不忘献身祖国的心，迎着秋风落日跳动得倒更加剧烈了。苍凉中见悲壮，惨淡中见热忱，这是杜甫晚年诗歌的一种特色。

《江汉》这首诗，在直接抒情述志的时候，也显得深沉内向。比如从诗人目遇落日秋风的自然景象，到自我感觉"心犹壮""病欲苏"，在感情发展上是跨了很大一步的，照说二者之间应该用有力的词语去掉转，但构成联系和转折的"犹壮"的"犹"字、"欲苏"的"欲"字，下语都显得颇有节制。至于卒章显志的最后两句，在调子上也是压低了，"不必取长途"——话更有分寸。诗人把他的深情苦志，用一匹老马的形象来表现，这匹马和以前经常用以自喻的马，已经很不一样了。比如秦州时期他笔下未能见用的马是"哀鸣思战斗，迥立向苍苍"（《秦州杂诗二十首》），哀叫着渴望战斗，昂首向着苍天。这马与《江汉》诗中的马，用世精神虽同，但前者壮健而奋发，后者衰老而沉静。诗以这种面貌出现，对于表现诗人的壮心，似乎没有把力量用足，但实际效果却是在沉着中表现得深厚，在收敛中表现得饱满，更能见出诗人晚年的心境，使人们觉得诗人的用世精神，在他经历的国家灾难、人民痛苦和个人悲剧里，锻炼得更执着，也更切实了。由于寓高昂于沉郁，寓阔大于深沉，把燃烧不息的用世热情和冷静切实的考虑，把积极追求的精神和朴实的、绝无浮夸的艺术形式结合起来，因而让人越是细加吟味，便越感到其中激荡着无限浑厚深广的感情。元代的方回说过，他对于这首诗"味之久矣，愈老而愈见其工"。（《瀛奎律髓》）方回之所以有这种感受，正因为作品诗味深厚，内蕴着强大的艺术力量。

（原题作《燃烧不熄的用世热忱——说杜甫诗〈江汉〉》，内容略有改动，原载《阅读和欣赏》，北京燕山出版社1989年版）

王　建

新嫁娘词三首（其一）

三日入厨下，洗手作羹汤。
未谙姑食性，先遣小姑尝。

"新媳妇难当"——在旧社会人们普遍有这种看法。但也有些新媳妇在令人作难的处境中找到了办法，应付了难局，使得事情的发展带有戏剧性，甚至富有诗趣，像王建的这首诗所写的，即属于此类。这也是唐代社会封建礼教控制相对放松，妇女们的巧思慧心多少能够得以表现出来的一种反映。

"三日入厨下，洗手作羹汤。"古代女子嫁后的第三天，俗称"过三朝"，依照习俗要下厨房做菜。"三日"，正见其为"新嫁娘"。"洗手作羹汤"，"洗手"标志着第一次用自己的双手在婆家开始她的劳动，表现新媳妇郑重其事，力求做得洁净爽利。

但是，婆婆喜爱什么样的饭菜，对她来说尚属未知数。粗心的媳妇也许凭自己的口味，自以为做了一手好菜，实际上公婆吃起来却为之皱眉呢。因此，细心、聪慧的媳妇，考虑就深入了一步，她想事先掌握婆婆的口味，要让第一回上桌的菜，就能使婆婆满意。

"未谙姑食性，先遣小姑尝。"这是多么聪明、细心，甚至带有点狡黠的新嫁娘！她想出了很妙的一招——让小姑先尝尝羹汤。为什么要让小姑先尝，而不像朱庆馀《闺意献张水部》那样问她的丈夫呢？朱诗云"画眉深浅入时无"，之所以要问丈夫，因为深夜洞房里只有丈夫可问。而厨房则是小姑经常出入之所，羹汤做好之后，要想得到能够代表婆婆的人亲口尝一尝，则非小姑不可。所以，从"三日入厨"，到"洗手"，到"先遣小姑尝"，不仅和人物身份，而且和具体的环境、场所，一一紧紧相扣。沈德潜评论说："诗到真处，一字不可易。"

读这首诗，人们对新嫁娘的聪明和心计无疑是欣赏的，诗味也正在这里。新嫁娘所循的，实际上是这样一个推理过程：一、前提是长期共同生活，会有相近的食性；二、小姑是婆婆抚养大的，食性当与婆婆一致；三、所以由小姑的食性可以推知婆婆的食性。但这样一类推理过程，并不是在任何场合下都能和诗相结合。像有人在笺注此诗时所讲的："我们初入社会，一切情形不大熟悉，也非得先就教于老练的人不可。"（喻守真《唐诗三百首详析》）《新嫁娘词》所具有的典型意义，固然可以使人联想到这些，但是要直接就写这些入诗，则不免带有庸俗气。而在这首诗中，因为它和新嫁娘的灵机慧心，和小姑的天真，以及婆婆反将入于新嫁娘彀中等情事联系在一起，才显得富有诗意和耐人寻味。

像这样的诗，在如何从生活中发现和把握有诗意的题材方面，似乎能够给我们一些启示。

（原载《唐诗鉴赏辞典》，上海辞书出版社1983年版）

刘禹锡

踏歌词四首（其一）

春江月出大堤平，堤上女郎连袂行。
唱尽新词欢不见，红霞映树鹧鸪鸣。

"踏歌"，是古代长江流域民间的一种歌调，一边走，一边唱，唱歌时以脚踏地为节拍。《踏歌词四首》是刘禹锡在夔州时所作。此为第一首。

"春江月出大堤平，堤上女郎连袂行。"第一句末尾的"平"字值得细细体会。"平"应该是指春江涨满，与江岸齐平。但"大堤平"三字紧紧相连，就使它似乎还有堤岸宽平的意思。故这"平"字包涵着比较丰富的意象，令人想到明月升起，清辉洒向人间，涨满河床的春水，月光下似与岸边的沙土融成一片，使大堤也显得格外宽平。就在这样一个环境下，人物登场了——"堤上女郎连袂行"。既然可以手挽手联袂而行，也可见大堤确实宽平。在大堤上联袂出游，边走边唱，是少女的情思在胸中荡漾，不能自抑的表现，也反映了巴渝一带的民间风气习俗。

"唱尽新词欢不见，红霞映树鹧鸪鸣。""欢"，古时女子对所爱男子的爱称。女郎们唱新词，意在招引小伙子一同歌舞。这是一个多么欢乐的季节，一个多么动人的夜晚啊！只不过这一夜却有点蹊跷，未见热情的应和，对方毫无反响。"唱尽新词欢不见"，不说"唱罢"，而说"唱尽"，一个"尽"字，似可见女郎们停歌罢唱时的不堪情态。同时，"尽"字也暗示了时间过程。新词唱尽之时，已经不是月照大堤的夜色溶溶的环境，而是"红霞映树鹧鸪鸣"的早晨景象了。鲜丽耀眼的红霞碧树，固然会引起女郎们的怔悸，而鹧鸪声也免不了要使她们受到刺激。鹧鸪喜爱雌雄对啼，当新词唱尽，四周悄然，代之而起的竟是绿树丛中的鹧鸪和鸣，女郎们心里究竟是一种什么滋味呢？

刘禹锡用民歌体写的爱情诗，常常有一种似愁似怨、似失望又似期待的复杂情绪。诗中女子月出时还兴致勃勃地走上大堤去唱歌，仅仅一夜未能觅见情郎，这种失望毕竟是有限的。小伙子是否真的无动于衷呢？谁也捉摸不透。说不定"道是无情却有情"，他们在有意作弄这些多情的女郎呢。那鹧鸪声固然反衬女郎的寂寞，甚至好像带点嘲弄，但也不是认真地要引起女子失恋的痛苦。

诗的开篇和收尾都是写景，叙事只中间两句，但如果仅有"堤上女郎连袂行""唱尽新词欢不见"，则几乎让人不知所云。而有了两句写景前后配合，提供带有典型性的环境，人物在这种环境中的活动，就无须多言，自然可以想见了。并且，由于前后两种环境的气氛和色彩不同，则又自然暗示了时间的推移、情感的变化。刘禹锡的民歌体诗，有时看似被写景占了较大的篇幅，实际上笔墨还是很经济的，尤其是像这首诗最后以景结情，如果换成一般性的叙述，无论如何都很难表达这样丰富复杂的内容。

（原载《唐诗鉴赏辞典》，上海辞书出版社1983年版）

元 稹

行 宫

寥落古行宫,宫花寂寞红。
白头宫女在,闲坐说玄宗。

　　诗歌的境界气氛,有时取决于诗句中的从属性成分。元稹的《行宫》如果只保留句中具有主体性的中心词,便成了"行宫——宫花——宫女——玄宗"。行宫何其奢丽,宫花何其繁艳,宫女通常为玉貌红颜,玄宗则是著名的风流天子。仅此四者给人唤起的印象,应是《连昌宫词》前段所写的那种"炫转荧煌"的欢娱繁华景物。然诗中于行宫偏云"寥落",宫花偏"红"得"寂寞",宫女偏已白发,玄宗更久不在人世,成了白头宫女闲话对象,于是扫尽繁华,悲凉彻骨,安史乱后时代的衰落与哀痛,全从古行宫的景象中表现了出来。可见诗句中某些从属性成分,颇能左右诗的境界气氛。当然,"行宫——宫花——宫女——玄宗",一方面虽接受了限制改造,另一方面原有的意象也并未完全消失,仍然在深一层隐约提示着往昔的景象、人物和场面。于是,对于读者,诗歌在提供眼前景象的同时,还构成另外种种联想,形成今昔对比,使诗的思想和意境得到深化。《行宫》五言四句,在内涵上几乎欲与《连昌宫词》七言九十句相匹敌。

　　　　　　(原载《百家唐宋诗新话》,四川文艺出版社1989年版)

白居易

问刘十九

绿蚁新醅酒,红泥小火炉。
晚来天欲雪,能饮一杯无?

这首诗可以说是邀请朋友前来小饮的劝酒词。给友人备下的酒,当然是可以使对方致醉的,但这首诗本身却是比酒还要醇浓。

"绿蚁新醅酒,红泥小火炉。"酒是新酿的酒(未滤清时,酒面浮起酒渣,色微绿,细如蚁,称为"绿蚁"),炉火又正烧得通红。这新酒红火,大约已经摆在席上了,泥炉既小巧又朴素,嫣红的火,映着浮动泡沫的绿酒,是那样地诱人,那样地叫人口馋,正宜于跟一二挚友小饮一场。

酒,是如此吸引人。但备下这酒与炉火,却又与天气有关。"晚来天欲雪"——一场暮雪眼看就要飘洒下来。可以想见,彼时森森的寒意阵阵向人袭来,自然免不了引起人们对酒的渴望。而且天色已晚,有闲可乘,除了围炉对酒,还有什么更适合于消度这欲雪的黄昏呢?

酒和朋友在生活中似乎是结了缘的。所谓"酒逢知己千杯少",所谓"独酌无相亲",说明酒还要加上知己,才能使生活更富有情味。杜甫的《对雪》有"无人竭浮蚁,有待至昏鸦"之句,为有酒无朋感慨系之。白居易在这里，也是雪中对酒而有所待，不过所待的朋友不像杜甫彼时那样茫然，而是可以招之即来的。他向刘十九发问："能饮一杯无？"这是生活中那惬心的一幕经过充分酝酿，已准备就绪，只待给它拉开帷布了。

诗写得很有诱惑力。对于刘十九来说，除了那泥炉、新酒和天气之外，白居易的那种深情，那种渴望把酒共饮所表现出的友谊，当是更令人神往和心醉的。生活在这里显示了除物质的因素外，还包含着动人的精神因素。

诗从开门见山地点出酒的同时，就一层层地进行渲染，但并不因为渲染，不再留有余味，相反地仍然极富有包蕴。读了末句"能饮一杯无"，可以想象，刘十九在接到白居易的诗之后，一定会立刻命驾前往。于是，两位朋友围着火炉，"忘形到尔汝"（杜甫《醉时歌》）地斟起新酿的酒来。也许室外真的下起雪来，但室内却是那样温暖、明亮。生活在这一刹那间泛起了玫瑰色，发出了甜美和谐的旋律……这些，是诗自然留给人们的联想。由于既有所渲染，又简练含蓄，所以不仅富有诱惑力，而且耐人寻味。它不是使人微醺的薄酒，而是醇醪，可以使人真正身心俱醉的。

（原载《唐诗鉴赏辞典》，上海辞书出版社1983年版）

柳宗元

行 路 难

其一

君不见夸父逐日窥虞渊,跳踉北海超昆仑。披霄决汉出沆漭,瞥裂左右遗星辰。须臾力尽道渴死,狐鼠蜂蚁争噬吞。北方踒人长九寸,开口抵掌笑更喧。啾啾饮食滴与粒,生死亦足终天年。睢盱大志小成遂,坐使儿女相悲怜。

其二

虞衡斤斧罗千山,工命采斫杙与椽。深林土剪十取一,百牛连鞅摧双辕。万围千寻妨道路,东西蹶倒山火焚。遗余毫末不见保,躏跞磵壑何当存。群材未成质已夭,突兀哮豁空岩峦。柏梁天灾武库火,匠石狼顾相愁冤。君不见南山栋梁益稀少,爱材养育复谁论!

这是两首利用乐府旧题写的寓言诗。创作时间在作者被贬永州之后。第一首写古代传说中的夸父,立下大志,追逐日影,窥探太阳归宿之处。他跨过北海,超越昆仑,冲绝霄汉,迅速地赶过左右的一切,连星辰也被抛在后面。但很快用尽了力气,渴死在道上,被一批狐鼠蜂蚁争着吃掉了遗体。北方有一种小人,长只九寸,张口拍掌对夸父加以嘲笑。他们啾啾地叫着，滴饮粒食，满足而又快乐，没有任何祸患，以寿而终。夸父却是干瞪着眼，大志而少成效，徒然让后世为之悲怜。第二首写掌山林的官吏。搜遍群山，逼迫老百姓砍伐木材。齐土砍下的木材，十取其一，驱赶众牛前来拉运，把车辕也摧折了。许多粗大的木材，堆得满地都是，堵塞道路。由于到处乱放，长久堆积，终于被山火烧得精光。剩下的一些小树也不被保护，在涧沟中受糟蹋，如何能够存留？群材未成而毁，山岗空荡荡地显得更加突兀。待到朝廷遇灾，柏梁台和武库被焚，匠石去山林寻找良材，只得再三回顾而愁叹。眼看着南山的木材，越来越稀少了，有谁把爱材养育之事放在心上呢！两首诗，一写夸父追日的悲剧，一写群材被毁的悲剧。主题虽然各有侧重，但结合创作背景去理解，两者的联系又却是很紧密的。顺宗时期，柳宗元等人立志改革朝政，中兴唐室。但改革事业因遭到守旧势力反对而破产。失败之后，革新派被残酷迫害的同时，还受到形形色色人们的轻蔑和嘲笑。王叔文在死前，曾多次吟诵杜甫"出师未捷身先死"的诗句。他们的悲剧，与夸父志未成而身殁，颇有近似处。"八司马皆天下之奇材"（王安石《读柳宗元传》），柳宗元、刘禹锡、王叔文等，在中唐时期是一批非常难得的有才能、有作为的人，但朝廷不但没有重用，使其发挥才干，而且加以摧残，王伾、王叔文被贬死，刘、柳等人，一时尽遭斥逐。这与滥伐木材，不加保护，在道理上也可以沟通。两篇寓言诗，都是革新失败后痛定思痛，并推想到封建社会普遍摧残人才的现象，有感而作的。它既是自伤，又是伤悼同一政治集团的失败者。既控诉了保守势力对革新集团的迫害打击，又为社会失去大批有志气、有作为的人才而忧虑。它对"北方狰人"那样渺小的庸人投以轻蔑，把自己这一方描绘成夸父式的巨人，但对志大才高而"睢盱无成"，也不无自悔自省的情绪，所包含的内容是丰富而复杂的。

柳宗元用散文写的寓言，在文学史上一向颇受重视，而诗歌体的寓言，似尚未得到应有的注意。这可能跟用寓言写诗，难得保持诗歌丰富的韵味，诗家望而却步有关。但如果从对诗歌体裁样式开拓的角度看，柳宗元的寓言诗和他的寓言文，在文学发展上都占有一定的地位。柳宗元之前，像杜甫的《义鹘行》《枯棕》等，一般多偏重于叙述故事，或取义于比兴，而像《行路难》这样做到讽谕和故事紧密结合，堪称比较典型的寓言诗并不多。柳宗元除了《行路难》三首外，还有《跂乌词》《笼鹰词》等寓言体诗，也写得很成功。应该说，在写寓言诗方面，柳宗元是唐代诗人中很值得重视的一位。

作为寓言诗，柳宗元的《行路难》有自己的特色。作者把夸父追日和林木管理等本来只牵涉人和自然关系的题材，巧妙地通过寓言的形式，使之具有批判社会的主题。诗歌本身，形象生动，对比鲜明。故事简短却具有波澜。主题悲壮严肃，但又含有一定的诙谐幽默成分。诗的第一首，突出描绘夸父追日的雄伟形象。夸父"逐日窥虞渊"的大志，象征着革新派锐意改革的雄图；夸父跳踉北海、披霄决汉，也颇能引发人去想象革新派执政时期大刀阔斧、雷厉风行地进行改革的气魄。夸父死后，被狐鼠蜂蚁所食，被九寸竫人所笑，悲剧性的结局与他生前的志向行为之间构成了尖锐的对比，其中自寓其对社会批判的意义。竫人开口抵掌奚落夸父，而作者描写竫人，又以奚落的笔调和漫画的形式出现，这样，便在悲剧中注入了幽默的成分。组诗第二首，写木材多时被丢弃山谷道路，任意糟蹋毁灭，等到天下多事，则无可用之材，以木材喻人才，不仅非常形象地揭露了封建统治者弃才、毁才的罪恶，而且带有警告和预言的意味。诗中不知爱材，但却操纵着众材命运的虞衡，手持斤斧，毁剪众材于前，能够辨材识材的匠石，面对"突兀哮豁"的空山，狼顾于后，前后对照，更具有警动人心的艺术效果。

（原载《柳宗元诗文赏析集》，巴蜀书社1989年版）

溪　　居

久为簪组累，幸此南夷谪。
闲依农圃邻，偶似山林客。
晓耕翻露草，夜榜响溪石。
来往不逢人，长歌楚天碧。

《溪居》写于作者被贬永州期间。溪，原名冉溪，柳宗元改名愚溪。又"塞其隘为愚池"（柳宗元《愚溪诗序》），"结茆树蔬"（汪藻《柳先生祠堂记》），作为居住之所。这首诗所歌咏的，就是诗人栖息于愚溪的生活情景。

全诗八句，而正面叙述溪居六句。诗人说他闲依农圃为邻，偶尔有似遁迹山林的隐士。早晨耕种荒地，田间的野草翻滚着露珠。晚上撑船傍岸歇宿，船触溪石而有声。来往于溪居周围遇不着人，放声长歌，只见碧蓝的楚天。这种生活，对于一般的农家或隐士来说，无疑是很一般、很平淡的，几乎不必吟咏，但现在过这种生活的，不是别人，而是被贬的柳宗元，便显得有点不一般了。诗的开头两句，说自己久为官职所累，幸亏今日贬谪到南方。虽不是直接写溪居，却在写溪居之前，从人事上先提供一个纵向的生活背景。

在这一特定背景下看溪居，便会觉得它是作者摆脱了"簪组累"的世网之后，一种比较自在、闲散的生活。这种闲散生活，对于作者来说，究竟是什么滋味？又很难说得清楚。我们只有通过诗歌去慢慢体会。从正面看，脱离那种缧绁般的官场，在溪居的闲散中，安放自己的身心。使受到损伤的心灵，接受山水的滋润、慰安。自然是一种"幸"。但另一面，作者又是因为从事革新而遭到打击的志士，谪居南夷，投闲置散，本非所愿。因此，溪居对于作者便有二重性。宋代王直方说："柳仪曹诗，忧中有乐，乐中有忧。"（《王直方诗话》）道出了这类诗的特点，而诗意正应该从这种忧乐相互渗透中去把握体会。

由于是被贬闲居，诗人的心情，既不同于主动弃官归隐的陶渊明，没有那种"鸟倦飞而知还"，找到人生归宿的感觉。也不同于亦官亦隐，去山水中追求宁静闲逸的王维。"闲依农圃邻"，一个"依"字，写出政治上遭受打击之后，失去凭借，只得依于农圃，在下层寻找寄托安慰的处境。"偶似山林客"，点出并非真正遁世无闷的隐逸之士，只不过偶或貌似罢了。"来往不逢人，长歌楚天碧"，意境有点近似作者《渔翁》的"烟销日出不见人，欸乃一声山水绿"。但《渔翁》中所"不见"的对象是渔翁，本篇中所"不逢"的乃是外人。既然与农圃为邻，便难免没有陶渊明所写的"邻曲时时来""言笑无厌时"（《移居二首》）的情况，见不到人是不可能的。诗中说"不逢人"，乃是要强调周围人事的单纯、寂寥。"长歌楚天碧"与"欸乃一声山水绿"，在语言和景物上更为接近。但后者给人的感觉是山青水碧，怡然自得。本篇则是被贬南夷的作者，独来独往于无人之境，放声浩歌，唯觉楚天自碧，在苍茫孤独的环境中，透露出诗人沦落天涯，抑郁傲兀，与作者《渔翁》乃至陶潜、王维诗歌那种悠远自得的情味，表现出明显的差别。所以诗虽然用了"溪居"这样一个与一般山水田园诗近似的题目，但那种环境和情绪，却只能属之于"南夷谪"的诗人柳宗元，诗正是在这里显示了它独特的面貌。

（原载《柳宗元诗文赏析集》，巴蜀书社1989年版）

李商隐

北　　楼

春物岂相干，人生只强欢。
花犹曾敛夕，酒竟不知寒。
异域东风湿，中华上象宽。
此楼堪北望，轻命倚危栏。

诗为李商隐从事桂林郑亚幕时所作。有谓首句指炎方不似中原，没有明显的季节变化，故不能引起诗人"相干"的春日之感受；三句"花"指朝开暮萎之槿花；四句为炎方无类似中原之春寒，虽饮酒强欢，却竟然全无助人酒兴的身外春寒之感（见叶嘉莹《中国古典诗歌评论集》）。此解挖掘颇深，然未必符合作者原意。如桂林一带究竟有无春寒，只需引义山《异俗二首》中"春寒夜夜添"，即足以澄清。细揣诗意，似无须作深曲之解，可直接依诗句笺释如下：首二句谓情怀不佳，虽有春物又岂能"相干"，言下之意，春天的景物实际并不能引起自己赏春的兴致，登楼饮酒只是自我排遣，以求强欢而已。三句"花"乃指一般的花卉，即首句"春物"而非专指槿花。槿花比较特殊，李商隐对它的描述是："才飞建章火（开），又落赤城霞（谢）。""嗅自微微白（才开），看成沓沓殷（已谢）。"（《朱槿花二首》）朝开暮萎，萎后不复开，似不当说"曾敛"。而一般的花朵，凡花期达数日之上者，多数在有阳光照射时放苞，日落时花瓣稍事收敛或全敛，至次日再迎朝阳展开，此即所谓"夜掩朝开"（见岑参《优钵罗花歌》）。这种现象在生命力强的野生植物中，表现尤为明显。李商隐为了排遣愁闷，饮酒至日夕，见花似因暮寒而收敛，然自己饮酒过量，却竟然感觉不出春日之暮寒。对寒暖反应的迟钝，透露精神的麻木与变态。而精神之麻木正是感觉春物不与自己相干的内在原因。

（原载《百家唐宋诗新话》，四川文艺出版社1989年版）

春　　雨

怅卧新春白袷衣，白门寥落意多违。
红楼隔雨相望冷，珠箔飘灯独自归。
远路应悲春晼晚，残宵犹得梦依稀。
玉珰缄札何由达？万里云罗一雁飞。

　　李商隐善于把雨雾阴云等自然意象和梦幻、相思、离别等生活内容糅合在一起，构成特有的诗境。此篇即是因春雨而感怀，由春雨而起的怅念远人的情绪，像雨丝似的不绝如缕地隐现于纸上。诗一开始，就是春雨绵绵的早晨，男主人公穿着白布夹衫，和衣怅卧。他的心中究竟隐藏着什么？究竟何以至此呢？诗在点明怅卧之后，用一句话作了概括交代："白门寥落意多违。"据南朝民歌《杨叛儿》："暂出白门前，杨柳可藏乌。欢作沉水香，侬作博山炉。"白门当指男女欢会之所。过去的欢会处，今日寂寥冷落已不见对方踪影。与所爱者分离的失意，便是他愁思百结地怅卧的原因。怅卧中，他的思绪浮动，回味着最后一次寻访对方的情景："红楼隔雨相望冷，珠箔飘灯独自归。"仍然是对方住过的那座熟悉的红楼，但是他没有勇气走进去，甚至没有勇气再走近它一点，只是隔着雨凝视着。往日在他的感觉里，是那样亲切温存的红楼，如今是那样地凄冷。在这红楼前，他究竟站了多久，也许连自己都不清楚。他发现周围街巷的灯火已经亮了，雨从灯影中的窗口飘过，恍如一道道珠帘。在这珠帘的闪烁中，他才迷蒙地沿着悠长而又寂寥的雨巷独自走了回来。

他是这样的茫然若失，所爱者的形影，始终在他的脑际萦回。"远路应悲春晼晚，残宵犹得梦依稀。"他想：在远方的那人也应为春之将暮而伤感吧？如今蓬山远隔，只有在后半夜的短梦中依稀可以相见了。

强烈的思念，促使他修下书札，侑以玉珰一双，作为寄书的信物。这是奉献给对方的一颗痛苦的心，但路途遥遥，障碍重重，纵有信使，又如何传递呢？"玉珰缄札何由达，万里云罗一雁飞。"且看窗外的天空，阴云万里，纵有一雁传书，定能穿过那密如罗网的云层么？

以上是这首诗大致包含的意境。男主人公的处境、活动、心情，基本上是清楚的。读者所难于知道的，只是这种恋爱的具体对象和性质。据作品本身看，所爱的对方大约是由于某种不得已的原因，远离而去了。这在封建社会恋爱和婚姻不由自主的情况下是难免的。李商隐在他的组诗《柳枝五首》序中便曾述及洛阳有一个女子属意于他，但不幸被"东诸侯取去"，而铸成了憾事。《春雨》中推想对方"远路应悲春晼晚"，又感到当时的环境如"万里云罗"，可见这种恋爱或许也是与受到"东诸侯"之类权势者的阻隔有关。不过，这终究只能是一种推测，其具体背景今天已无法考知了。

此诗赋予爱情以优美动人的形象。诗借助于飘洒迷蒙的春雨,融入主人公迷茫的心境,依稀的梦境,以及春晼晚、万里云罗等自然景象,烘托别离的寥落、思念的深挚,构成浑然一体的艺术境界。"红楼隔雨相望冷,珠箔飘灯独自归"一联,借助于"珠箔""红楼",侧面烘托出望而不见的女方的姣好。同时两句于色彩与感觉的反常对应(红楼而觉其冷)、雨帘与珠箔的自然联想中传出抒情主人公惆怅寥落的意绪,暗寓今昔的鲜明对比。"相望冷""独自归"的现境愈加触动对往日红楼高阁、珠帘灯影间旖旎风光的追忆,而现境的寥落也就愈加不堪。颔联自己伤别,又代对方惜别;自己伤春,又代对方惜春,用意格外缠绵深挚。末联以云罗万里、一雁孤飞的景语作结,透露出路途的遥远和希望的渺茫。"云罗"与"春雨"仍暗暗绾合,把抑郁怅惘的情绪与广阔迷茫的云天,融合成一片。

(原载《古代诗歌鉴赏辞典》,北京燕山出版社1989年版)

花　下　醉

寻芳不觉醉流霞,倚树沉眠日已斜。
客散酒醒深夜后,更持红烛赏残花。

诗中所展示的,是一种"爱花极致",一种对美的陶醉流连的心态。

首句写出从"寻"到"醉"的过程。因为爱花,故怀着浓厚兴味独自去"寻芳";既寻而果遇;既遇而深深为花之美艳所吸引,流连称赏,不能自已,竟不觉"醉"了。这是双重的"醉"。传说仙人有流霞酒，每饮一杯，数日不饥。这里说"醉流霞"，既明指为甘美的酒所醉，又暗指为艳丽的花所醉。从"流霞"这个词语中，可以想见花的绚烂、光艳、芳香甚至情态，加强了"醉"字的可感性。究竟是因迷于花而加强了酒的醉意，还是因酒后的微醺而更感到花的醉人魅力？很难说亦不必说。"不觉"二字，正传神地描绘出目眩神迷，身心俱醉而不自知其所以然的情态，笔意超妙。

次句进一步写"醉"字。因醉酒迷花而不觉醉倚花树，由倚树而不觉沉眠；由沉眠而不觉日已西斜。叙次井然，而又处处紧扣"醉"字。醉眠花树之下，整个身心都为花的馥郁所浸染，连梦也带着花的醉人芳香。这"沉眠"正更深一层地写出了对于花的沉醉。

三、四句忽又柳暗花明，转出新境。时间由日斜移到了深夜，客人已散，酒也醒了（从这可以揣知，诗人是在一次宴会上离席独自寻芳的）。在这种冷寂的环境气氛中，一般人是不会想到赏花的，特别是日间开尽至夜已残的花，更不免令人意兴阑珊。但对一个爱花迷花的诗人，深夜的残花反倒更激起对它的流连珍惜。这里所表现的，并不是一种对衰残美的偏爱，而是对花的最深挚最执着的爱：不仅爱它的艳若流霞之时，而且爱它的衰残凋谢之时，总之是爱它的全部生命历程。世间爱花者多，但常情大都爱盛艳而厌凋衰，连花的凋残之时都深爱不移的能有几人？这种从"醉流霞"直至"赏残花"的爱，才是真正的"爱花极致"（姚培谦评语），才是对花的最深的陶醉。说"更"，正表明这是持续不断的赏爱过程中更深的层次，说"持红烛"而赏，则又把这种珍爱之情表现得何等热烈而郑重！如果说，这首诗包蕴着某种爱的真谛，那么这就是：爱对方的全部生命。

（原载《古代诗歌鉴赏辞典》，北京燕山出版社1989年版）

龙　　池

龙池赐酒敞云屏，羯鼓声高众乐停。
夜半宴归宫漏永，薛王沉醉寿王醒。

　　李商隐的咏史诗颇有"小说气"。他往往通过"合理想象"，描绘出历史生活的某一片断场景，以及人物的活动与心理，让读者自行领味其中寓含的微旨。这首《龙池》由于涉及一个很难正面下笔的题材——唐玄宗将原为其子寿王瑁之妃的杨玉环据为己有的事情，这种合理想象、侧面虚点、有案无断的写法便更有用武之地了。

　　前两句描写龙池宴饮。龙池在兴庆宫内。龙池赐酒，敞开分隔内外的云母屏风，表明这是玄宗在宫中所设的不分内外的家宴，参加者除玄宗、诸王外，自然也包括宫中新宠杨贵妃在内。席上少不了奏乐助兴，然而却非通常的丝管竞逐，而是羯鼓高奏，众乐皆停。羯鼓状如漆桶，用两杖敲击，其声破空透远。玄宗特爱此乐，一次听琴未毕，就叱琴师出去，说："速召花奴（汝阳王李继小名）将羯鼓来，为我解秽！"透过这个细节，可以感受到唐代宫廷浸染的胡风，以及帝王君临一切的爱好，与下两句之间存在着有神无迹的联系。

　　三、四句转写宴罢归寝，薛、寿二王一醉一醒的情景，纯从想象落笔。玄宗弟李业封薛王，开元二十二年卒，诗中所写当指嗣位的薛王李琄（一作瑱），但亦不必拘实详核，诗人不过偶举作衬而已。薛王胸无隐痛，席上自必开怀畅饮，故宴归立即沉醉酣睡。寿王则身遭难忍而又不得不强自隐忍的痛苦，平日积郁在胸，今日席上，目击王府旧欢已成宫中新宠，更不免受到强烈刺激，滴酒难以下咽，因此宴罢归来，自然是伴着悠长的宫漏彻夜无眠了。着一"醒"字，思念、痛苦、愤郁、羞辱之情全部包蕴。

诗中虽采用了类似小说的写法（如对宴会与宴归情景的想象及细节描写），但诗毕竟不同于小说，"寿王醒"这一细节中所包蕴的许多心理活动，没有也不必像小说那样展开描写。通篇没有一处正面揭露玄宗的乱伦之行，没有一句直接谴责的话，但借助想象典型场景的描写，却收到了比正面描写、直接谴责更好的艺术效果。

（原载《古代诗歌鉴赏辞典》，北京燕山出版社1989年版）

晚　　晴

深居俯夹城，春去夏犹清。
天意怜幽草，人间重晚晴。
并添高阁迥，微注小窗明。
越鸟巢干后，归飞体更轻。

宣宗大中元年（847），在人生道路上久历坎坷的诗人，以幕僚身份跟随对他颇为知遇的桂管观察使郑亚远赴桂林。初夏的一个傍晚，久雨新晴，空气清澄，夕晖照映，自然界充满生机，诗人的心境也一时变得明朗起来，写下这首格调清新、托寓深微的诗篇。

首联从览眺晚晴的地点（俯临曲城的幽静住所）、时间（气候清和的初夏）两方面着笔。首句"俯"字点醒凭高览眺，次句"清"字则概括地显示了环境景物特点。颔联正面着题，但不是用力刻画晚晴景物，而是着重抒写对晚晴的独特主观感受。诗人于眼前诸多景物中特取生长在幽僻处的小草，虚处用笔，想象大概是天公有意怜惜其久遭霖雨之苦而特意为之放晴，使它得以沾沐晚晴余晖而平添生意。诗人将自己的身世遭逢之感投身于物、融注于物，从而使这细小平凡的幽草无形中带有人生命运的象征意味。过去的困顿境遇使他倍感眼前境况的可慰，这就自然引出"人间重晚晴"这个寓含着人生哲理的诗句来。晚晴美好，然而短暂，人们常在感叹流连的同时对它的匆匆即逝感到惋惜与怅惘。然而诗人在这首诗中却并不过多考虑它的短暂而主要着眼于它给世界带来明朗与生机。如果说"夕阳无限好，只是近黄昏"是由于叹惋夕阳的即将消逝而使它笼罩上一层浓重的阴影，那么"天意怜幽草，人间重晚晴"却更多地是从过去与现在的对照中引出对美好"晚晴"的分外珍重。

  腹联转而对晚晴景物作工致描画。上句从侧面写，写景路线由内而外。雨后晚晴，云收雾散，空气清澄，凭高眺望，视线更为广远，故说"并（更）添高阁迥"。下句从正面写，路线由外而内。夕阳的余晖流注在小窗上，带来了一片光明。由于是晚景斜晖，光线显得微弱而柔和，故说"微注"。二字刻画夕晖悄然流动的意态精细入微，仿佛可以触摸到它的柔和光波，感受到它在流注时发出的轻微声响。这一联在写景中自然流露出一片澄明心境。诗人的视野变得更加阔远，心灵的窗户也似乎被晚晴余晖照亮了。

  末联由静物转向动物，通过飞鸟归巢的情景进一步表现晚晴。"巢干""体轻"切"晴"，"归飞"切"晚"。宿鸟归飞，通常是容易触动旅人羁愁的，这里却成为喜晴情绪的烘托。古诗有"越鸟巢南枝"之句，此处写越鸟归巢，带有自况意味。它正像是眼前托身有所、精神轻松的诗人的化身。

  《晚晴》的托寓，具有寄兴在有意无意之间的特点。诗人不是为了寄托而刻意设喻，而是在览眺晚晴时情与景遇、思与境偕，自然引发出对人生遭遇和人生态度的联想，而且并不直接表述，只是隐寓于对晚晴景物的感受与描画之中，因而显得浑融无迹。这样的寄托，才是寄托的上乘。

（原载《古代诗歌鉴赏辞典》，北京燕山出版社1989年版）

哭　刘　蕡

上帝深宫闭九阍，巫咸不下问衔冤。
黄陵别后春涛隔，湓浦书来秋雨翻。
只有安仁能作诔，何曾宋玉解招魂！
平生风义兼师友，不敢同君哭寝门。

刘蕡是晚唐时期反宦官的先锋人物。文宗大和二年（828）蕡应贤良方正直言极谏科考试，在对策中猛烈抨击宦官乱政。要求"揭国柄以归于相，持兵柄以归于将"，指出唐朝正面临"天下将倾，海内将乱"的深重危机。这次对策，虽因遭到宦官的嫉恨，被黜不取，但引起舆论的强烈反响。令狐楚、牛僧孺节度山南西、东道，皆聘请刘蕡担任幕职。李商隐当是开成二年（837）在山南西道令狐楚幕中与刘蕡结识的。李商隐也强烈反对宦官，曾在甘露事变后，写过《有感二首》和《重有感》等诗篇，痛心疾首，感愤国事，勇敢地把矛头指向宦官，基于这种立场，他对早在甘露事变前七年，就预言宦官祸患的刘蕡，深怀敬意。刘蕡终遭宦官诬陷，含冤而终，李商隐的悲愤非常强烈。

"上帝深宫闭九阍，巫咸不下问衔冤。"九阍，犹九门。传说天帝所居有九门，也指皇宫的重门。巫咸，传说中古代的神巫，是人和神之间的使者。上帝居于深宫，重门紧闭，不派遣巫咸下问人间的冤情。这当然是谴责朝廷对宦官诬陷刘蕡不加省察，使之衔冤致死，但内涵比一般简单地指责君主昏聩要深广得多。"上帝深宫"——是皇帝在内宫溺于享乐吗？是皇帝不愿亲自过问政事，而且连"巫咸"也不愿派遣吗？当时宦官专权，凌驾朝廷之上。文宗于甘露之变后，自称"受制于家奴"，至宣宗谈起宦官威胁是否减轻时，仍闭目摇手说："全未，全未！"可见朝士衔冤，巫咸不得下问，主要根源还不在当朝皇帝自身，而是宦官把持朝政的结果。九重深闭，巫咸不下，抒发感愤的同时，展现出一幅阴森的宫闱图景，整个国家的政治形势，也由此获得了象征性的表现。在这种政治环境下，衔冤者又岂止刘蕡一人？李商隐关心政治，对宦官、藩镇和朋党势力，多次予以尖锐抨击，而仕途困顿，身世孤危，与直言遭小人之忌，也绝不会没有关系。李商隐为刘蕡抱冤，自然也包含有他自己以及同时许多忠信见斥之士的感愤在内。诗人不直说人间宫阙，而言天宫和上帝，又有一种人间无告，而仰首呼天的意味。我们这样深入地对诗意和诗人的情感加以发掘和领会，就会感到起首二句无限深广沉郁，分量极重。在这样的背景下，对刘蕡的悲悼，就不是私人的情谊问题了。

"黄陵别后春涛隔，湓浦书来秋雨翻。"大环境昏暗压抑，充满冤渗之气。仁人志士更需要有彼此心心相印的人，以相互支持慰藉。然而刘、李二人最后一次在黄陵短暂相晤后，即为洞庭江湘浩淼的春涛所隔。待到秋雨翻飞时，从湓浦传来的书信，竟然是可怕的凶讯！诗人没有直说书信中的内容，但诗题是"哭刘蕡"，句中的"秋雨翻"，又给人以凄风寒雨、天地翻覆之感，已充分暗示着"湓浦书来"是一个可怕的消息。两句寓情于景，"春涛隔"赋予阻隔中的思念以浩淼无际的具象；"秋雨翻"，则对诗人顿失良朋、情感翻搅跌落状态，具有象征意味。

"只有安仁能作诔，何曾宋玉解招魂。"刘蕡之死是重大损失，晚唐时代需要刘蕡这样具有大无畏精神的人，作者需要刘蕡这样的朋友。李商隐是多么希望刘蕡能够死而复生啊，然而实际上他只能像潘岳（安仁）那样，写作哭吊的文字深致哀悼，却无法招其魂魄使之复生。《楚辞》中有《招魂》一篇，王逸认为是宋玉"怜哀屈原忠而斥弃……魂魄散佚"而作，但实际上宋玉并没有招回屈原的魂魄。"只有""何曾"两句，一正一反相互印衬，有力地表达出悲痛欲绝、徒唤奈何的心情。

"平生风义兼师友，不敢同君哭寝门。"既然是不"解招魂"，无法使刘蕡死而复生，就只有尽情一哭了。但又能否像对待一个普通的朋友那样哭吊呢？孔子说："师，吾哭诸寝（内室）；朋友，吾哭诸寝门之外。"（《礼记·檀弓》）诗人认为刘蕡的风度节操，自己素所钦仰，与之兼有师友之分，自己不敢自居同列而哭吊于寝门之外。这里，通过自己作陪衬，推尊刘蕡的节操，足以为人师表，与开头用重笔突出刘蕡之忠义，紧相呼应。哀挽诗，如果仅仅对朋友之死一般地寄以哀思，未必有多大意义。而这首诗作把自己置于有志反宦官之士的行列（"兼师友"，则以同志和追随者自居），来追悼其先驱者，宦官未除，国难深重，刘蕡这样的卓识勇敢之士，却被迫害而死。这正是本篇受着强烈的悲悼之情支配，一气而下，极其沉郁的原因，同时也使这样一篇哭悼朋友的诗，获得深远重大的政治意义。

诗中用了不少典故，内容上涉及政局和两人交往等多方面情事，但读起来仍给人以浑融完整之感。诗中隐隐有以屈原比刘蕡而以宋玉自比的意味。首联，写天门紧闭，刘蕡蒙冤不白，即令人想到屈原之冤。"上帝深宫闭九阍"，正是从《离骚》"吾令帝阍开关兮，倚阊阘而望予"一类词语中化来。第二句"巫咸"的出典,牵涉《招魂》中巫阳受天帝之命,下招屈原之魂,以及《离骚》中"巫咸将夕降兮,怀椒糈而要之"等情节。颔联,黄陵春涛、溆浦秋雨,也正是《楚辞》中所展现的湘楚一带地域风貌。腹联以为屈原招魂的宋玉代指自己。尾联"风义兼师友",也正是屈宋的关系。由于哀悼之情的抒发,始终与屈宋悲剧巧妙联系,不仅加强了诗歌悲凉沉郁的色彩,提高了刘蕡的身价,而且从文化历史传统到环境地域等一系列方面,对增进全诗的完整和统一起着非常重要的作用。

(原载《李商隐诗歌赏析集》,巴蜀书社1996年版)

河 阳 诗

黄河摇溶天上来,玉楼影近中天台。
龙头泻酒客寿杯,主人浅笑红玫瑰。
梓泽东来七十里,长沟复堑埋云子。
可惜秋眸一脔光,汉陵走马黄尘起。
南浦老鱼腥古涎,真珠密字芙蓉篇。
湘中寄到梦不到,衰容自去抛凉天。
忆得蛟丝裁小棹,蛱蝶飞回木棉薄。
绿绣笙囊不见人,一口红霞夜深嚼。
幽兰泣露新香死,画图浅缥松溪水。
楚丝微觉竹枝高,半曲新词写绵纸。
巴陵夜市红守官,后房点臂斑斑红。
堤南渴雁自飞久,芦花一夜吹西风。

> 晓帘串断蜻蜓翼，罗屏但有空青色。
> 玉湾不钓三千年，莲房暗被蛟龙惜。
> 湿银注镜井口平，鸾钗映月寒铮铮。
> 不知桂树在何处，仙人不下双金茎。
> 百尺相风插重屋，侧近嫣红伴柔绿。
> 百劳不识对月郎，湘竹千条为一束。

　　这首诗因笼罩着凄迷愁惨的气氛，篇中又有"长沟复堑埋云子""幽兰泣露新香死"等直接点出"死"、"埋"的诗句，一般研究者都认为是悼亡之作。但所悼对象是什么，却存在分歧。朱鹤龄、吴雯、姚培谦、屈复、程梦星等以为悼其妻王氏之作，而冯浩则认为另有所悼。冯浩说："诗本难解，说者又皆以王茂元曾节度河阳，而断为悼亡，尤添葑障矣。义山之婚，不在镇河阳时。……且举父之官迹以称其女，可乎？"冯氏又指出李商隐集中有《河内诗三首》，河内与河阳，一举其郡，一举其县，可以互证。另外，此诗"又与《燕台诗》词意多相类。《燕台》《河阳》《河内》诸篇，多言湘江，又多引仙事，似昔学仙时所恋者今在湘潭之地，而后又不知何往"。冯浩的考证分析，有可从，有不必从。如李商隐学仙玉阳东，并无所恋。故诗中所写，"对月郎"即男方，不必指李商隐自己。

　　此篇所悼的是与男方相识于河阳的女子，女子被贵人纳为后房，后曾流落湘中，在离愁怨思的折磨中生活。起四句追写男方昔日于河阳与女方相识。"黄河"点河阳。"玉楼"比仙家，指女方住处。"影近中天台"，言仙家。"龙头"二句，忆玉楼相会时，对方于龙头酒器中泻酒奉觞为寿，浅笑之态如红玫瑰一般。"主人"即指女方。"梓泽"四句，言己自洛阳东来，沿途长沟复堑所埋者皆如云女子。那些秋眸似水的美人，"一脔光"，尝鼎一脔的眼光，指绝世美人。"汉陵走马"，已为豪家娶去，走马汉王陵贵族住处，已不可寻，唯见黄尘扬起而已。"浅笑红玫瑰"的玉楼中人，女方从汉陵又到了"湖中"。"南浦"四句，叙述与女方别后，女方有信来，因密寄鱼书，所以称"老鱼腥古涎"，即鱼书上有鱼涎腥味。书信虽从湘中寄到，而魂梦则不能到，故只能以憔悴之容颜长对萧瑟之凉天。"南浦"点离别。"湘中"点明女方所去之地。"忆得"四句，回想昔日欢聚情景：鲛丝裁衣，木棉绣蝶，房中除一双情侣外，所见者唯经常共同把玩之绿绣笙囊。女子则烂嚼红绒唾向情郎。"幽兰"四句，谓其人流落湘中后，竟如幽兰泣露，新香消散。她只有作画、写词、弹奏丝弦以寄托哀思。"巴陵"四句，指她被置于后房的寂寞，以及男方想要再见而不得的心情。"渴雁"，比男方。"芦花一夜吹西风"，喻阻隔重重不得前往。"晓帘"二句写室内空寂。"玉湾"二句写室外荒冷。"湿银"四句，镜在钗存，而其人已杳然不可见。"不知桂树在何处"，等于说"不知嫦娥在何处"，如"仙人不下双金茎"。"百尺"四句，言其故居相风竿高插，依旧树绿花红，然伊人已杳，伯劳对我而啼，能不令我有泪如湘竹千条乎？

这首诗属义山集中学长吉体一类，但比《射鱼曲》等篇要融和一些。其遣词造句有近李贺处。它以炽烈的情感、秾艳的语言、抒情的笔法和跳跃性的结构，来歌咏爱情悲剧，抒写绵绵哀思，昔境与现境迭现，实境与幻境错综，却又显得很有特色。着重抒写主观情绪和感受，渲染惨淡的气氛和幽艳的意境。如果拿这些与元稹、白居易的诗歌比较，还可以进一步看出李商隐诗主观化的特点。

（原载《李商隐诗歌赏析集》，巴蜀书社1996年版）

饯席重送从叔余之梓州

莫叹万重山,君还我未还。
武关犹怅望,何况百牢关!

  这首诗程梦星认为是送李褒归洛阳而作,但缺少根据。细细体会诗意,从叔大约是出武关南行,而李商隐则是过百牢去梓州。虽各向天涯,然从叔所去的地方,可能稍近于梓州,所以说"君还我未还",说"武关犹怅望,何况百牢关!"如从叔是归洛阳旧居,则自应走潼关大道,何必绕道武关,走一条既纤曲又艰险的路呢?且李褒比商隐年长,商隐对他,一向用对长辈的口吻。而这首诗称谓和语气都比较随便。因此,本篇所送之人实在并非李褒。所送者可能与李商隐身份相近,同为幕僚一类人物。所以有同病相怜之慨。诗中重复两个"还"字、两个"关"字,造成一种回环的语气,表达了彼此间的依依不舍和对于长安的留恋情绪。两个"还"字、两个"关"字,又构成一种比较,虽然同是山长水远,但自己的境遇较对方更为不如。语不必多,而读之令人黯然。围绕两个"还"字、两个"关"字,诗中几次转折,用意婉曲,却又一气涌出,非常自然。以颇为浑成的笔法传达了苍茫无尽的客愁远思。

(原载《历代绝句精华鉴赏辞典》,陕西人民出版社1993年版)

天　涯

春日在天涯,天涯日又斜。
莺啼如有泪,为湿最高花。

这首诗从内容看当作于李商隐晚年供职梓州（今四川三台县）幕府时。春天是美好的，如果在帝京长安，该有多少赏心乐事。可是值此良辰，却偏偏羁旅天涯，依人作幕。"天涯日又斜"，身羁天涯已经令人不堪，在天涯却又逢上日斜之时，残阳晚照，又是何等黯淡凄伤。其时倦飞了一天的黄莺，叫声该是多么酸苦。莺啊，你的悲啼如尚有泪水的话，请为羁旅天涯的人沾湿树上的最高花。诗的前两句春日而天涯，天涯而日斜，回环递进地咏叹，黯神神伤，几经转折，感慨已深。后两句怀着伤春之心观物，"认真'啼'字，双关出泪湿也"（钱锺书《谈艺录》），更是深情奇想。最高花通常最早开放，最为芳美和引人注目。但最高花又总是最容易招惹妒忌和摧残，风刀霜剑往往首先对着它逞威。那样芳美，却又有着那样不幸的命运，如今它在天涯寂寞地自开自落，岂能不为之一哭？"最高花"亦花亦人，正是有着才而早秀并屡遭打击的诗人的影子。而洒泪湿花之所以要倩黄莺，又似暗示伤春之人泪水早已流干，有着"欠泪的，泪已尽"（《红楼梦》）那样一层伤痛。表面上看，诗人所写的是伤春的老主题，但他有着彼时彼地的深切感受，使得伤春残日暮与伤自身老大沉沦融为一体，而这种伤感中又带着时代黯淡没落的投影，表现出诗人对于个人乃至时代前景的失望，因而作单纯伤春看，便嫌过浅。

用意奇曲深至，词语极其美艳，但又浑然天成。作者入川后有不少小诗都达到了这一境界。

（原载《历代绝句精华鉴赏辞典》，陕西人民出版社1993年版）

听 鼓

城头叠鼓声，城下暮江清。
欲问渔阳掺，时无祢正平。

在这首诗中，作者有怀于东汉末年的祢衡。祢衡，字正平，是当时著名的狂士。曹操想见他，祢衡称狂病不肯去。曹操怀恨，听说祢衡善击鼓，故意召衡为鼓手，想借此折辱他。祢衡演奏《渔阳参挝（zhuā）》声节悲壮，听者莫不慷慨动容。进至操前，先解祖衣（近身衣），次释余服，裸身而立，徐取岑牟、单绞（鼓士衣帽）之服着之。毕，复参挝而去。曹操笑道："本欲辱衡，衡反辱孤。"祢衡后来被曹操遣送荆州刘表。诗中又有"城下暮江"字，因此所谓"城"或许就是指荆州（江陵）。"城头叠鼓声"，指城头传出轻轻击鼓的声音。"城下暮江清"，不仅是写环境，而且接在上一句下面，很自然地起了渲染鼓声效果的作用，多少有些类似白居易《琵琶行》中"唯见江心秋月白"那种意境。纪昀指出："次句着'城下暮江清'五字，倍觉萧瑟空旷，动人远想。"体会是很深入的。我们还可以想象，那城下的暮江，是鼓声的承受者，"清"是它因鼓声而呈现出清寂、清寒的状态。当然"清"更是诗人的感觉。诗人闻鼓声而有此种心境。当他俯视寒江时，清寂的心境与静静的寒流，似乎混合到了一起，遂有此种入神的兴象。我们还可以想象，伴随那静静的江流，诗人有一股情绪也在缓缓流动，由鼓声而进一步想起祢衡。"欲问渔阳掺"者，就是想要学渔阳挝的鼓调。但思绪到此却因受阻而回旋——"时无祢正平"，可惜当世没有祢正平这样的人物。诗人的性格本有刚直不阿、强项不屈的一面，但仕途偃蹇，命运多舛，又往往不得不屈节事人。长期郁积的苦闷和孤愤，无从发泄。城头闻鼓，遂联想到祢衡，激发愤世嫉俗、蔑视权贵的感情。"欲问"二句，正是这种感情的流露。"欲问""时无"，一转一跌，使诗在一气呵成中显出顿挫之致，增加了沉郁的情味。

（原载《历代绝句精华鉴赏辞典》，陕西人民出版社1993年版）

汉 宫 词

青雀西飞竟未回，君王长在集灵台。
侍臣最有相如渴，不赐金茎露一杯。

汉武帝是历史上非常迷信神仙的皇帝，本篇借有关他的一些故事加以生发。"青雀西飞竟未回，君王长在集灵台。"青雀，传说中作为西王母信使的鸟。据《汉武故事》，西王母与汉武帝会见时有三青鸟在旁，及去，王母许以三年后复来。集灵台，指为求仙而修的建筑物。集灵，即会仙、降仙之意。两句借青鸟未回暗示西王母复来的话未发生效验，然虽好音尚乖，君王犹登台望仙不已，迷于方士之言而不悟。汉武帝除这样登台祈铸、望仙之外，还铸有高二十丈的金铜仙人承露盘（即金茎），据说用盘中所承的露水和玉屑喝下去，可以长生。对此，诗人没有直接表示否定，但却疑惑不解地提出一个问题，说武帝的侍臣、大辞赋家司马相如患有严重的消渴病（即糖尿病），武帝为什么不赐一杯仙露给他解渴治病呢？病之重和一杯仙露之轻微，构成强烈对比。而君王之何以不赐，究竟是仙露无验，还是汉武只管自己求仙而根本不关心侍臣死活，则留待读者自己去想象和推测。

此诗主旨究竟是什么？或说是讽刺皇帝求仙，或说是自慨才而不遇。其实诗歌有它的多义性，以上两方面意思，在这首诗中可以兼而有之。封建时代，人们总是切盼君主能够求贤，但昏庸的君主热衷的却是求仙，即使欲其分一杯残羹给贤者也不可得。这首诗正是从这一角度进行构思，引而不发，启发读者多方面进行联想。诗表面上讲的是汉宫之事，实际上唐武宗迷信神仙比汉武更甚，唐代宫中本有集灵台，武宗会昌五年（845）又筑望仙台。作者渴求仕进，也在一些诗中多次借相如消渴做比喻。因此，诗通过咏古以慨今的意图十分明显。

汉武求仙原与相如消渴毫不相关。诗人却在两者间产生巧妙联想，新鲜幽默，在驱遣和融化典故方面很有创造性。诗既深婉不露，又笔笔转折，尤其是后两句在转折中翻出好几层意思，更是变化莫测、精警异常。

（原载《历代绝句精华鉴赏辞典》，陕西人民出版社1993年版）

汉　宫

通灵夜醮达清晨，承露盘晞甲帐春。
王母西归方朔去，更须重见李夫人。

这首诗借汉武帝托讽。"通灵夜醮达清晨"，钩弋夫人生前得武帝宠信，死后，帝哀悼，为她在甘泉宫筑通灵台。诗中即据此想象武帝在通灵台上自夜达晨，设醮祈祷。"承露盘晞甲帐春"，汉武帝曾建高二十丈的金铜仙人承露盘，据说用盘中的露水和玉屑饮服，可以长生。除金铜仙人外，汉武帝还建有甲帐、乙帐，"以琉璃、珠玉、明月、夜光杂错天下珍宝为甲帐，其次为乙帐。甲以居神，乙以自居"（《汉武内传》）。但是，尽管如此，神仙对于汉武帝并没有给以太多关照。一度降临过汉宫的王母，西归之后即杳无音信。岁星下凡的东方朔，汉武帝也并不知道他的来历。后来这位亦仙亦凡的人物，乘龙飞走了。"王母西归方朔去，更须重见李夫人。"对于汉武来说，似验非验的，只有招致李夫人魂魄一事。李夫人年少早卒，武帝思念不已。方士李少翁说能招致李夫人之神。于是在夜间张灯烛，设帷帐，陈酒肉。让武帝居另一所帐内，望见好女容貌似李夫人。而因为不能靠近去看，武帝愈益相思悲戚。诗中所咏的这些事情，包括了对神仙和女色的追求，同时涉及了人、神、鬼三个方面。李商隐在《华岳下题西王母庙》中说："神仙有分岂关情。"以调侃的语调，指出神仙之分和男女之情是不能得兼的。而此诗中的汉武正是既迷恋女色，又企求长生，故只能事与愿违。通宵达旦地为钩弋夫人设醮祈祷，第二天早晨是仙人承露盘干干的没有一滴露水。承露盘都是干的，那么甲帐即使布置得温馨如春，恐怕也不会有神灵降居。王母不归，东方朔又去，武帝求仙之道已穷。剩下的只有让方士去招致李夫人的魂魄了。然而方士所致者，即使是真的，也不过是鬼魂，求仙不成，只能求见女人的魂魄，岂不是活见鬼吗？况且，武帝既为钩弋夫人设醮，又求方士召李夫人，起码夹缠上两个女人的鬼魂。"更须重见李夫人"，"更须"者不仅有不能见仙而见鬼可以聊胜于无的意思，同时还包含有既迷于钩弋，又念念于李夫人那种心态，讽刺之至。

诗托汉武以讽，究竟把主要矛头指向谁呢？程梦星说："（唐武宗）外崇刘玄静，内宠王才人，既欲学仙，又复好色，大惑也。与汉武后先一辄，故托言焉。"所见极是。诗中用了许多典故，但由于有鲜明的主题把它们贯串起来，组合巧妙，故变化灵动，不乏风致。如首句和次句在时间上似乎首尾相接，次句和三句均并列二事，造成相连的语感，末句首二字"更须"也与前紧相呼应。

（原载《历代绝句精华鉴赏辞典》，陕西人民出版社1993年版）

灞　岸

山东今岁点行频，几处冤魂哭虏尘。
灞水桥边倚华表，平时二月有东巡。

这首诗可能是会昌二年（842）作。这年八月，回鹘乌介可汗率所部南侵至大同、云州一带，唐朝廷下令征发许、蔡、汴、滑等六镇兵马，准备抗击。诗所反映的是征发军队时的情况。

"山东今岁点行频，几处冤魂哭虏尘。"山东，指函谷关以东地区。点，按名册抽丁出征。两句说山东地区今年频繁地征兵，用来对付回鹘入侵，而回鹘铁蹄所到之地，一处处百姓死亡流离，呻吟号哭。"灞水桥边依华表，平时二月有东巡。"灞水是长安东郊的一条河。华表，指灞水桥边作装饰性用的高大柱形石雕。诗人倚着灞桥边的华表眺望，想到升平年代山东地区此时应是在准备皇帝的东巡（《书·舜典》"岁二月，东巡守"），岂能有频频征发和一处处百姓在虏尘中号哭之事。唐朝安史之乱前，皇帝在东、西都之间往来频繁，灞桥为车驾所必经，可以说是当年升平的见证。安史乱后，巡幸东都之事久废。这首诗则以会昌初年回鹘南侵为背景，写诗人在灞岸远眺时的心情。通过想望中东都一带兵士应征、北方边地百姓号哭的情景与盛时帝王东巡的对比，寓今昔盛衰之感，表现了诗人对时局的关注和对百姓苦难的同情。

诗先写今日情景，然后点出想象中的昔日东巡，通过倒装取得衬跌的效果。但未必是有意为之，诗人的思路本来就是由现实出发而联想开去的。

（原载《历代绝句精华鉴赏辞典》，陕西人民出版社1993年版）

赋　得　鸡

稻粱犹足活诸雏，妒敌专场好自娱。
可要五更惊稳梦，不辞风雪为阳乌？

《战国策·秦策》说："诸侯不可一，犹连鸡不能俱止于栖，亦明矣。"用缚在一起的鸡喻互相牵制不能一致的诸侯割据势力。本篇取这一比喻加以生发，借以揭露当时的藩镇。诗的头两句说：鸡的稻粱食料已足以养活其幼雏，但它们却互不相容，以独霸全场为乐。比喻藩镇虽割据世袭，或已高官厚禄，荫及子孙，但仍为各自私利而彼此敌视，相互火并。"可要五更惊稳梦，不辞风雪为阳乌？"传说太阳中有三足乌，此以阳乌喻指皇帝。说鸡的本心岂愿在五更时惊扰自己的酣梦，不辞风雪报晓，以迎接太阳的升起呢？比喻藩镇虽有时在表面上秉承朝命，但本心并不愿意为朝廷效力。

本篇借鸡为喻，揭露藩镇跋扈利己、贪婪好斗的本质。作为一般的典型概括看，固然很好。但如结合唐武宗会昌年间讨伐泽潞叛镇刘稹时的情况读，更会感到它具有强烈的现实针对性。会昌时伐叛诸军，有的本来就是割据者或半割据者，相互间矛盾重重，于朝廷命令，则消极应付。据《通鉴》载：晋绛行营节度使李彦佐从徐州出发，行动缓慢，又请休兵于绛州。成德镇王元逵军前锋入邢州境已逾月，魏博镇何弘敬犹未出师。忠武节度使王宰亦迁延观望。元逵与弘敬之间，王宰对于石雄，皆心存顾忌。这些，都是"妒敌专场"，无意于勤劳王事的表现。

诗中抓住鸡的特性，联系藩镇的种种表现，或直接讽刺，或进行反挑，虽不免有比附的痕迹，但由于诗人对讽刺对象的本质发掘较深，却能以犀利辛辣取胜。

（原载《历代绝句精华鉴赏辞典》，陕西人民出版社1993年版）

旧　将　军

云台高议正纷纷，谁定当时荡寇勋？
日暮灞陵原上猎，李将军是旧将军。

云台，汉代宫中高台。汉平帝永平三年，画汉光武时二十八人像于云台。"云台高议"，指朝廷中关于评功画像的议论。"高"字语含讽刺。高议纷纷照说一定能使所有建立功勋的人都有功必录，而且赏酬一定与其业绩相称吧。然而下面却冷然来了一个问句："谁定当时荡寇勋？"究竟有谁给当时荡平敌寇的人评定功勋呢？着此一句，即可见那"高议纷纷"不过是骗人的肮脏的把戏，无一点公道和正义可言。无功者得到嘉奖，而有"荡寇勋"者究竟受着什么待遇呢？在读者期待的心情中，诗人提供了李广罢职、受到呵斥的镜头："日暮灞陵原上猎，李将军是旧将军。"汉代名将李广在抗击匈奴的战争中屡建功勋，但未得封侯。后退居蓝田南山，以射猎消遣。一次夜间饮酒归来，被喝醉酒的灞陵尉呵斥，不许通行。李广的从骑说：这是故将军。尉说："今将军尚不得通行，何'故'也！"两句说日暮时在灞陵原上打猎归来的李广，已经成了被冷落轻视的故将军了。这说明他虽有荡寇之勋，但不仅被云台高议排除在外，而且连灞陵尉也不把他放在眼里。云台绘像是东汉事，李广乃西汉人。本篇牵合两代史事，显然另有托寓。大中二年七月，朝廷续绘功臣三十七人图像于凌烟阁，均为唐初至贞元年间文臣武将。与此同时，会昌年间在抗击回鹘侵扰、平定泽潞叛镇的战争中建立过功勋的将相，不但没有受到褒奖，反而连遭当权者的贬斥。同年九月，李德裕再贬崖州司户参军；在上述两次战争中均立有大功的良将石雄，也遭到猜忌和压抑。会昌有功将相遭遇的不幸有甚于汉代李广，诗借史抒慨，为之深致不平。

诗人善于化典故为形象，宛若现实中的情事。四句中有三句用于述典，但由于得第二句从中过渡和点化，遂使前后构成了相互联系和映照的画面。虽用典而变化灵动，不流于堆垛。

（原载《历代绝句精华鉴赏辞典》，陕西人民出版社1993年版）

李 卫 公

绛纱弟子音尘绝，鸾镜佳人旧会稀。
今日致身歌舞地，木棉花暖鹧鸪飞。

李卫公，即李德裕。唐武宗会昌年间任宰相，执行削弱藩镇、抵御回鹘、打击僧侣地主势力的政策。会昌四年（844），因平泽潞叛镇刘稹功封卫国公。唐宣宗即位后接连遭受贬斥，大中二年（848）九月再贬崖州（今海南崖山县东南），四年春死于崖州。"绛纱弟子"用东汉马融事。马融讲学时，常坐高堂，挂绛纱帐。后常用"绛纱弟子"指受业生徒。此指李德裕门下士。"鸾镜佳人"，据范泰《鸾鸟诗序》说，有一只受羁养的鸾鸟，在镜前看到自己的身影，以为是同类，悲哀鸣叫，冲天奋飞，然后死去。"鸾镜佳人"，一般指妻妾之类，这里则比喻政治上的同类者。它比上句所说的"绛纱弟子"身份要高一些。诗的头两句是说，李德裕迭遭贬谪，昔日围绕在他周围的同道者，和他不能再见面，甚至连音信也不通了。那么，剩下李德裕孤身一人，处境如何呢？"今日致身歌舞地，木棉花暖鹧鸪飞。""致身"，犹言归身，收身。"歌舞地"，即南粤王赵佗娱乐之地——歌舞岗，在广州市越秀山上，这里代指与广州相邻一带。"木棉""鹧鸪"都是南方之物。木棉花大而红，故说"花暖"。鹧鸪飞必南翥，也为南贬的人所不堪。两句说：李德裕今日被贬，致身于昔时的歌舞胜地，举目所见只是木棉花红、鹧鸪南飞而已。李德裕是晚唐颇有建树的政治家，大中初年不幸遭受政敌残酷打击迫害。这首诗慨叹李德裕置身遐荒，孤独穷悴，与昔日政治上亲近人物，音信断绝，于今昔之感中，致伤怜之意。诗含蓄而有情韵，在低沉哀惋的情调中，流露了作者的政治倾向。结尾以景结情，以丽语反衬贬所的荒凉、处境的孤寂、北归的无望，均于言外见之。

（原载《历代绝句精华鉴赏辞典》，陕西人民出版社1993年版）

读任彦升碑

任昉当年有美名,可怜才调最纵横。
梁台初建应惆怅,不得萧公作骑兵。

这首诗包含一段故事。南朝梁文学家任昉,字彦升,擅长表、奏、书、启各体散文。"当世王公表奏,莫不请焉",有"任笔沈(约)诗"之称。齐永元末为司徒右长史。萧衍建立梁朝后,历御史中丞、秘书监、新安太守。任昉与萧衍等人,早年并游于竟陵王萧子良西邸,号称"八友"。萧衍曾对任昉说:"我登三府,当以卿为记室。"昉亦戏衍曰:"我若登三事,当以卿为骑兵(骑兵参军,为节镇僚属)。"公元501年,萧衍为大司马开府时,引昉为骠骑记室参军,以符其言。"任昉当年有美名,可怜才调最纵横。""可怜",可喜、可贺的意思。这头两句盛赞任昉少壮之年,名声赫赫,其才气纵横奔放,尤其令人爱重。不是么?他跟萧衍所对开的玩笑,就证明他确实才调纵横,充满自信,不受拘束。"梁台初建应惆怅,不得萧公作骑兵。"南朝称禁城为台城,以某一朝兴起为某台建。凭着任昉的才调纵横和自信,当萧衍位至大司马开府时,引他为记室,他应该感到惆怅失意吧。当初两人的戏言,竟是萧衍的话应验了,而他却未能以萧衍做骑兵参军。任昉和萧衍当初关系至为亲昵,后萧衍尊贵,而任昉不过为他从事文字之役,这本来已足以引起人的慨叹。可是联系作者的经历,不难发现,诗中所设想的任昉可能有的惆怅,正是作者心中的一层隐痛。清人程梦星说:"此诗明为大中四年十月令狐绹入相而发。盖义山初为(令狐)楚(绹父)所知,令与诸子游,则绹与义山等耳。其时义山已有才名,绹自不可企及。岂知己则老为幕僚,绹居然政府,才质之高下,有何定耶?故借任昉与梁武帝伤之……绹颇不学……此诗用'骑兵'事薄绹……"所说值得参考。但李商隐一生沉沦,同辈人到头来高踞在他之上的,又岂止令狐绹,因此诗人升沉之慨,尚不止一人一事。值得注意的是,这种感慨并不显得哀伤低沉。诗人把任昉的戏言坐实认真,设想他为未得开建梁朝的萧衍作骑兵而遗憾,便多少带有一点不平之气,反映了内在的倔强性格和"命压人头不奈何"的深沉苦闷。

诗中包含着自伤、自怜、自嘲、自负等种种复杂情绪,而以幽默调侃的笔调出之。起二句赞任昉的才名,对后二句起了衬跌的作用。后两句写任昉处境的尴尬可悲,却又借以衬托其内在的倔强,看似率尔成篇,实则颇耐寻味。

(原载《历代绝句精华鉴赏辞典》,陕西人民出版社1993年版)

复　京

虏骑胡兵一战摧,万灵回首贺轩台。
天教李令心如日,可要昭陵石马来?

"复京",指李晟收复长安事。唐德宗建中四年(783),泾原兵在长安拥立朱泚为帝。唐德宗逃往奉天(今陕西乾县)。第二年自河北前线入援奉天的朔方节度使李怀光又反,与朱泚联合。德宗又仓皇逃往兴元(今陕西汉中市)。唐朝廷唯一的一支劲旅李晟所部,驻守东渭桥,被朱泚、李怀光两支叛军夹在中间。李晟用忠义激励全军,保持锐气,终于扭转危险的局面,收复了长安,并与各路勤王军队联合，平定了叛乱。诗的一开头，即以淋漓大笔，形象地写出了李晟复京的业绩。"虏骑胡兵"，指朱泚和李怀光叛军。因李怀光本渤海靺鞨人，故称他的部下为胡兵。轩台，以传说中黄帝的轩辕台指唐朝皇宫。两句说：李晟摧枯拉朽般地一战歼灭了叛军，亿万生灵百姓回首望着皇宫庆贺胜利。所谓回首是因为朱泚据皇宫称帝时，万民眼望车驾出奔方向，待皇帝返宫，自然回首而贺。诗中通过万民回首这个细节，极其形象地写出了这一战紧紧关系着社稷存亡和亿万生灵的命运。

"天教李令心如日，可要昭陵石马来？"唐太宗的陵墓昭陵前面有石刻的六匹骏马。据说安史之乱时叛军攻潼关，昭陵石马曾为唐军助战。两句意谓：是李晟生来心如日月、忠贞无比，自能一战而败叛军，岂须昭陵石马助战呢？这表面上是接在前二句对战功描写之后，进一步赞扬李晟的忠心。实则这种咏叹可能另有针对性。唐德宗是有名的猜忌之君。即使忠如李晟，他也并不放心。贞元三年（787）拜李晟为太尉、中书令，真正用意是借此解除他的一切实权。对于一战讨平叛乱、恢复帝京这样的业绩，德宗首先强调的是所谓唐天子受命于天，得神灵之助，而于李晟等人的忠贞则是轻忽的。因此，诗的后两句抹倒昭陵石马一类所谓灵验，着意突出李晟的忠贞，可能正是为这类现象而发。

诗表面上看仅仅是正面赞扬，实则旁敲侧击，似直而曲，似浅实深。

（原载《历代绝句精华鉴赏辞典》，陕西人民出版社1993年版）

浑 河 中

九庙无尘八马回，奉天城垒长春苔。

咸阳原上英雄骨，半向君家养马来。

"浑河中"，指浑瑊。唐代中期著名将领。唐德宗因朱泚叛乱逃往奉天，浑瑊领家人子弟随后赶到，在兵员不足、粮食匮乏、围城数次几乎被叛军攻破的情况下，统率随驾人马浴血奋战，终于解奉天之围。复配合李晟收复长安。后又与马燧围攻在河中的李怀光叛军，李兵败自杀。"九庙无尘八马回，奉天城垒长春苔。"叛乱已平，宗庙不再蒙尘，皇帝的车驾安全地返回京城。而曾经进行过激烈保卫战的奉天，它那经受过血与火反复洗礼的城垒，已经长上了碧绿的苔藓。"咸阳原上英雄骨，半向君家养马来。"不光奉天一城，永远与浑瑊的英名联系在一起，当年平叛战争拉开广阔的战场，在那咸阳古原之上留下累累的英雄白骨，其中亦有半数来自浑瑊的家属子弟、僮仆厮养。浑瑊家人子弟参加了对朱泚、李怀光的战争，功勋卓著。如他有童奴名黄芩，力战有功，封渤海郡王。所谓"养马"，即指黄芩一类人物。

这首诗是赞颂浑瑊的，但它的赞颂是通过缅怀、凭吊的方式来表现的。诗人由长满青苔的奉天城垒和咸阳原上的白骨，想到当年惨烈的激战和浑氏及其子弟僮仆在战争中的贡献与牺牲。这种凭吊不免悲凉，但由于开头"九庙无尘八马回"一句，又见出这种牺牲意义和价值自是非同一般。回天转地的业绩与惨烈斗争，悲与壮，二者互相对照，正是这首诗拨动读者心弦、令人体味不尽之处。

诗虽是咏史，但那种从抚今追昔中所表现出来的寂寞感中，还可能寓有现实感慨。程梦星说："借往日之名将，叹今日之无人。"（《玉谿生诗详注》）可供参考。

（原载《历代绝句精华鉴赏辞典》，陕西人民出版社1993年版）

咸　阳

咸阳宫阙郁嵯峨，六国楼台艳绮罗。
自是当时天帝醉，不关秦地有山河。

诗的前两句通过写秦都咸阳宫阙的壮盛高大、景观非凡，表现秦王朝扫平六国时的煊赫声势。秦始皇每破诸侯，即模仿其宫室的样式，兴建楼台于咸阳北阪上，南临渭水。自雍门以东至泾渭二水，殿屋复道周阁相连。所得的诸侯美人、钟鼓也放置在里面。"六国楼台艳绮罗"，"绮罗"指美人。同时，"艳绮罗"三字，亦引发人想象仿建在咸阳的六国楼台之美。

"自是当时天帝醉，不关秦地有山河。"前一句用这样一个传说："昔者大帝（天帝）悦秦穆公而觐（接见）之，飨以钧天广乐，帝有醉焉，乃为金策，锡用此土（指秦地）"（张衡《西京赋》）。后一句反驳一些人认为秦得地理条件之利的看法。如贾谊《过秦论》上就有一段话："秦地披山带河以为固，四塞之国也，自缪公以来，至于秦王（始皇），二十余君，常为诸侯雄。岂世世贤哉，其势居然也。"针对这种看法，本篇则说秦之削平六国、混一天下，非因山河之险固，而缘适遇天帝之醉。"自是"句意殊愤愤，非通常咏史论史，而有天道愦愦之慨。暴者自得天佑，愤世之情极深。姚培谦说：

"用意全在一'醉'字，即'如何铁如意，独自与姚苌'之意。"（《李义山诗笺注》）所引诗是李商隐《张恶子庙》中的两句，亦是慨叹神道不公，无端帮助姚苌那种人成为后秦皇帝。姚培谦将《咸阳》与《张恶子庙》联系起来，有助于把握诗的意旨。作者乃是因为世道不公而致慨于天道不公。至于这种慨叹，具体针对现实中何种事情，似乎不必拘泥。比如有人说是慨叹当时藩镇强梁跋扈，有人说是警告有国者不可恃山河之险，有人则认为是慨恶人而有好运，都可以成立。诗本身是由多种感受触发的，由于表达之蕴藉深沉，可以启发人多方面联想，它的好处也就在这里。

（原载《历代绝句精华鉴赏辞典》，陕西人民出版社1993年版）

有　　感

非关宋玉有微辞，却是襄王梦觉迟。
一自《高唐》赋成后，楚天云雨尽堪疑。

据说战国时辞赋家宋玉曾陪楚襄王游于云梦。宋玉告诉襄王说怀王曾游高唐，昼寝梦见巫山神女，襄王于是命宋玉为作《高唐赋》。其夜，襄王果梦与神女遇。而《高唐赋》过去曾被认为是寓讽襄王荒淫之作。"非关宋玉有微辞，却是襄王梦觉迟。"是说并非宋玉特喜以隐含不露的言辞托讽，正因为襄王沉迷艳梦，迟迟不醒。"一自《高唐》赋成后，楚天云雨尽堪疑。""楚天云雨"，指男女情爱之作。说自从宋玉《高唐赋》问世之后，凡是描写男女情爱的作品便都值得怀疑为别有托讽了。作者常自比宋玉，且有"众中赏我赋《高唐》"（《偶成转韵七十二句赠四同舍》）的自白，这首《有感》正是托言宋玉自道其诗歌创作。但究竟是"为《无题》作解"（杨守智语），还是"为似有寓意而实无所指者作解"（纪昀语），则论者往往各执一端。其实，诗中二意兼而有之。前两句即暗示自己确有微辞托讽之作，而且是事出有因，不得不然。后两句则暗示自己另一部分写男女之情的诗作并不一定另有寄托，但人们因为受了微辞托讽式的《高唐》之类作品的影响，便都怀疑它们有寄托了。作者用"尽堪疑"的词语，一方面表明这种"疑"事出有因，一方面又表明这种笼统的"疑"并不符合实际。结合诗人的作品来看，他的这种表白是真实可信的。

李商隐创作《无题》诗，往往由于有些话不能明言或难以明言。同样，这首诗也写得优美婉转、深隐不露。不仅是以艺术的方式来说明自己的艺术，而且这种说明方式也与《无题》一类作品风貌相似。由此可见，作者对自己这种艺术风貌是非常爱赏的。诗人所以能够对自己的作品作出非常形象而又恰如其分的解释，既是由于引宋玉及其《高唐赋》作替代非常恰合，同时还得力于虚字的运用："非关""却是""一自""尽堪"，写出创作上不得不那样做，以及那样做之后所引起的效应。唱叹之中收到了曲折周至、自辩自赏的效果。

（原载《历代绝句精华鉴赏辞典》，陕西人民出版社1993年版）

过郑广文旧居

宋玉平生恨有余，远循三楚吊三闾。
可怜留着临江宅，异代应教庾信居。

郑广文，指郑虔，因为多才多艺，唐玄宗设置广文馆，以虔为博士。郑虔的旧居，接近曲江。李商隐经过这样一位有才而又很不幸人物的旧居，心里有很多感触。但诗里没有直接讲郑广文和自己，而是讲了宋玉。"宋玉平生恨有余，远循三楚吊三闾。"三闾，指曾经做过三闾大夫的屈原。宋玉曾经作《九辩》《招魂》等凭吊屈原的文章，诗中则据此想象宋玉曾经远道跋涉，凭吊屈原。"可怜留着临江宅，异代应教庾信居。"宋玉留下的临江之宅，在江陵城北三里。梁代文人庾信因侯景之乱，从建康逃回江陵，居宋玉故宅。他的《哀江南赋》中两句"诛茅宋玉之宅，穿径临江之府"是本篇后半所本。一首诗辗转牵连到这么多人物，不用说命意是很曲折复杂的。一、从郑虔为广文馆博士一端看，李商隐可能借以比己为太学博士。杜甫诗"诸公衮衮登台省，广文先生官独冷"（《醉时歌》），无论广文馆博士，还是太学博士，同属冷官。二、郑虔被贬台州（今浙江省临海县），属东楚之地，诗中借宋玉远循三楚暗比。由这方面看，又可能寓李商隐漂泊桂州、徐州之恨。三、宋玉有才无命，遭遇不偶，故远循三楚吊屈以寄其遗恨；而异代之庾信，亦有才无命。其身世之悲，可比宋玉。宋玉故宅，又恰为庾信所居。由这种后先相续的情况看，今日诗人过广文旧宅，不唯有往昔宋玉吊屈之恨，亦隐然有文采风流相传一脉之情，"自誉自叹，皆寓言外"。总之，沦落文人，古今一辙。"江山故宅空文藻""萧条异代不同时"（《咏怀古迹五首》其二）等复杂情绪，在本篇中是通过好几种联想来暗示的。

  题与诗若即若离，诗本身又辗转婉曲，从多方面留下暗示，引发人联想，在李商隐绝句中别具一格。

（原载《历代绝句精华鉴赏辞典》，陕西人民出版社1993年版）

七 夕

鸾扇斜分凤幄开,星桥横过鹊飞回。
争将世上无期别,换得年年一度来。

　　七夕是传说中牛郎、织女相会的日子。诗则从牛女会罢别时写起。"鸾扇斜分凤幄开",大约是聚会的时间已过,侍从者鸾扇斜分、高擎凤幄,让织女与牛郎作别登车。"星桥横过鹊飞回",星桥是乌鹊在银河上所搭之桥,当织女的仙车横过星桥,返回河东时,乌鹊也随即撤离天河,飞回了人间。牛女相会,一年仅只一次,却又如此之短促。照说会使人为他们惋惜吧。然而三、四句非但不见惋惜,反是一种羡慕的口吻,"争将世上无期别,换得年年一度来。""无期别"指死别。牛女相会,一年仅有一夕,固然稀少短促。但若与人间死别相比,毕竟有本质不同。人间死别,再无见期。想求如天上一年一度相逢是不可能得到的。"争将……换得……"话语间有一种刻骨的辛酸。细细休会,当是诗人妻子王氏去世已久,在漫无尽头的思念中,逢七夕而生出这样的悲感。

　　诗的前二句和后二句是通过诗人眼中所看、心中所想联系起来的。在朦胧的夜色中诗人注视着天河,仿佛看到了鸾扇斜分、凤幄高擎以及织女度过星桥的情景。虽是鹊桥归路,在诗人的想象中却是这样美好,可见羡慕之情。正是在这种带有羡慕情绪的基础上,进一步引发出后面的心理活动。由看到想,一个鳏鳏不寐的诗人形象被表现得非常真切。

　　生离胜于死别,欲为牛女而不得,把希望的基点压低,弥见沉痛。

　　(原载《历代绝句精华鉴赏辞典》,陕西人民出版社1993年版)

夜　半

三更三点万家眠，露欲为霜月堕烟。
斗鼠上床蝙蝠出，玉琴时动倚窗弦。

这首诗首先让人感觉到的是夜半时分寂静的环境气氛。"三更三点"正是夜半，人间此时，一切活动都停止了。"万家眠"，可见在诗人感觉中外部空间是万家无声无息，一片无边的沉静。首句连用三个数词，形成一种强调的意味。这种强调，正是从时间和空间上引导人设身处地去体味那夜半的气氛。"露欲为霜月堕烟"，露之将要凝结为霜似乎都能察觉，自然也是在静极无聊中生出此想。而月堕烟雾，夜色暗淡，又进一步加重了夜色给人的沉寂感受。"斗鼠上床蝙蝠出"，因为人静，斗鼠和蝙蝠才这样作闹。而注意到鼠和蝙蝠，则依然由于夜静。"玉琴时动倚窗弦"，比起鼠和蝙蝠之动更微细，几乎近于主观幻觉。但正是由于有这种纤细的感觉，更显得夜静到了极点。

写夜半之静，是这首诗的表层意思，透过对夜半的感受，诗中写出一个不眠的愁人。"万家眠"，见已独不能眠；"露欲为霜"有"半夜凉初透"那种从内心到环境的冰冷感；"月堕烟"，又加重了情绪上的暗淡；斗鼠和蝙蝠猖獗，见诗人所眠之室，可能久久无人居住；而倚窗之琴弦时动，则简直似有幽灵在室内。因此，程梦星等人认为是悼亡之作虽无确据，但跟诗中所表现的心理感受和环境气氛倒是大体吻合的。

诗人的感觉很纤细，此诗着意从纤细的感觉中写出他的愁怀。所谓"见此愁景，即是愁人"（田兰芳评语），可以用来说明诗的艺术构思。但纪昀曾经批评说："此有意不肯说出，然不免有做作态，意到而神不到之作。夫径直非诗也，含蓄而有做作之态，亦非其至也，此辨甚微。"不仅对这首诗的弱点作了评析，而且指出诗苑中有一种"意到神不到之作"，确实辨析入微，值得我们结合具体作品多加体会。

（原载《历代绝句精华鉴赏辞典》，陕西人民出版社1993年版）

望喜驿别嘉陵江水二绝

嘉陵江水此东流，望喜楼中忆阆州。
若到阆州还赴海，阆州应更有高楼。

千里嘉陵江水色，含烟带月碧于蓝。
今朝相送东流后，犹自驱车更向南。

这两首诗是李商隐大中五年（851）秋冬之际赴梓州幕府途中所作。望喜驿在今四川广元市南。嘉陵江源出陕西凤县嘉陵谷，流经四川广元、阆州等地，至重庆入长江。望喜驿之上，嘉陵江水的流向，与商隐自汉中赴梓州取向相同；望喜驿之下，嘉陵江水东南流，而李商隐经此向西南行，所以说"别嘉陵江水"。

"嘉陵江水此东流，望喜楼中忆阆州。"上句说南下的嘉陵江水由望喜驿开始偏东而流，引出下句忆阆州。"忆"非忆昔游之忆，乃是忆流向阆州之嘉陵江水。"忆"有遥想之意。登驿楼而望，江水东流，遂遥想其再流下去将经过阆州，进而想象流到阆州后还将更向遥远的大海流去，则阆州应更有高楼以望江水。诗人并不去阆州，"阆州应更有高楼"，只是因望喜驿别嘉陵江水时登高遥望之情不能自已，而生出一种迷惘的遐想。似真似幻，若即若离，极尽惜别之意。而四句之中，三处出现"阆州"二字，两处出现"楼"字，把诗人的情感追随江水辗转而去的状态，也表现得曲折有味。

次章前两句说千里嘉陵含烟带月，水碧于蓝。在赞美的同时，诗人沿嘉陵江已南行千里之意，自在不言之中。三、四句说行程虽如此之远，然到嘉陵江之后，犹须驱车向西南远行。大约自汉中以来，诗人与嘉陵江水为伴，聊慰旅途之寂寞、身世之孤孑，今天则分道而行，彼此再也不能相伴了。姚培谦说："今朝相送后，并嘉陵不得一见矣，真销魂语。"（《李义山诗笺注》）

两首绝句，既有分工，又互相配合。第一首说江东流，是写将别时在驿楼上目送江水之情。第二首说人南去，是写别后眷念之意。都是反衬旅途的寂寞和愈行愈远的惆怅。两首诗，第四句都用一个"更"字，在第三句的基础上推进一步，章法相似。而第二首以"今朝相送东流后"，遥承第一首开头"嘉陵江水此东流"。结句中的"犹"字，又和前首"还"字呼应，回合相生，极有情致。

（原载《历代绝句精华鉴赏辞典》，陕西人民出版社1993年版）

柳

柳映江潭底有情，望中频遣客心惊。
巴雷隐隐千山外，更作章台走马声。

读这一首诗，我们不仅要了解有关典故，而且要了解李商隐当时可能读过的一些文学作品，了解题中"柳"在他头脑中可能引起的种种联想。这样，才便于理解诗人何以由巴江柳联想到章台；否则，或许会认为诗写得太率意，甚至前后不相连属。

章台，是汉代首都长安的一条街名。《汉书·张敞传》："敞为京兆尹……时罢朝会过，走马章台街。"章台走马是汉以后习用的典故。但是到了唐代，在文学作品中，章台和柳又发生联系。崔国辅《少年行》："章台折杨柳，春日路旁情。"许尧佐传奇《柳氏传》中更有著名的《章台柳》诗。章台与柳结了缘。这虽不能与"章台走马"等老资格的典故相比，但在受传统及其本朝诗文熏陶甚深的李商隐头脑中章台之有柳却已深深地扎了根，因而他的一些作品里，往往章台与柳并提。如《赠柳》"章台从掩映"与本篇都是显例。

"柳映江潭底有情，望中频遣客心惊。"是说柳映照江潭何其动人情思，望柳色使羁留在巴蜀的诗人一阵阵心惊不已。望柳何以心惊呢？由于柳和京华有联系，柳色极似京中，勾起了自身不得在京华的沦落之痛。庾信《枯树赋》："昔年种柳，依依汉南。今看摇落，凄怆江潭。"从中化用《枯树赋》的语意，可以进一步领会到诗中包含的沦落之情。"巴雷隐隐千山外，更作章台走马声。"季候当是春去夏来之时，除眼前柳色掩映外，重重叠叠的巴山中，还传来隐隐的雷鸣，听其声极似章台走马。冯浩说："走马章台，乃官于京师也。今雷在巴山，声偏相类，益惊远客之心矣。"（《玉谿生诗详注》）剖析诗人的心理是非常深入切至的。但这种心情，诗人并没有直接说出，只在三句开头，用"更作"二字和上半呼应，"掉笔空际，但写声写景，遥情远思便自味之不尽"（叶葱奇疏注）。

诗的前二句与后二句是用章台与柳的联系综合到一起的。纪昀说:"末二句深情忽触,不复有迹象之间。"从读者的感受来讲,确有这样的效果,但就作者的构思而言,却是做了精心安排的。

(原载《历代绝句精华鉴赏辞典》,陕西人民出版社1993年版)

燕台诗四首·春

风光冉冉东西陌,几日娇魂寻不得。
蜜房羽客类芳心,冶叶倡条遍相识。
暖蔼辉迟桃树西,高鬟立共桃鬟齐。
雄龙雌凤杳何许?絮乱丝繁天亦迷。
醉起微阳若初曙,映帘梦断闻残语。
愁将铁网罥珊瑚,海阔天翻迷处所。
衣带无情有宽窄,春烟自碧秋霜白。
研丹擘石天不知,愿得天牢锁冤魂。
夹罗委箧单绡起,香肌冷衬琤琤佩。
今日东风自不胜,化作幽光入西海。

李商隐《柳枝五首序》中曾提到《燕台诗》,柳枝为李商隐年轻时的恋人,在听人咏《燕台诗》之后,曾惊问:"谁人有此?谁人为是?"据此,《燕台诗》当为李商隐早年的作品。

《燕台诗》共四首,分《春》《夏》《秋》《冬》四题,写随时间之流逝与四季景物之变化,抒情主人公的感情由开始的反复寻觅、怀想、企盼重会,到悲慨相思无望、情缘已断,到最后终归幻灭。这里选录的是第一首《春》。

诗分五节，每节四句。第一节写在万物萌生的春天，诗人像蜜蜂探寻最甜蜜的花蜜一样到处寻找自己的爱人。"娇魂"，用以统摄女子非凡的气质容颜，也透露出女子与诗人心魂相牵的情谊。然而冶叶倡条，遍皆相识，独伊人芳踪，遍寻而不可得，诗人不免焦急万分，心底悲凉。第二节忽忆当年初遇时，正是春光旖旎，桃花灼灼，女子立于树下，高高盘起的发髻合着繁茂如鬟的桃花，人花相映，令人难以忘怀。后两句忽又回到现实，而今两人却不知相隔多么遥远，无处寻觅，诗人心绪迷离如天空中繁乱的丝絮，不知所起，不知所终。第三节欲借酒浇愁，将离恨沉醉，却发现梦醒时分更加难耐，夕阳映帘，诗人错当晨曦，转而又意识到自己的恍惚，在诗人恢复清醒的同时甜美的梦境也被现实撕扯，唯留下残言片语。无奈至极，诗人展开联想，海阔天空，海底珊瑚尚难寻觅，又从哪里找寻你的踪迹。第四节诗人写自己衣带渐宽，不觉人已消瘦，而春景却依旧烂漫，"春烟自碧"，一个"自"字，仿佛无情。继而诗人起誓，虽如此，自己却仍然忠贞不渝。忽又想象，真希望天牢星可以锁住冤魂，不让自己在爱恨中迷失。最后一节悬想女子情状，春末夏至，女子应该换上了轻绡薄衣，香肌衬着玎玎作响的玉佩，也是一片寂寞幽冷，情何以堪。此时春已衰迟，东风无力，再也承受不了这难耐的愁怨，终于化作一道幽光遁入西海了。

整首诗非常梦幻，没有具体的情节和逻辑顺序，纯以诗人强烈而时时流动变化的感情为线索，跳跃性大。随诗人感情流程，忽而回忆，忽而想象；忽而昔境，忽而现境；忽而此地，忽而彼地；忽而闪现某一场景片段，忽而直抒心灵感受。断续无端，来去无迹，却又表现得极为自然。此外，诗歌意象精彩纷呈，造语华艳朦胧，用以表现诗人具有悲剧美的缠绵痴恋，形成了诗歌整体"哀感顽艳"的美学风格,这也是李义山最具代表性的艺术风格。

(与陈婷婷合作,原载《李商隐诗》,中华书局2014年版)

无题二首(其一)

昨夜星辰昨夜风,画楼西畔桂堂东。
身无彩凤双飞翼,心有灵犀一点通。
隔座送钩春酒暖,分曹射覆蜡灯红。
嗟余听鼓应官去,走马兰台类转蓬。

据末联,此诗当作于义山任职秘书省期间。义山于开成四年(839)、会昌二年(842)和会昌五年至六年几度任职秘书省,后一回时间较长,作此诗可能性较大。

这首诗是李义山"无题"诸作中诗意较为显豁的一篇,抒写诗人对昨夜一夕相值、旋成间隔的意中人的深切怀念。尽管可以这样理解,但联与联之间的间隔和跳跃仍然很大,时间、地点未必直接承递。首联可能追忆两人相会。颔联则可见两人处在身有间阻的状态,它与前后两联,时间地点未必相接。颈联写宴会,据末联"听鼓应官去"之"去",作者当参与其中。如女子亦同此宴会的话,则可以想见二人心意绵绵,越过了筵席上的杯盘酒盏、分队游戏的喧闹,在目光流转中互递情意。这份情意在感觉中似乎影响了环境气氛,使酒更暖、灯更红,格外温馨。末联鼓声突然传来,诗人从欢度良宵的氛围中转而感受到一种无奈,不得不匆匆走马,去应付枯燥的差事,末句微露身如转蓬的感慨,将诗歌结束在怅惘之中。

以上大致可算这首诗透露的背景和过程，但此诗主要表现的是心灵感受而非过程。诗的前两联，向来脍炙人口，最宜看重，它们是可以独立出来的。首句，"昨夜星辰昨夜风"，一句之中出现两个"昨夜"，见出是何等不同寻常之夜，何等不同寻常的星辰和风。"画楼西畔桂堂东"，一"西"一"东"，记忆是何等鲜明，可见又是多么不同寻常之地，值得永远纪念。"昨夜星辰昨夜风，画楼西畔桂堂东"，写的是时间地点，而表现的是刻骨铭心的记忆与追念。许多人一生中，可能都有类似这样一个永远抹不掉的记忆。可见这两句是写出了一种永恒，文字本身，则也是因此而永恒。"身无彩凤双飞翼"，身受阻隔，那灵犀一点的心心相印，该是多么珍贵！由于情的执着，它获得了一种穿透力量，换来一种亲切感、温馨感。"无翼而有通，身体是不自由的，行动是不自由的，然而心灵的力量与情感的力量是可以穿透的。"（王蒙《通境与通情》）这一联突出了间隔中的契合、苦闷中的欣喜、寂寞中的慰藉。它把两厢有情无法交流的张力，以及没有任何坚壁可以最终阻隔心灵感应的穿透力，都充分地表现出来，并把这一切升华了，借助于巧喻，成为一种最精纯的审美。

（与陈婷婷合作，原载《李商隐诗》，中华书局2014年版）

重过圣女祠

白石岩扉碧藓滋，上清沦谪得归迟。
一春梦雨常飘瓦，尽日灵风不满旗。
萼绿华来无定所，杜兰香去未移时。
玉郎会此通仙籍，忆向天阶问紫芝。

李义山诗中有三首写圣女祠，他把祠中所供的圣女，看作天上贬谪到下界的仙女，同时又把在朝中做官和到京都以外，等同于仙家之在天上和凡间。李义山前此曾经过圣女祠，曾有"何时归碧落，此路向皇都"之慨。首联写石扉上已滋生绿苔，营造出归迟而幽寂落寞的景象。颔联写她得不到灵风雨露应有的沾溉扶持。颈联以萼绿华、杜兰香之"来无定所""去未移时"，并非像她那样久谪，反衬圣女之欲归不得。结联结合柳仲郢此次经过此地回朝，圣女幸得相会，以略带谐谑的口吻说：可以通过回上界（皇都）的柳仲郢（玉郎）帮助她登箓仙籍，求取紫芝。柳仲郢这次回朝，本来是以吏部侍郎征召的（《旧唐书·柳仲郢传》"在镇五年，美绩流闻，征为吏部侍郎"），吏部"以三铨之法官天下之材……较其优劣而定其留放，为之注拟"（《新唐书·百官志·吏部》）。其长官职权，可得比仙界之"领仙玉郎"，所以诗人有此略带诙谐的话。诗同情圣女之久谪，希望她能回归天界，折射了诗人的心理状态，含蓄地表达了对自己仕途遭遇的感慨和希望入朝为官的心理诉求。

"一春梦雨常飘瓦，尽日灵风不满旗"一联，深得宋代吕本中赏爱，"以为有不尽之意"（《紫微诗话》）。荒山废祠，细雨如梦似幻，灵风似有似无，既带朦胧希望，又显得虚无缥缈，引人遐想，充满无奈。正面表现的是环境的寂寞冷落与圣女精神上的恍惚无主，而作者寂寞、漂泊、寥落的身世感亦借圣女的感受，得以体现，确实是有"不尽之意"的佳联。

（与陈婷婷合作，原载《李商隐诗》，中华书局2014年版）

锦　瑟

　　锦瑟无端五十弦，一弦一柱思华年。
　　庄生晓梦迷蝴蝶，望帝春心托杜鹃。
　　沧海月明珠有泪，蓝田日暖玉生烟。
　　此情可待成追忆，只是当时已惘然。

　　李商隐生于唐宪宗元和七年（812），卒于唐宣宗大中十二年（858），生年不满五十岁。此诗据首联，当是其晚年作品。

　　"一篇《锦瑟》解人难。"（清王士禛语）李义山此诗是中国诗史上脍炙人口而又向无定解的作品，有悼亡说、自伤身世说、咏乐器说、自题诗集卷首说、暗恋人家侍女说、讽喻政治说等等。歧解歧议可谓层出不穷。但领会《锦瑟》诗意，如果不去推求那些并无实据的"背景"，不被它朦胧迷惘的气氛和众多意象典故所遮掩，其大致内涵还是可以找到一些端绪的。诗的首尾二联，有它相当明白的一面，它以"思华年"领起，最后归结为一片"惘然"之情。末联的"追忆"与首联的"思华年"相应，中间的庄生梦蝶、杜鹃啼血、沧海珠有泪、蓝田玉生烟，不管有多少纷繁的景观，都是这个以"锦瑟华年"为前导，以"追忆惘然"为收结的由"思"到"忆"的链条贯通起来的，是追忆华年时内心的种种景光，感情的各种缠绕。因此，如果以"思华年而不胜惘然"概括这篇作品的内涵，虽然虚括，却是于文本有充分依据，而不致偏离中心。

　　此诗的"锦瑟弦柱""庄生梦蝶""望帝化鹃""沧海珠泪""良玉生烟"是五个象喻。这些象喻和典故，喻体自身带有不同程度的朦胧性，而本体又未出现，加以它们在结构上是跳跃的，逻辑上并无必然联系，所构成的便不是有完整画面的境界，而是错综纠结于其间的怅惘、感伤、寂寞、向往、失望的情思，是在追忆中弥漫着这些情思的心象。应该说，作者在追忆华年恍惚失落的情况下，所要表达的就是这种迷惘、感伤的情绪。

李义山的《无题》《锦瑟》等诗，所写的往往不是一时一事，而是把心灵世界作为表现对象。种种情绪，互相牵连渗透，难分难辨，其心理状态被以繁复的意象表现出来的时候，便无法用某时、某地、某事诠释清楚。《锦瑟》一开头就点出"无端五十弦"，最后又是"惘然"，因而不必强解无端为有端，不必把惘然的情绪强贴到具体的某时某事上去。

正因为《锦瑟》表现的是复杂的情感世界和多种人生体验，有关《锦瑟》的种种歧解，便有可能在更高层次上融合，对众说中某些合理成分不妨予以沟通和包容。在艺术上则可以从诗意的多面性、多层次性着眼，通过把握其总体精神内涵，去领略其诗意和诗美。

（原载《李商隐诗》，中华书局2014年版）

无题二首（其一）

凤尾香罗薄几重，碧文圆顶夜深缝。
扇裁月魄羞难掩，车走雷声语未通。
曾是寂寥金烬暗，断无消息石榴红。
斑骓只系垂杨岸，何处西南待好风？

这首诗写女主人公含情待嫁的心理，写得很热切、很有气氛。

女子用珍贵的凤尾香罗,在最隐秘、最动情的深夜,缝制婚帐。一边缝一边回味着与男方未通言语的邂逅。她思情绵绵,不觉已是灯烛烧残,金烬暗淡,此时蓦然瞥见窗外的石榴花开,那似火燃烧的红色,使她陡然清醒地意识到,一个春季已经流逝,而消息则断然无有。尽管这样,她还是没有放弃——"斑骓只系垂杨岸,何处西南待好风",她推测对方所乘的斑骓就系在垂杨岸边,渴望着能有好风将自己吹送到那并不遥远的地方。这一待嫁女子,在思想上、物质上都做了充分的准备,所欠的,只是那西南好风。这种待嫁心理,给读者留下深刻印象,同时她对好风的期待,也能引起读者的共鸣。

"扇裁月魄羞难掩,车走雷声语未通",另一首《无题》中"身无彩凤双飞翼,心有灵犀一点通"之写"通",是以绝妙的象征传神;此首写"未通",则用赋法,对方驱车,匆匆而过,自己则以团扇羞涩掩面,露眼偷窥,虽相见而未通言语,男女邂逅的情景鲜明如画,初恋的心理惟妙惟肖。这种富有戏剧性的场面,很像小说里的细节描写。诗的颈联,从寂寞期待中的"金烬暗",到警示断无消息的"石榴红",运用了类似电影蒙太奇的手法,倏忽之间,周围景物则暗变红,很能把女子当下内心的震撼和失望,通过这种转换传达出来。

此诗前三联用赋法,多实写,似乎纯然男女爱情,但末联化用曹植诗句,原诗中的"西南风"带有象征性,因而此诗又可能兼有寓意。

(原载《李商隐诗》,中华书局2014年版)

无 题

相见时难别亦难，东风无力百花残。
春蚕到死丝方尽，蜡炬成灰泪始干。
晓镜但愁云鬓改，夜吟应觉月光寒。
蓬山此去无多路，青鸟殷勤为探看。

"相见时难别亦难"，两"难"并举，较常人说的"别易会难"，增加一个"难"字，绝不只是"1+1"的问题。两个"难"字不只是形体上的空间阻隔，更是心灵与情感受阻之恨。两"难"劈头就给读者带来震撼，接下来"东风无力百花残"，使深广而又有点抽象的两"难"，变得似乎具体可感。而此句本身，因在第一句之后，也就不只是单纯的景物描写，同时也带有了概括性象征内涵。两"难"并举的创造，抽象和具象的搭配，使这看上去似乎极白话极随意的一联，成为神来之笔。冯班说："第二句毕世接不出。"即是慨叹这两句的黄金搭档非一般人所能。

"春蚕"一联，由上一联的宏阔，转到对情感状态的描写，洁净缠绵的蚕丝、晶莹的烛泪，都把无形无质的情具象化了。不光具象化，而且"到死""成灰"，还写出了过程。春蚕吐丝至尽而死，蜡烛燃烧成灰而泪干。这本是很具体的，但因为有首联那种"难"，又让人感到此"丝"此"泪"，不只是两个人之间的一段具体情缘，不只是一般简单的殉情，而是大背景、大担当。它在比喻中寓象征，由抒写至情至性，到超越一般爱情，而有人生、事业等方面的永恒意义。诗意升华到这一层次，又似乎容易与具体生活脱离，但第三联"晓镜""夜吟"，两心眷眷、两情依依的细意体贴，则让诗意无论怎样博大高远，仍与具体的爱情生活保持紧密联系。末联，又正好借两性彼此之间的这种关切，由"此岸"到"彼岸"，虽"无望"而又"有望"，更见情之深挚。此诗联与联之间虽然有腾转跳跃，但前后承接又非常自然，是李义山"无题"中最为浑成的一篇。

李义山无题诗所写的爱情，多半是悲剧性的。但并非一方绝情，另一方单相思，而往往是彼此虽有情却又无缘。这从他对爱情写得比较明确的《柳枝五首》《燕台诗四首》等篇章中可以得到旁证。李义山的"无题"，很少个人独白，抒情和叙事的人称往往是模糊多变的，写种种细节、场景，特别是人物的心理活动，语气可以自由转换。此诗一般认为写男主人公的感受和心理活动，但第三联却是从女方着笔。"晓镜""云鬓"应是女性，"但愁"是自己愁，"应觉"是揣测语气，是女方对男方的体贴。这是叙述者从第三人称角度，设为女方心理活动，并不影响诗从整体上写男子的感受与心境。

（原载《李商隐诗》，中华书局2014年版）

无题四首（其一）

来是空言去绝踪，月斜楼上五更钟。
梦为远别啼难唤，书被催成墨未浓。
蜡照半笼金翡翠，麝熏微度绣芙蓉。
刘郎已恨蓬山远，更隔蓬山一万重。

这首诗写情感，有的地方很迫切，有的地方很隐晦；写情景，有的地方很抽象，主体和对象不明确，有的地方又很实在具体。如首句,横空而来,究竟是否真有过来的承诺,还是实际上没来或梦中来过,都不大清晰。但接着而来的第二句却很实在。三句的梦,缺少清楚的交代;第四句,又很实。五、六句对床的描写,是此时此地之景况,还是设想对方,还是回忆以往,最后的远与隔,是心理上的感觉,还是实际的空间距离,都不免混混沌沌。但就是这种又迫切又隐晦,以及句与句、联与联之间跳跃、间隔,造成了张力,调动读者的探究、想象,将读者引入强烈的情感活动之中。而如果把律诗中最容易见意的首尾两联直接联系起来看,从感叹"来是空言",到感叹相隔遥远,则诗意又是明确地写离别与思念,一切虚虚实实,都展示思念的心理活动和思念的情感状态。

(原载《李商隐诗》,中华书局2014年版)

无题四首(其二)

飒飒东南细雨来,芙蓉塘外有轻雷。
金蟾啮锁烧香入,玉虎牵丝汲井回。
贾氏窥帘韩掾少,宓妃留枕魏王才。
春心莫共花争发,一寸相思一寸灰。

末联说春心不要和春花一起争发,相思到头来注定要化为冷灰。这一联在前三联之后,陡转反接,将前三联一下子翻转过去。由于这一联系针对上三联而发,可知前三联都是末联所要颠覆的主人公荡漾的春心:首联写对环境的感受,透露出春心的萌动;次联写想象中的香透蟾锁、水出深井,见出爱情的穿透力;三联神往于韩寿、曹植的爱情佳话，写出男女之间突破礼教甚至超越生死的挡不住的吸引力。这些，都是主人公意念中的活动，是对男女之间相悦相感相慕相知的向往。末联，则基于以往爱情遭受不幸的痛苦经验，反过来警告自己放纵的春心。围绕烧香、汲井、韩寿、曹植展开的一系列想象，被理性的思考一笔扫开；往时留下的刻骨铭心的教训，与当下春心的萌动勃发之间的相左相悖，形成巨大的张力，富有悲剧美。

  诗的最后一联，令人怵惕，写法上，以心象镕铸物象，将萌发的春心与绽放的春花相联系，将爱情的火焰与燃烧而后残留的灰烬相联系，形象地展示春心最后化为残灰的过程与结局，似乎春心和烛芯的残灰一样，都有形体，有长度，可见可触可量。一寸相思就是日后的一寸残灰，犹如风月宝鉴，这是何等痛苦的爱情体验！

（原载《李商隐诗》，中华书局2014年版）

贾　　生

宣室求贤访逐臣，贾生才调更无伦。
可怜夜半虚前席，不问苍生问鬼神。

  这首诗很能见出李义山在人才观方面认识的高度与深度。召贾谊回京，历来被认为是文帝惜才重才的表现，但李义山却就此事予以探究和深思，慨叹这一"求贤"之举，到最后却落实在"不问苍生问鬼神"上。正面的意思，显然是认为君主求贤应该是让贤才把他们的聪明才智用到为社稷苍生谋福祉上，而不是让人才歪用邪用乃至无所用。在李义山笔下，宣室求贤、文帝"前席"，成了一场滑稽戏。贾生真正的悲剧，不在于文帝不重视、不欣赏他，而在于文帝并不能让他把才能正面地用到有关国计民生上去。诗旨主要不是讽刺汉文帝，而是借贾谊之被视同巫祝，问以鬼神，慨叹历史上以及现实政治中，许多有才之士，即使能被当权者网罗，却也未能真正做到让他们"为苍生"用其所长。这是透过士人的所谓"遇"与"不遇"，看到人才问题中更深一层的带有普遍性的悲剧，即无论"遇"与"不遇"，在人才使用上效益几乎都等于零。不以个人荣辱得失衡量遇合，不是仅仅看到人才是否被罗致，而是关注是否让人才有效地发挥他们的正能量，这是李义山人才观的闪光之处。

诗中含有议论，但不是干巴巴地说理，而是借夜半前席这样生动的细节加以点拨，以唱叹出之。在用典方面，以汉文夜召贾谊作为反面典型，一反传统见解，是反用典故。宋代严有翼云："李义山诗：'可怜夜半虚前席，不问苍生问鬼神。'虽说贾谊，然反其意而用之矣……直用其事，人皆能之。反其意而用之者，非识学素高，超越寻常拘挛之见，不规规然蹈袭前人陈迹者，何以臻此？"（《艺苑雌黄》）

（原载《李商隐诗》，中华书局2014年版）

杜 牧

江 南 春

千里莺啼绿映红,水村山郭酒旗风。
南朝四百八十寺,多少楼台烟雨中。

这首《江南春》,千百年来素负盛誉。四句诗,既写出了江南春景的丰富多彩,也写出了它的广阔、深邃和迷离。

"千里莺啼绿映红,水村山郭酒旗风。"诗一开头,就像迅速移动的电影镜头,掠过南国大地:辽阔的千里江南,黄莺在欢乐地歌唱,丛丛绿树映着簇簇红花;傍水的村庄、依山的城郭、迎风招展的酒旗,一一在望。迷人的江南,经过诗人生花妙笔的点染,显得更加令人心旌摇荡了。摇荡的原因,除了景物的繁丽外,恐怕还由于这种繁丽,不同于某处园林名胜,仅仅局限于一个角落,而是由于这种繁丽是铺展在大块土地上的。因此,开头如果没有"千里"二字,这两句就要减色了。但是,明代杨慎在《升庵诗话》中说:"千里莺啼,谁人听得?千里绿映红,谁人见得?若作十里,则莺啼绿红之景,村郭、楼台、僧寺、酒旗,皆在其中矣。"对于这种意见,何文焕在《历代诗话考索》中曾驳斥道:"即作十里,亦未必尽听得着、看得见。题云《江南春》,江南方广千里,千里之中,莺啼而绿映焉,水村山郭无处无酒旗,四百八十寺楼台多在烟雨中也。此诗之意既广,不得专指一处，故总而命曰《江南春》。"何文焕的说法是对的，这是出于文学艺术典型概括的需要。同样的道理也适用于后两句。"南朝四百八十寺，多少楼台烟雨中。"从前两句看，莺鸟啼鸣，红绿相映，酒旗招展，应该是晴天的景象，但这两句明明写到烟雨，是怎么回事呢？这是因为千里范围内，各处阴晴不同，也是完全可以理解的。不过，还需要看到的是，诗人运用了典型化的手法，把握住了江南景物的特征。江南特点是山重水复，柳暗花明，色调错综，层次丰富而有立体感。诗人在缩千里于尺幅的同时，着重表现了江南春天掩映相衬、丰富多彩的美丽景色。诗的前两句，有红绿色彩的映衬，有山水的映衬，有村庄和城郭的映衬，有动静的映衬，有声色的映衬。但光是这些，似乎还不够丰富，还只描绘出江南春景明朗的一面。所以诗人又加上精彩的一笔："南朝四百八十寺，多少楼台烟雨中。"金碧辉煌、屋宇重重的佛寺，本来就给人一种深邃的感觉，现在诗人又特意让它出没掩映于迷蒙的烟雨之中，这就更增加了一种朦胧迷离的色彩。这样的画面和色调，与"千里莺啼绿映红，水村山郭酒旗风"的明朗绚丽相映，就使得这幅"江南春"的图画变得更加丰富多彩。"南朝"二字更给这幅画面增添悠远的历史色彩。"四百八十"是唐人强调数量之多的一种说法。诗人先强调建筑宏丽的佛寺非止一处，然后再接以"多少楼台烟雨中"这样的唱叹，就特别引人遐想。

这首诗表现了诗人对江南景物的赞美与神往。但有的研究者提出了"讽刺说"，认为南朝皇帝在中国历史上是以佞佛著名的，杜牧的时代佛教也是恶性发展，而杜牧又有反佛思想，因之末二句是讽刺。其实，解诗首先应该从艺术形象出发，而不应该作抽象的推论。杜牧反对佛教，并不等于对历史上遗留下来的佛寺建筑也一定讨厌。

他在宣州，常常去开元寺等处游玩。在池州也到过一些寺庙，还和僧人交过朋友。著名的诗句，像"九华山路云遮寺，青弋江村柳拂桥"（《宣州送斐坦判官往舒州时牧欲赴官归京》），"秋山春雨闲吟处，倚遍江南寺寺楼"（《念昔游三首》其一），都说明他对佛寺楼台还是欣赏流连的。当然，在欣赏的同时，偶尔浮起那么一点历史感慨也是可能的。

（原载《唐诗鉴赏辞典》，上海辞书出版社1983年版）

题宣州开元寺水阁阁下宛溪夹溪居人

六朝文物草连空，天淡云闲今古同。
鸟去鸟来山色里，人歌人哭水声中。
深秋帘幕千家雨，落日楼台一笛风。
惆怅无因见范蠡，参差烟树五湖东。

这首七律写于唐文宗开成年间。当时杜牧任宣州（今安徽宣城）团练判官。宣城城东有宛溪流过，城东北有秀丽的敬亭山，风景优美。南朝诗人谢朓曾在这里做过太守，杜牧在另一首诗里称为"诗人小谢城"。城中开元寺（本名永乐寺），建于东晋时代，是名胜之一。杜牧在宣城期间经常来开元寺游赏赋诗。这首诗抒写了诗人在寺院水阁上，俯瞰宛溪，眺望敬亭时的古今之慨。

诗一开始写登临览景，勾起古今联想，造成一种笼罩全篇的气氛：六朝的繁华已成陈迹，放眼望去，只见草色连空，那天淡云闲的景象，倒是自古至今，未发生什么变化。这种感慨固然由登临引起，但联系诗人的经历看，还有更深刻的内在因素。诗人此次来宣州已经是第二回了。八年前，沈传师任宣歙观察使（治宣州）的时候，他曾在沈的幕下供职。这两次的变化，如他自己所说："我初到此未三十，头脑钤利筋骨轻。""重游鬓白事皆改，唯见东流春水平。"（《自宣州赴官入京路逢裴坦判官归宣州因题赠》）这自然要加深他那种人世变易之感。这种心情渗透在三、四两句的景色描写中：敬亭山像一面巨大的翠色屏风，展开在宣城的近旁，飞鸟来去出没都在山色的掩映之中。宛溪两岸，百姓临河夹居，人歌人哭，掺和着水声，随着岁月一起流逝。这两句似乎是写眼前景象，写"今"，但同时又和"古"相沟通。飞鸟在山色里出没，固然是向来如此，而人歌人哭，也并非某一片刻的景象。"歌哭"语出《礼记·檀弓》："晋献文子成室，晋大夫发焉，张老曰：'美哉轮焉！美哉奂焉！歌于斯，哭于斯，聚国族于斯。'""歌哭"言喜庆丧吊，代表了人由生到死的过程。"人歌人哭水声中"，宛溪两岸的人们就是这样世世代代聚居在水边。这些都不是诗人一时所见，而是平时积下的印象，在登览时被触发了。接下去两句，展现了时间上并不连续却又每每使人难忘的景象：一是深秋时节的密雨，像给上千户人家挂上了层层的雨帘；一是落日时分，夕阳掩映着的楼台，在晚风中送出悠扬的笛声。两种景象：一阴一晴；一朦胧，一明丽。在现实中是难以同时出现的。但当诗人面对着开元寺水阁下这片天地时，这种虽非同时，然而却是属于同一地方获得的印象，汇集复合起来了，从而融合成一个对宣城、对宛溪综合而长久性的印象。这片天地，在时间的长河里，就是长期保持着这副面貌吧？这样，与"六朝文物草连空"相映照，那种文物不见、风景依旧的感慨，自然就愈来愈强烈了。客观世界是持久的，歌哭相迭的一代代人生却是有限的。这使诗人沉吟和低回不已，于是，诗人的心头浮动着对范蠡的怀念，无由相会，只见五湖方向，一片参差烟树而已。五湖指太湖及与其相属的四个小湖，因而也可视作太湖的别名。从方位上看，它们是在宣城之东。春秋时范蠡曾辅助越王勾践打败吴王夫差，功成之后，为了避免越王的猜忌，乘扁舟归隐于五湖。

他徜徉在大自然的山水中，为后人所艳羡。诗中把宣城风物，描绘得很美，很值得流连，而又慨叹六朝文物已成过眼云烟，大有无法让人生永驻的感慨。这样，游于五湖享受着山水风物之美的范蠡，自然就成了诗人怀恋的对象了。

诗人的情绪并不高，但把客观风物写得很美，并在其中织入"鸟去鸟来山色里""落日楼台一笛风"这样一些明丽的景象，诗的节奏和语调轻快流走，给人爽利的感觉。明朗、健爽的因素与低回惆怅交互作用，在这首诗里体现出了杜牧诗歌的所谓拗峭的特色。

（原载《唐诗鉴赏辞典》，上海辞书出版社1983年版）

九日齐山登高

江涵秋影雁初飞，与客携壶上翠微。
尘世难逢开口笑，菊花须插满头归。
但将酩酊酬佳节，不用登临恨落晖。
古往今来只如此，牛山何必独沾衣？

这首诗是唐武宗会昌五年（845）杜牧任池州刺史时的作品。"江涵秋影雁初飞，与客携壶上翠微。"重阳佳节，诗人和朋友带着酒，登上池州城东南的齐山。江南的山，到了秋天仍然是一片缥青色，这就是所谓翠微。人们登山，仿佛是登在这一片可爱的颜色上。由高处下望江水，空中的一切景色，包括初飞来的大雁的身影，都映在碧波之中，更显得秋天水空的澄肃。诗人用"涵"来形容江水仿佛把秋景包容在自己的怀抱里，用"翠微"这样美好的词来代替秋山，都流露出对于眼前景物的愉悦感受。这种节日登临的愉悦，给诗人素来抑郁不舒的情怀，注入了一股兴奋剂。"尘世难逢开口笑，菊花须插满头归。"他面对着秋天的山光水色，脸上浮起了笑容，兴致勃勃地折下满把的菊花，觉得应该插个满头归去，才不辜负这一场登高。诗人意识到，尘世间像这样开口一笑，实在难得，在这种心境支配下，他像是劝客，又像是劝自己："但将酩酊酬佳节，不用登临恨落晖。"——斟起酒来喝吧，只管用酩酊大醉来酬答这良辰佳节，无须在节日登临时为夕阳西下、为人生迟暮而感慨、怨恨。这中间四句给人一种感觉：诗人似乎想用偶然的开心一笑，用节日的醉酒，来掩盖和消释长期积在内心中的郁闷，但郁闷仍然存在着，尘世终归是难得一笑，落晖毕竟就在眼前。于是，诗人进一步安慰自己："古往今来只如此，牛山何必独沾衣？"春秋时，齐景公游于牛山，北望国都临淄流泪说："若何滂滂去此而死乎！"诗人由眼前所登池州的齐山，联想到齐景公的牛山坠泪，认为像"登临恨落晖"所感受到的那种人生无常，是古往今来尽皆如此的。既然并非今世才有此恨，又何必象齐景公那样独自伤感流泪呢？

有人认为这首诗是将"抑郁之思以旷达出之"，从诗中的确可以看出情怀的郁结，但诗人倒不一定是故意用旷达的话，来表现他的苦闷，而是在登高时交织着抑郁和欣喜两种情绪。诗人主观上未尝不想用节日登高的快慰来排遣抑郁。篇中"须插""但将""不用"以及"何必"等词语的运用,都可以清楚地让人感受到诗人情感上的挣扎。至于实际上并没有真正从抑郁中挣扎出来,那是另一回事。

诗人的愁闷何以那样深、那样难以驱遣呢?除了因为杜牧自己怀有很高的抱负而在晚唐的政治环境中难以得到施展外,还与这次和他同游的人,也就是诗中所称的"客"有关。这位"客"不是别人,正是诗人张祜,他比杜牧年长,而且诗名早著。穆宗时令狐楚赏识他的诗才,曾上表推荐,但由于受到元稹的排抑,未能见用。这次张祜从江苏丹阳特地赶来拜望杜牧。杜牧对他的被遗弃是同情的,为之愤愤不平。因此诗中的抑郁,实际上包含了两个人怀才不遇、同病相怜之感。这才是诗人无论怎样力求旷达,而精神始终不佳的深刻原因。

诗人的旷达,在语言情调上表现为爽利豪宕;诗人的抑郁,表现为"尘世难逢开口笑""不用登临恨落晖""牛山何必独沾衣"的凄恻低回,愁情拂去又来,愈排遣愈无能为力。这两方面的结合,使诗显得爽快健拔而又含思凄恻。

(原载《唐诗鉴赏辞典》,上海辞书出版社1983年版)

温庭筠

杨 柳 枝

馆娃宫外邺城西,远映征帆近拂堤。
系得王孙归意切,不同芳草绿萋萋。

"馆娃宫外邺城西,远映征帆近拂堤。"馆娃宫相传是吴王夫差为西施建筑的宫殿。邺城是曹操作魏王时的都城,为建安文人活动中心,城西北有著名的铜雀台。后来,后赵、前燕、东魏、北齐皆定都于此,所谓"邺下风流"是常常为古人所称羡的。邺城跨漳河,馆娃宫(故址在苏州)靠近运河,都是船只往来之地。两句虽未交代究竟是什么远映征帆、近拂河堤,但读者却自然会联系到杨柳。《杨柳枝》调皆咏柳,调名即是题目,从唐代刘禹锡、白居易起就是如此。读者根据《杨柳枝》这个词调,再结合词中所描写的情态而得到意会,比直接点出杨柳,在艺术效果上要含蓄有味得多。馆娃宫和邺城,一南一北,构成跨度很大的空间,配合着流水征帆、大堤杨柳,构成一幅广阔渺远的离别图。而"馆娃宫外"与"邺城西"、"远映征帆"与"近拂堤",句中自对,则又构成一种回旋荡漾的语调,渲染了一种别情依依的气氛。

"系得王孙归意切,不同芳草绿萋萋。"柳枝紧紧地系住游子,使他思归心切,这种意境是很新颖的。但上文既然说杨柳拂堤,枝条无疑是既柔且长;用它来系住游子的心意,又是一种很合理的推想。古代有折柳送行的习俗,"柳"与"留"谐音,折柳相赠,正是为了加强对方对于己方的系念。有这种习俗,又加上柳枝形态在人心理上所唤起的感受,就让人觉得柳枝似乎真有此神通,能系住归心了。由此再趁势推进一层:"王孙游兮不归,春草生兮萋萋。"作者巧妙地借此说芳草没有能耐,反衬出柳枝神通之广大。

唐人之词,多缘题生咏。这首词不仅扣住《杨柳枝》这个词调咏杨柳,而且加以生发,绝不沾滞在题上。词中的杨柳,实际上是系住游子归意的女子的化身。当初伊人临歧低回,折柳赠别,给游子留下极深的印象,杨柳和所爱的女子在游子心理上遂仿佛融合为一,无论行至何方,那映帆拂堤的杨柳都使他想起伊人,觉得伊人的精神似乎就附着在杨柳上,她的目光仿佛一直没有离开自己的帆影,她的柔情又正像柳丝,一丝丝都牵系自己的心。词中处处有伊人的倩影,但笔笔都只写杨柳;写杨柳亦只从空际盘旋,传其神韵,这是词写得很成功的地方。

《杨柳枝》全词四句,每句七字,从形式看,与七绝没有不同,可以说唐人的《杨柳枝》本来就是介乎诗词之间的,不过,在意境上,它与一般的七绝诗仍然或多或少有所区别。刘禹锡、白居易等人写的《杨柳枝》,民歌味道较浓,内容以写男女恋情为主,不像一般绝句那样雅正。而温庭筠的《杨柳枝》较之刘、白等人的作品,民歌风味减少了,内容更纯属男女相思。从刘、白到温庭筠,又明显表现出由模仿民歌进行创作,到有意为歌妓填词的发展趋向。

(原载《唐宋词鉴赏辞典》,上海辞书出版社1988年版)

杨 柳 枝

织锦机边莺语频,停梭垂泪忆行人。
塞门三月犹萧索,纵有垂杨未觉春。

词写闺思。首二句櫽栝李白名篇《乌夜啼》的诗意,谓女子在机上织锦,机边传来黄莺叫声,着一"频"字,足见鸣声此伏彼起,春光秾丽,句中虽未提杨柳,但"莺语频"三字,已可以想见此地杨柳千条万缕、藏莺飞絮的景象。织锦虽是叙事,同时暗用了前秦苏蕙织锦为回文璇玑图的典故,点出女子相思。思妇织锦,本欲寄远,由于莺语频传,春光撩拨,只得停梭而流泪忆远。

三、四句和首二句之间跳跃很大,由思妇转到征人,由柳密莺啼的内地转到边塞,说塞上到了三月仍然是一片萧索,即使有杨柳而新叶未生,征人也无从觉察到春天的降临。这里用王之涣《凉州词》"羌笛何须怨杨柳,春风不度玉门关"而又更翻进一层。思妇之可怜,不仅在于极度相思而不得与征人团聚,还在于征人连春天到来都无从觉察,更不可能遥知妻子的春思。这样比单从思妇一方着笔多了一个侧面,使意境深化了。

词主要运用比衬手法,在同一时间内展开空间的对比。它的画面组合,犹如电影蒙太奇,先是柳密莺啼、思妇停梭垂泪的特写,一晃间响起画外音,随着词的末二句,推出一幅绝塞征戍图,征人面对着萧索的原野,对春天的到来茫然无知。两个镜头前后衔接所造成的对比,给人留下深刻而鲜明的印象。相思本身已堪肠断,何况由于空间的阻隔、对方环境的艰苦,相思的眼泪只不过是空洒,连让征人知道都不可得呢?这首词或许会使人想到陈陶《陇西行》中的诗句:"可怜无定河边骨，犹是春闺梦里人。"也是用两个方面进行对照，但陈陶的诗刺激性强烈，并且用"可怜""犹是"把问题更明确地告诉读者，作者的情绪显得激切。本篇则是冷静客观地展开两幅画面，让读者自己慢慢地领会、思考，显得比较含蓄，这是温词风格的一种体现。

这首词口气和神情非常宛转，不像一般七言诗，但如与宋代一些词相比，却又显得浑朴。陆游《跋花间集》说："历唐季五代，诗愈卑，而倚声者辄简古可爱。"看来，由于诗庄而词媚，诗疏而词密，两者之间距离比较大，处在从诗到词过渡状态的某些作品，作为诗看，格调或许纤弱一些，而作为词则又算简古的了。

（原载《唐宋词鉴赏辞典》，上海辞书出版社1988年版）

下篇　宋韵采芳

欧阳修

玉　楼　春

西湖南北烟波阔,风里丝簧声韵咽。舞余裙带绿双垂,酒入香腮红一抹。　　杯深不觉琉璃滑,贪看六幺花十八。明朝车马各西东,惆怅画桥风与月。

近代词学批评家王国维在《人间词话》里说《诗经》《古诗十九首》和五代、北宋词"皆无题也"。他认为这些作品中的意思,是"不能以题尽之"的。就词学范围来说,王国维把五代、北宋词和历来受到推崇的《诗经》《古诗十九首》并列,从类似无题诗的角度,去揭示它们的特点,对我们深入认识五代、北宋词是有启发的。特别是在一些作品很容易被当作泛泛的流连光景、恋情相思之作看待的时候,王国维的意见或许能帮助我们把词的内容体会发掘得全面深入一些。我们试读北宋词人欧阳修的这首《玉楼春》。

西湖,指的是宋朝时颍州西湖,位于今天安徽省阜阳市西北,在北宋时是"花坞萍汀,十顷波平"的游览胜地。欧阳修晚年在专为颍州西湖写的十三首《采桑子》中,一开头就说:"轻舟短棹西湖好,绿水逶迤,芳草长堤,隐隐笙歌处处随。"可见,当时的西湖,确实名不虚传。这首《玉楼春》词一、二两句"西湖南北烟波阔,风里丝簧声韵咽",即以简练的笔触,概括地写出了西湖的广阔和繁华。首句虽是平平着笔，但西湖的阔大却被写出来了，如果用纤细的着意描画之笔，反而不能收到这样的效果。阔，当然是指西湖水面，但不说水面，而说烟波，使人发生烟柳、烟花、烟云、烟霞乃至烟波画桥一类联想，便觉得那烟波不是一览无余，而是无边无际，包藏着丰富的内容，呈现出一种看不尽、看不透的迷蒙之气。"烟波阔"，一笔渲染过去，显得背景是广阔的，下句如果太切近、太具体，就未免失于纤细，与首句不称。"风里丝簧声韵咽"，则正是浑融而不流于纤弱的句子。风把琵琶、琴、笙等乐器的声音吹送开去，回荡在广阔的烟波中，使人想到当日西湖风光和一派繁华景象。不过，值得注意的是，词人并不因为要写繁华气象就一味渲染，相反，用语还是很有节制的。"风里丝簧声韵咽"，结尾用了一个"咽"字，固然和安排韵脚有关，但更和词人的有意抑制有关。形容乐声在风里有时像咽住一样，便与词人在另一处写西湖"水阔风高扬管弦"给人的感受不一样。后者表现的是意兴的豪迈，而此处"咽"字，在写繁弦急管的同时，又有一种沉着之致。这和本篇写繁华却保持沉着的基调是一致的。

继对西湖的两句概括描写后，三、四句承接次句点到的丝簧之声，具体写歌舞场面。"舞余裙带绿双垂，酒入香腮红一抹。"歌舞之后，一双绿色裙带款款下垂；一杯酒刚刚入口，女子的脸庞便抹上了红云。这两句写的不是丝簧高奏、舞蹈处在高潮的情景，而是舞后。但从终于静下来的"裙带绿双垂"之状，可以想象在这之前"舞腰红乱旋"的翩翩之态，从双腮"红一抹"的娇艳，可以想象酒红比脂粉之红更为好看，同时歌舞女子的白皙和几乎不胜酒力的娇嫩，也得到了传神的表现。两句结尾的三字都很新巧，上句"绿双垂"，给人以趋向静态的感觉，下句"红一抹"又给人以颜色飞动感。这样精彩的两笔,既完成了对歌舞女子娇美情态的描写,又通过"红一抹"的动态感引逗出下文。

换头由上片点出的"酒"过渡而下,但描写的角度转移到了正在观赏歌舞的人们一边——"杯深不觉琉璃滑,贪看六幺花十八"。"杯深",指杯中的酒愈斟愈满。"琉璃滑",指透明的酒浆从琉璃杯中漫出给人的滑腻感。酒杯在手,为什么不觉酒漫杯滑呢?下句作了交代——"贪看六幺花十八"。原来是因为贪看歌舞入了迷。"六幺"是一种琵琶舞曲。"花十八"属于六幺中的一叠,因其中包括花拍,和正拍相比,在表演上有更多的花样和自由,也就格外迷人。两句从相互关系看,贪看歌舞是因,不觉酒杯滑腻是果。如果按逻辑发展顺序,写成"贪看六幺花十八,杯深不觉琉璃滑",就会显得平铺直叙,不能像原词那样突出地强调歌舞的魅力,也失去了词的语言所需要的新巧的特色。并且,我们更深层地辨析这两句,还会觉得如果"贪看六幺花十八"一句在前,就显得主观上去追逐歌舞的意识太强,流于轻浮。而"杯深不觉琉璃滑"在前,先有那种非常陶醉、几乎忘记身外一切的情态,然后再去补说原因,便见出完全是被歌舞表演艺术吸引住了,感情会显得深厚多了。同时,既然对手中的杯酒都失去了意识,再远一点的事,当然也就更不容易想到了。这样,由这一句转到结尾——"明朝车马各西东,惆怅画桥风与月",文字上也就更富有跌宕意味。当沉醉于画桥风月的时候,是想不到明朝的,于是明朝车马西东,分散离别,那种惆怅之情也就更为难堪了。"明朝"不一定机械地指第二天,而是泛指日后或长或短的时间。随着人事的变化,今天沉醉而不觉者会有一天被车马带向远方。那时,在异乡,甚至在无可奈何的孤独寂寞中,回首这西湖风前月下的歌舞盛事,该是何等惆怅。词的最后两句,下笔并不重,但情绪上来了个大翻转,那些享受过画桥风月的人们，并没有能永远依偎在风月的怀抱中。画桥风月由昔日惹人赏玩、使人沉迷的对象，随着时过境迁，变成了令人惆怅的对象，人们原来的那种陶醉和欢乐，也转而酿成了悒郁悲凉。

　　中国的无题诗，给人的传统印象是旨趣比较深入隐蔽，而且往往难以把它的主旨限制在某一点上。这首词粗看起来只是写歌舞宴游，甚至可能被认为是作者自己在无奈之中抒写对歌舞享乐的流连情绪。但如果深入词境中细细品味，问题又似乎并不那么简单。我们不妨注意一下词中所写的情景究竟是追忆还是现实，是当事人主观抒情的口吻，还是词人客观叙述描写的口吻。一般说来，回忆中的印象比较朦胧隐约，而从本篇对歌舞场面清晰的、活生生的描写看，从预想明朝将会如何的语气看，写的应该是现实，不是追忆。"酒深不觉琉璃滑，贪看六幺花十八"，陶醉在酒宴歌舞中的人，不可能同时很清醒地想到明朝的惆怅。既说现实中的情景，又同时点出明朝将会有的处境和心情，把这两者通过类似电影的剪接艺术，合在一起构成对照，显然是对这一切都有所体验或观察，是从一种比较客观冷静的角度，把它们组合到词里来的。词中写的是颍州西湖，欧阳修担任颍州知州时已经四十三岁了。宦海浮沉，鬓须花白。早年那种"直须看尽洛城花，始共东风容易别"（《玉楼春》）的情怀已大为消减了。欧阳修第二次居颍州，已是在他六十五岁退休之后。从他的名作《采桑子》十三首看，也完全是以一种风雅的情致、闲逸的心境欣赏西湖的自然风光和太平繁华的生活情味的，而不是沉迷在歌舞酒宴之中。如《采桑子》第五首"何人解赏西湖好"，便明显地对"贪向花间醉玉卮"持有保留态度。因此，结合欧阳修在颍州时的思想和心境来体会这首《玉楼春》词，会觉得作者比他所描写的对象，也就是词中"杯深不觉琉璃滑，贪看六幺花十八"的人，要清醒和理智多了。面对繁华的西湖，面对那些沉醉在繁华中的人们，他想得可能更远一些。"细算浮生千万绪"（《玉楼春》），一系列似乎很客观的描写和叙述中，也许寓有多方面的情思和感触。就词所给予我们的比较直接的感受看，词人关于西湖烟波、风里丝簧和歌舞场面的描写，显然带有欣赏的意味，而车马西东、回首画桥风月的惆怅，则通过反衬，进一步表现了人们的流连情绪。这样理解，对于本篇大致不会有多大歪曲。但是，所谓惆怅，是在无可奈何之中若有所失，又若有所思的一种很复杂的情意，单纯理解为对繁华和欢乐的追恋，并不完全确切。人们由歌舞酒宴的沉醉，转入车马西东的离别，环境和心境由热到冷，难道这种冷不会带来理性的反省，也就是对当初在繁华中种种感受的再认识吗？反之，身在画桥风月中的人们，如果对明朝将会发生的一切预先感知，那么与其明朝惆怅，何如珍重今朝，或者对今朝持更清醒、更理智的态度呢！这些，像欧阳修那样一位对生活有多方面认识和体验的词人，在沉吟下笔的时候，都是有可能意识到并且通过作品加以体现的。读者通过对词境变化的把握，也完全有可能得到类似上面所说的种种启示。因此，从作者站在较高，而又比较客观的角度处理他所描写的生活这一点来看，这首词或许多少有点像作者著名的散文《醉翁亭记》。记中说游人能领受到自己的一份乐趣，而不知道太守的心情，明确地点出作者自己，也就是太守，是站在更高的角度看待他所描绘的那一幕幕生活场景的。同样，在这首词中，作者也有可能站在颍州太守的角度，或者是站在经历过社会生活多方面洗礼的长者的角度来写的，他带着对人间生活的一份美好祝愿和多方面的思考，描写了眼前的西湖风月和男男女女。虽然句句都好像很有情致，而实际上作者的理智是很冷静安祥的，情思围绕眼前的景象，往多方面扩展得很远。适应词体的要求，作者把它写得风流旖旎，见不到有任何感慨和议论，似乎和一般的娱宾遣兴之作没有什么不同。因此我们在阅读和研究这类作品的时候，以类似读无题诗的方式，加以体味感受。展开多方面的联想，可能是有益的，能够避免理解上的浮浅和简单化。

欧阳修的词在比较注意抒情深度的同时，艺术表现上多数显得很蕴藉，有一种雍容和婉的风度。清代周济说欧阳修的词"只如无意，而沉着在和平中见"（《介存斋论词杂著》），这是很中肯的评语。这首词的开头"西湖南北"两句，大笔取景，于舒缓开阔中见出气象，已经给全词定下了从容不迫的基调。三、四句承第二句"丝簧声韵咽"写歌舞，而选择舞后裙带双垂、脸存酒红等偏于静态的情貌进行描写，比写动作性强的旋风式的舞姿，更能保持格调的和婉。换头让听歌赏舞的人正式出场，而行文则紧承对于舞筵酒席的描写。收尾二句，从内容和情调上看，是大转折、大变化，但出语用"明朝"二字轻轻宕开去，没有用力扳转的痕迹，最后又收转到"画桥风月"。词的前后层次之间从容承接，开头和篇末首尾照应，似往已回，行文结构充分体现了和婉圆融的特色。至于情绪意境给人的总体感受方面，词虽然从歌舞酒宴的场面写到了车马西东、流转离别，但从整体看，仍然保持了优柔不迫的从容之态。这如果拿本篇跟与欧阳修大体上同时代的词人柳永和晏几道的某些作品相比，会看得更清楚一些。柳永和晏几道也有不少词写繁华过去后车马西东的感受，但柳永的身世落拓之叹及其比较浅俗的语言风格，同雍容之态是判然有别的。晏几道作为一个破落的贵家子弟，词境在繁华的背后就是彻骨的凄凉，常常于酒筵红烛的幻影中，突现出词人掩卷怅然的自我形象，整个意境也是难得和谐浑融的。欧阳修的一些词则不然。这首《玉楼春》的结尾虽然推宕开去，通过反衬见意，但不是把繁华推向虚无幻灭，不是所谓"一笔叫醒,通首皆虚"。"明朝车马各西东,惆怅画桥风与月",西湖的画桥风月还是存在的,只是在车马西东远离之后,不免惆怅。这惆怅中可能有理性的思考、反省,也可能有感情上的追恋。但总归只是随着情境变化引起的惆怅,而不是乐尽哀来。词人本身是客观的,对他所写的生活内容有更冷静而全面的认识,他能使各种意象平衡、协调,趋向和谐浑融。欧阳修生活在北宋中叶,时代承平,处境优裕,又有很高的文化修养。对于社会生活,他较多地看到繁华欢娱的一面,并且在享有这繁华欢娱的同时,保持着一份理智。这反映到他词中就既有一种繁华或富贵气象,又有一种不迫不露,于和平中见沉着的风度。

(原题作《惆怅画桥风与月——欧阳修〈玉楼春〉赏析》,内容略有改动,原载《阅读和欣赏》,中国广播电视出版社1988年版)

苏舜钦

沧浪怀贯之

沧浪独步亦无惊,聊上危台四望中。
秋色入林红黯淡,日光穿竹翠玲珑。
酒徒飘落风前燕,诗社凋零霜后桐。
君又暂来还径去,醉吟谁复伴衰翁。

这是登沧浪亭怀念朋友之作。一开始就出现了诗人孤独寂寞的形象。他在园中独步觉得无聊,正是因为友人离去产生了一种若有所失的空虚之感。继而登高四望,则属于寻觅怅望、自我排遣。由于心境寂寥,望中的景色也偏于清冷。霜林自红,而说秋色入林,在拟人化的同时,着重强调了秋色已深。竹色至秋依然青翠,而目光穿过其间,更显得玲珑。林红竹翠,本来正宜会集朋友把酒吟诗,但现在酒友离散,如同秋风中的燕子;诗社亦已凋零,正像霜后梧桐。颈联两句写景,比兴意味很重,零落的秋景中带有人事象征,因而自然地过渡到末联,引起诗人惋惜聚散匆匆,慨叹无人伴其醉吟。

诗题为"怀贯之",篇中并没有出现"怀"的字样,但从诗人长吟远慕的情结和行动中,却表现出对友人强烈、深沉的怀念。诗中友人虽未出面,而处处让人感到他的存在,时时牵绕着诗人的感情和思绪。那危台,那林木,那翠竹,不用说都曾经是作者和友人登览、吟咏的对象，其间都好像留有友人的一点什么，却又无可寻觅，反而触景兴慨。这样从诗人怅惘的状态和表现中，便把萦绕在心头难以排遣的怀念之情表现得非常深入切至。

怀念人的诗，格调上一般似以低回婉转容易取得成功，但此诗气格却颇觉高远。开头独步无聊、危台四望，就有一种超迈迥拔之气。所写的红叶、秋桐等秋景，也是以清幽萧疏的基调，反映着人的情绪。诗中说友人是"暂来径往"，似乎离别的当儿也没有那种依依之情。显然，诗人的怀念属于更深沉、更内在的一种类型。而这，在艺术上则可能更难于表现一些。

（原载《宋诗鉴赏辞典》，上海辞书出版社1987年版）

晏几道

菩 萨 蛮

哀筝一弄湘江曲，声声写尽湘波绿。纤指十三弦，细将幽恨传。　当筵秋水慢，玉柱斜飞雁。弹到断肠时，春山眉黛低。

晏几道早年风流浪漫，与沈廉叔、陈君龙友善，每作词，授两家歌女莲、鸿、蘋、云等演唱，以为娱乐。他的词大部分为这些歌女而作，本篇也是如此。词中虽有音乐描写，但意旨不在音乐，而是借写弹筝来表现那位当筵演奏的歌妓。《小山词》中有多处提到筝，如《鹧鸪天》："手撚香笺忆小莲，欲将遗恨倩谁传。……秦筝若有心情在，试写离声入旧弦。"《木兰花》："小莲未解论心素，狂似钿筝弦底柱。"筝和小莲往往并提，这首词里所写的弹筝者很可能就是小莲。这首词不仅写她的弹筝技巧，同时还表现她的整个风情。

开头一句先写弹奏。筝称之为"哀筝"，感情色彩极为明显。"一弄"，奏一曲。曲为"湘江曲"，内容亦当与舜及二妃一类悲剧故事有关。由此可见酒筵气氛和弹筝者的心情。"写尽湘波绿"，湘水以清澈著称，"绿"为湘水及其周围原野的色调。但绿在色彩分类上属冷色，则又暗示乐曲给予人心理上的感受。"写"，指弹奏，而又不同于一般的"弹"或"奏"；似乎弹筝者的演奏，像文人的用笔，虽然没有文辞，但却用筝声"写"出了动人的音乐形象。

"纤指十三弦，细将幽恨传。"让人想到弹筝者幽恨甚深，非细弹不足以尽情传达，而能将幽恨"细传"，又足见其人有很高的技艺。从"纤指"二句的语气看，词人对弹筝者所倾诉的幽恨是抱有同情的，或所传之幽恨即是双方所共有的。

词的上片侧重从演奏的内容情调方面写弹者，下片则侧重写弹者的情态。"当筵秋水慢"，"秋水"代指清澈的眼波。"慢"，形容凝神，指筝女全神贯注。"玉柱斜飞雁"，筝上一根根弦柱排列，犹如一排飞雁。飞雁在古代文学作品中，常与离愁别恨相连，同时湘江以南有著名的回雁峰。因此，这里虽是说弦柱似斜飞之雁，但可以想见所奏的湘江曲亦当与飞雁有联系，写筝柱之形，其实未离开弹筝者所传的幽恨。"弹到断肠时，春山眉黛低。""春山"，指像山一样弯弯隆起的双眉，是承上文"秋水"而来的，用的是卓文君"眉色如望远山"（《西京杂记》）的典故。女子凝神细弹，表情一般应是从容沉静的，但随着乐曲进入断肠境界，筝女敛眉垂目，凄凉和悲哀的情绪还是明显地流露了出来，可见幽恨深重。

上下片各分两个层次。上片"写""传"两个动词最为吃紧，从"写"到"传"都是写弹奏，但"写尽"云云主要指对湘江曲的内容创造性地予以再现；"传"则指演奏时借以传自己身世之恨，两个动词不可互相移易。下片以写弹筝女子的眉眼为线索，准确地用了"慢"与"低"两个形容词，而从"秋水慢"到"眉黛低"，也明显地表现了感情的发展。从这些动词、形容词的运用，可以清楚看出作者更多地是在写人，词并没有提供完整的音乐形象，但弹筝女子却神情毕现，读者可以由"纤指""秋水"和"春山眉黛"想象她的纤秀，可以由以筝传恨和断肠时的眉黛低垂，想象她弹奏时的心境、情绪，而整个人物给人的印象则是哀艳动人。这可能是沈、陈两家衰落后，小莲经过流落，又与晏几道偶然相逢时演奏的。作者不作呆滞的刻画与叙述，笔势回荡飘忽，似不着纸，而情感真挚凄恻，于闲婉之中又显得深沉。词的开头"哀筝一弄湘江曲"，蓦然而来，结尾"弹到断肠时，春山眉黛低"，悠然而止，极能引发人的回味和想象。

（原载《唐宋词鉴赏辞典》，上海辞书出版社1988年版）

苏 轼

卜 算 子
黄州定慧院寓居作

缺月挂疏桐,漏断人初静。谁见幽人独往来,缥缈孤鸿影。　　惊起却回头,有恨无人省。拣尽寒枝不肯栖,寂寞沙洲冷。

词题中的黄州即今湖北黄冈市。定慧院是苏轼初贬黄州寓居之所,时为元丰三年二月至五月,词亦当作于此时。由于在乌台诗案中所受的打击太大,结案后到黄州实质上近于流放,因此,词人当时的心情是孤寂的,"谢客对妻子","无事不出门"(《定惠院寓居月夜偶出》)。大概只有在夜晚,那种被钤束的心理才放开一些。"偶逐东风转良夜",词所写的,就是夜晚步月时遇见孤鸿,心有所慨,托物寓怀之作。

首二句写环境。缺月、疏桐、漏断、人静,一开始就是入夜已深,万籁俱寂的氛围。而半残半明的月,配上疏疏的梧桐,冷落黯淡中,又有着孤高出尘的意味。在幽人出现之前,已先具一种气息。不过,词中所谓幽人,与一些作品里用指隐逸之人,意思不完全相同。苏轼此时是缺少自由的被贬者,"幽人"一词在本篇中实际上含有幽囚之人、幽居之人等多重含义。幽人深夜未寝,而且"独往来",可见其怊怅彷徨、心事浩茫。词所要表现的，正是这位幽人的情怀和品格，但它并没有机械地直陈，而是通过巧妙的过渡和嫁接，借邂逅的孤鸿：如镜之照影一般，写出幽人的心灵。"谁见幽人独往来，缥缈孤鸿影"，由"谁见"领起这两句，一笔就带出了幽人和孤鸿。而由幽人到孤鸿，词境产生了一大飞跃，如果不是作者那枝轻灵的笔，很可能在过渡上要费许多周折。现在"谁见"两句自为呼应，不仅显得极为畅快自然，而且由于幽人与孤鸿前后紧紧相对，又容易构成对照和联想。就幽人而言，他好像脱离尘世，与鸿为伍了，就鸿而言，它与幽人同在，似乎又带一点神秘的、不平凡的意味，让人感到它与幽人之间似有某种精神上的契合。

　　下片着重写鸿，"惊起却回头，有恨无人省"。"惊起"，当然可以理解为乍觉有人而惊，但孤鸿遭遇不幸，心有余悸，即使是平常的风吹草动，也有可能使之骤然惊起。惊飞之后，复又回头，非常符合孤雁夜宿时受惊的表现。但如果把鸿看作是有灵性的，那种频频回顾又可理解为是有恨而无人省察的表现。它那种离群的不幸，那种忧患心理，以及面对幽人，惺惺相惜的心情，又有谁能够理解呢？这两句，一般地读过去也极其顺畅自然，但"惊起——却回头——有恨——无人省"，中间包含好几层转折，细细咀嚼，又有沉郁顿挫之致。可以说在行文上既保持苏轼一贯的洒脱自如，又跌宕回旋、意蕴深厚。惊鸿究竟向哪儿去寻找宿处呢？鸿雁按其习性，是喜宿汀渚田野之间的。"拣尽寒枝不肯栖，寂寞沙洲冷。""拣"枝，而且"拣尽寒枝"，是作者根据它飞翔中寻找宿处的情景，所赋予的想象。鸿雁掠过一处处林梢，盘旋徘徊，而终于飞向沙洲，在"独往来"的"幽人"眼里，似乎是拣尽了一树树寒枝，选来选去，唯把寂寞而又冷清的沙洲，作为安身之地。这种选择，是出于全身远祸的考虑，还是自甘寂寞冷清而不愿攀附？似兼而有之。词的最后两句也包含好几个层次。先是一层层转折，写孤鸿宿向沙洲。再用递进手法，写沙洲环境气氛，通过这些，突出孤鸿的操守品格。结尾处，一个"冷"字煞住全篇，收思于冷洲，更增加了整个境界的寒凉清幽之感。这样，孤鸿所宿的虽然是一个普通的汀洲，但由它化出的艺术境界，却不亚于庄子笔下的藐姑射之山，是那样地远在尘俗之外，可望而不可即。

词写幽人与孤鸿在夜间的邂逅，上片先从人说起，下片侧重咏鸿。事情本身是单纯而明确的。因此，宋人吴曾《能改斋漫录》谓为王氏女作、沈雄《古今词话》引《女红余志》谓为温都监女作等说法是没有任何根据的。但词中对于鸿的描写，又不是单纯描摹物态。作者触兴于惊鸿，按照自己的思想感情去揣度理解鸿，把他的主观感情对象化了，遂使孤鸿许多地方成了幽人的写照。通过鸿的孤独缥缈、惊起回头、怀抱幽恨和选求宿处，表现了作者贬谪黄州时期的孤寂处境及其高洁自许、不肯随俗浮沉的心情，咏物中有很深的寄托。

这首词在艺术上的成就可以分几个层次去理解。宋代有位鲖阳居士曾对本篇逐句加以笺释，认为："缺月，刺明微也。漏断，暗时也。幽人，不得志也。独往来，无助也。惊鸿，贤人不安也。回头，爱君不忘也。无人省，君不察也。拣尽寒枝不肯栖，不偷安于高位也。寂寞沙洲冷，非所安也。"（张惠言《词选》卷一引）这种解释，王士禛讥为生硬的"差排"（《花草蒙拾》），王国维说是"深文罗织"（《人间词话删稿》）。它的谬误在于看不到作品是有血有肉的艺术生命体，而视之为简单的比附。作品经过这样支离破碎的标签和剪贴，灵气全失。其实，作者"以性灵语咏物"，词中对于孤鸿乃至环境背景都有很生动而逼真的描写。"鸿"，既是活生生的逼肖自然的鸿雁，又被赋予某种品格意志。托物拟人，若即若离。它让人不敢语语加以坐实，但对它的寓意，又可心领而神会。这种活生生的艺术，与生硬机械的比附，是有根本区别的。

清代词学家陈廷焯曾说："词至东坡，一洗绮罗香泽之态，寄慨无端，别有天地。《水调歌头》（指丙辰中秋所作）、《卜算子·雁》、《贺新凉》（指'乳燕飞华屋'一首）、《水龙吟》（指杨花词）诸篇，尤为绝构。"（《白雨斋词话》）陈氏所举苏词仅四首，而以此篇列居第二。他又曾以此篇与陆游词《鹊桥仙·夜闻杜鹃》相比，认为"相去殆不可道里计"。陆词基本上写实，用笔繁而意境浅。苏轼取神题外，设境意中，只写鸿的身影、惊飞和择宿，选取的情事，具有高度典型性，用笔简约空灵，含蓄蕴藉。其隽永深厚，确非陆词所能比肩。

与意境深浅相联系，优秀的词作，往往还具备独有的情韵风神，体现作家的创作个性。如苏、辛二家词，若单就人们更为熟悉的《念奴娇·赤壁怀古》《江城子·密州出猎》等篇去体会它们的不同之处，或许较为困难，但像《卜算子》以及陈廷焯所举的《水调歌头》等词，则可能让人更突出地感受到"东坡之词旷"（王国维《人间词话》）这样一个重要的特点。苏轼的好友黄庭坚曾说这首《卜算子》"语意高妙，似非吃烟火食人语……笔下无一点尘俗气"（《苕溪渔隐丛话》引），这种境界，显然是入世精神很强的辛弃疾笔下所难有的。因此，这类高旷洒脱的词，在体现苏轼艺术个性方面是很好的代表。而其"别有天地"，绝去尘俗的境界的形成，在这首词中与环境气氛的渲染和对孤鸿的传神描写都有密切关系。

（原载《苏轼词赏析集》，巴蜀书社1990年版）

水 龙 吟

闾丘大夫孝直公显尝守黄州。作栖霞楼,为郡中胜绝。元丰五年,予谪居于黄。正月十七日,梦扁舟渡江,中流回望,楼中歌乐杂作,舟中人言,公显方会客也。觉而异之,乃作此词。公显时已致仕,在苏州。

小舟横截春江,卧看翠壁红楼起。云间笑语,使君高会,佳人半醉。危柱哀弦,艳歌余响,绕云萦水。念故人老大,风流未减,独回首,烟波里。　推枕惘然不见,但空江、月明千里。五湖闻道,扁舟归去,仍携西子。云梦南州,武昌东岸,昔游应记。料多情梦里,端来见我,也参差是。

这首词前面的小序交代了背景和写作经过,有助于理解和把握词人的情怀。词中写了一场梦,而梦的对象是早先曾在黄州任知州的闾丘孝终(字公显)。公显知黄州期间建栖霞楼,为郡中胜景。元丰五年(1082),苏轼谪居黄州。公显已退休,居住在苏州。词中所写之梦,显然是因为怀思公显和两人在黄州的旧游所致。

虽是写梦,但一开篇却像是正在展开的令人兴致飞扬的现实生活。"小舟横截春江,卧看翠壁红楼起。""横截春江",就是序中所说的"扁舟渡江"。长江波深浪阔,渡江的工具不过是古代的木帆船,而句中所用的竟是极快当的"横截"二字,可见词人那种飘飘欲仙的豪迈之气。"卧看",意态闲逸。又因在舟中"卧看"高处,岸上的翠壁红楼必然更有矗天之势。春江是横向展开的,翠壁红楼是纵向的。一纵一横,飞动而开展的图景如在目前。"云间笑语,使君高会,佳人半醉。危柱哀弦,艳歌余响,绕云萦水",写闾丘公显在栖霞楼宴会宾客,席上笑语,飞出云间;美人半醉,伴随弦乐唱着艳歌,歌声响遏行云,萦回于江面。这里从听觉感受,写出乐宴的繁华。而由于词人是在舟中,并非身临高会,所以生出想象和怅望:"念故人老大,风流未减,空回首,烟波里。"前两句由对宴会的描写,转入对公显的评说,着重点其"风流"。后二句回首往事,从怅望里写出茫茫烟波和渺渺情怀。虽是那种特定环境中的情与景,但扑朔迷离。已为向下片过渡作了准备。

下片开头,把上片那些真切得有如实际生活的描写,一笔宕开。"推枕惘然不见,但空江、月明千里"。仅仅十三个字,就写出了由梦到醒的过程,乃至心情与境界的变化。"惘然不见"点心境,与下句"但空江、月明千里"实际上是点与染的关系。醒后周围景色空旷,与梦中繁华对照,更加重了惘然失落之感。不过,正因为茫然失落,而又面对江月千里的浩渺景象,更容易引起联翩浮想。以下至篇末,即由此产生三重想象。"五湖闻道,扁舟归去,仍携西子",是想象中公显的现实境况:他过着退休生活,像范蠡一样,携同西子(美人),游于五湖。"仍携西子"应上面"风流未减""佳人半醉"等描写,见出公显的生活情调一如既往。"云梦南州,武昌东岸,昔游应记",追思公显与自己曾在这云梦之南、武昌之东的黄州一带游览,其情其景,至今想必仍然留在对方记忆里。"料多情梦里,端来见我,也参差是。"进一步推想重视情谊的老友,会在梦中前来相见,刚才那真切的情景,差不多就是吧。这三层,由设想对方处境,一直到设想"梦来见我",回应了上片,首尾相合,构成一个艺术整体。而在行文上,由"江月"到"五湖",到武昌东岸,再由昔游引出今梦。种种意念活动相互生发,完全如行云流水之自然。

作者写一场美好的梦。所梦的故人风流自在，重视情谊。彼此间既有美好的昔游，又有似真似幻"梦来见我"的精神交会。给人的直感是浪漫的，令人神往的。因而有人认为这首词带有仙气。这从作者精神活动的广阔自由，从笔致的空灵浩渺看，并非没有根据。但如果因此认为词中所梦所想，都是在一种神仙般的快乐心境上产生的，恐怕也不符合实际。苏轼谪居黄州，是他受打击非常沉重的时期。在实际生活中孤独寂寞，与亲朋隔绝离散，甚至音信不通。而另一方面，苏轼性格中又有旷达的、善于在逆境中自我排遣的特点。因之像词中所写的梦境和梦醒后的怀想，实质上是在孤独寂寞中，对自由、对友情、对生活中美好事物的一种向往。作者实际处境的孤独寂寞，虽然被他所写的色彩缤纷的梦境、昔游等所笼罩，但又并非掩盖无余。上下片衔接处的"独回首，烟波里"与"一推枕惘然不见，但空江、月明千里"，感情之怅惘，身世之孤孑还是很清楚的。结尾处不说自己梦故人，而想象故人梦来见自己。正像一切事物在超负荷中需要有超剂量的补偿一样，是由异常寂寞的心境上产生出来的浪漫的幻想。这使得本篇在风流潇洒中又有沉郁之致，这种沉郁，正是诗人实际处境、心情的一种反应。

词人的笔墨极其畅快而又富有表现力。梦境、醒境、昔游，以及想象中友人今日的情景，一一鲜明地接连呈现出来。多种层次和境界，忽起忽落，前后映射，为前此花间和宋初诸家所未见。词中又有一种沧波浩渺之致，格调高浑，表现出苏轼特有的逸怀浩气。这些，都是苏轼不受传统词风约束处。但这篇作品抒写得很曲折，抒情主人公精神思绪在自身和友人之间往来反复，放逸中又显得情绪绵绵，回肠荡气。同时，蕴藉而飘逸的笔墨中，通过富于风情的片断，加入凄丽的因素，又显出词的传统风貌特征。清代词学家郑文焯在这首词的批语中曾说:"匪可以词家目之,又不得不目为词家"(《手批东坡乐府》,转引自龙榆生《东坡乐府笺》),指的可能就是这种对传统词风有承继而又有变革的情况。

(原载《苏轼词赏析集》,巴蜀书社1990年版)

澄迈驿通潮阁二首(其二)

余生欲老海南村,帝遣巫阳招我魂。
杳杳天低鹘没处,青山一发是中原。

苏轼被贬海南,前后四年。元符三年(1100)五月朝命内迁廉州(今广东合浦县)安置。六月,诗人自海南岛渡海返回大陆。本篇是渡海前登海南岛北部澄迈驿通潮阁时所作。

"余生欲老海南村,帝遣巫阳招我魂。"苏轼屡遭贬谪,到儋耳时已六十二岁。后日无多,生还无望,所以说余生将要终老于海南。从诗句看,似乎语带凄凉。但苏轼受佛老哲学思想影响颇深,能旷达处世,加上海南人民对他热情照顾,在艰难至极的情况下,仍"超然自得",甚至有"我本海南民,寄生西蜀州"之语。故"欲老海南村",也含有主观上想要终老于海南的意味。这实际上等于说已经做好了老死于海南的精神准备,把能否放归置之度外了。可是就在诗人对未来不抱什么希望的情况下,得到了朝廷让他离开海南的命令——"帝遣巫阳招我魂"。《楚辞·招魂》上说,上帝可怜屈原的灵魂脱离了他的躯壳,叫巫阳(古代女巫名)把他召回。诗以此喻这次朝廷召还。拿屈原自比,显然有忠而见逐的意思。忠而见逐,逐而甘心老死于流放之地,如今一纸朝命,忽又放归,一切只好任朝廷摆布。细细体会"余生"二句,这些意思是可以领略到的。

不过,尽管苏轼对发布召还赦命的朝廷并不感恩戴德,态度冷淡,但这次毕竟是让他返回大陆啊,中原故土是令他无限神往的。诗人在渡海前终于由于望乡情绪殷切而登上驿楼北望了:"杳杳天低鹘没处,青山一发是中原。"举眼北望,目光所能捕捉到的是远空的飞鹘。这是那海天空阔的视屏上,唯一可见之物。但当那飞鹘倏地向着深远的仿佛越去越低的天边隐没的时候,却把诗人的视线引向了要搜索的目标——那淡淡的抹在天际的一丝青色影痕,那渺若一发的影痕,正是海对岸的连绵青山,正是中原!诗人的视线从跟踪飞鹘,到在杳杳的远天发现青山一发,望穿了大海的云空,该是望得何等之切啊!游子思故乡,即使是此刻的苏轼,也羁勒不住那一分发自内心深处的强烈的望乡之情。

诗的后两句被纪昀赞为"神来之笔"。它的好处在极其自然地一笔写出了隔海遥望中原的景象,新鲜而贴切。仿佛我们也被带到海南岛通潮阁上,跟着诗人的视线,从一个特殊的角度,遥遥地望到了我们世世代代居住的中原。只是我们在想象这样一个新鲜的中原形象的同时,不要忘记苏轼是在将要被贬死海南的情况下放归的。诗人患难余生,如今巫阳招魂,隔海相望,青山一发,那种感情的对象化,也真好似神魂飞越,恍惚附在渺若一发的山痕之上。而对此景象,诗人心头会涌起一些什么想法呢?则留待读者去想象了。是如梦如幻;还是忍不住要喊叫一声,告诉中原大地游子归来了;还是仍然有那种"我欲乘风归去,又恐琼楼玉宇,高处不胜寒"的余悸?……读者尽可以作多方面的想象。

施补华说:"东坡七绝亦可爱,然趣多致多,而神韵却少。'水枕能令山俯仰，风船解与月徘徊'，致也。'小儿误喜朱颜在，一笑那知是酒红'，趣也。独'余生欲老海南村……'，则气韵两到，语带沉雄，不可及也。"（《岘佣说诗》）的确，这首诗比他所举的另外两例要深厚和有味多了。大约因为本篇不是表面那种生活中的小趣味、小情致，而是牵连诗人身世遭遇，触动了对中原故土的感情，内容深厚。又是被苏轼用他那很洒脱的大手笔加以表现，遂使诗的意境，在浩渺广阔之中又具沉雄之概，因而气韵深厚，超出了一般作品。

（原载《中国古代田园山水边塞诗赏析集成》，光明日报出版社1991年版）

王安石

元　日

爆竹声中一岁除，东风送暖入屠苏。
千门万户曈曈日，总把新桃换旧符。

古代咏元日诗以王安石"爆竹声中一岁除"一篇为冠，为唐诗所不逮。这是否仅由于王安石的胸襟和诗艺特高？恐不完全如此。唐人写节日诗，名作颇多，唯咏元日诗较少，将元日作为佳节歌咏的，更其寥寥。如杜甫《元日示宗武》《元日寄韦氏妹》两诗皆未涉及节庆。究其所以，盖因唐代并不太重元日，在实际生活中欢庆热闹程度尚不及正月十五、三月三日、端阳、中秋、重九等。至宋代，可能由于太祖赵匡胤在建隆元年元日（辛丑）即开始酝酿政变，至正月初四（甲辰）清晨，黄袍加身。春节期间几乎带有国庆意味，于是变得极不寻常。《宋史·本纪》所载元正大朝会礼仪，显然较《新唐书·礼乐志》所载更为隆重。群臣给皇帝的贺辞称："元正启祚，万物咸新。""启祚"似不妨作开国理解。唐代以"元日、五月朔、冬至行大朝会之礼"，而太祖建隆元年（960）五月朔、冬至未有大朝会，至建隆二年元日始受朝贺于崇元殿，很像有意要突出建国周年纪念。《宋史》本纪，凡某年因故未能举行正常之大朝会，均有交代，而新、旧《唐书》不见这类记载，对比之下亦可见宋代对元日大朝会极其重视。

又，据今天体会，元日气氛，一是靠满街春联，缀以种种吉祥之辞，让人有焕然一新之感。二是火药所制爆竹声响和硝烟味，也给人心理上极大的兴奋和刺激，然而这两者都必须到王安石的时代才能具备。春联始于后蜀主孟昶，经过宋前期近百年的经济繁荣，社会文化提高，造纸业进一步发展，遂能广泛以春联代替桃符。爆竹，唐代仍用竹竿烧爆。晚唐来鹄《早春》"新历才将半纸开，小庭犹聚爆竿灰"可证。竹子烧爆的声响、气氛，显然非火药做的爆竹可比。而宋代随着火药和造纸术的发展，则有了纸卷的火药爆竹，孟元老《东京梦华录》、周密《武林旧事》等书，均有记载。此皆可见王安石写《元日》诗有其为唐人所未曾感觉到的那种生活背景。

（原载《百家唐宋诗新话》，四川文艺出版社1989年版）

舒　亶

菩　萨　蛮

　　画船捶鼓催君去，高楼把酒留君住。去住若为情，西江潮欲平。　　江潮容易得，只是人南北。今日此樽空，知君何日同！

　　这首词从送别的场面写起。"捶鼓"，犹言敲鼓，是开船的信号。船家已击鼓催行，而这一边却在楼上把盏劝酒。"催"，见时间之难以再延。"留"，见送行人之殷勤留恋。开头用一"去"一"住"、一"催"一"留"，就把去和住的矛盾突出了，并且带动全篇。"去住若为情"，即由首二句直接逼出，欲去不忍，欲住不能，何以为情？这一问见别离之极度苦人，但这种问题本来谁也回答不了，下文如果接应不好，不仅这一句成为累赘，就连头两句也难免呆相。"西江潮欲平"的好处在于没有直接回答问题，而是由前面击鼓催客、高楼把酒的场面推出一个江潮涨平的空镜头。句中的"欲"字包含了一个时间推进过程，说明话别时间颇长，而江潮已渐渐涨满，到了船家趁潮水开航的时候了。可以想象，正在把酒之际，突然看到江潮已涨，两个朋友在感情上会产生多么复杂的反应，心潮也必然如江潮一样愈加激荡不已。

　　换头仍就江潮生发，潮水有信，定时起落，所以说"容易得"，然而它能送人去却未必会送人来。一旦南北分离，相见即无定期。

"今日此樽空,知君何日同!"这最后一结悠然宕开,与上片以景结情,都值得玩味。"此樽空",遥承上片次句"把酒留君","樽空"见情不忍别,共拼一醉。但即使饮至樽空,故人终不可留,所以结尾则由叹见面之难,转思他日再会,发出"知君何日同"的感慨。

词借江潮抒别情,不仅情景交融,同时还显出情景与意念活动相结合的特点。词在"去住若为情"这样的思忖后,接以"江头潮欲平",看上去是写景,实际上却把思索和情感活动带进了景物描写,在读者的感受中,那茫茫的江潮似乎融汇着词人难以用语言表达的浩渺的情思。下片"江潮容易得,只是人南北"仍不离眼前景象,而更侧重写意念,以传达人物的心境。结尾二句虽然表现为感慨,却又是循上文意念活动继续发展的结果。所循的思路应该是:今日樽空而潮载君去,但未知潮水何日复能送君归来。依然是情景和思忖结合。不过,景由现场转入到想象中而已。宋代曾季貍《艇斋诗话》评这首词"甚有思致",指的大约就是上述这种特点。词中"君"字三见,"去""住""江""潮"均两见,特别是换头与一般不同,"江""潮"二字连续出现,造成回环往复的语言节奏,也有助于表现依依不舍、绵长深厚的情思。

(原载《唐宋词鉴赏辞典》,上海辞书出版社1988年版)

赵 抃

次韵孔宪蓬莱阁

山巅危构傍蓬莱,水阁风长此快哉。
天地涵容百川入,晨昏浮动两潮来。
遥思坐上游观远,逾觉胸中度量开。
忆我去年曾望海,杭州东向亦楼台。

一位带御史衔的姓孔的朋友,登越州蓬莱阁,写了一首观潮的诗寄给赵抃,本篇是赵抃的和作。

前四句是一幅蓬莱阁上望潮图。首句写阁的地势和建构之高,以见观潮视野的广阔。它在句法上是倒装,若把主谓语的顺序调整一下,便成"蓬莱危构——傍山巅",意思也就非常容易明白。次句"水阁风长此快哉",语言结构和声调都不像上句那样顿宕错落,又用了语气词"哉",句势在律体中显得特别雄直。读之确实有水阁凌空、海风悠长的快感。这在情感和语气上已经为观潮作了准备,给全篇定下了基调。颔联写潮水,但在写潮水前先写大海。"天地涵容百川入",说大海总汇江河百川之水,将天地包容在它的怀抱里。有此一笔,就写出了大海的广阔和气派,潮势即不待言而读者自能想见,故第四句未对潮势作正面描绘,腾出笔墨写晨昏两次起潮,以见大海的动荡不息。

诗的前半，不仅写了水阁、大海和海潮，也透露了临海观潮时的感受和兴奋心情。写得这样真切，似乎观潮人就是作者自己，但诗题是"次韵孔宪蓬莱阁"，观潮者实际上是孔宪。如何把前面似乎直接写自身所见所感转移到孔宪一边？带着这个问题看第五句，便觉得诗人在开合收纵方面从容自如、运调得力。"遥思坐上游观远"，"遥思"二字极自然地把上四句所写的感受，转移给了孔宪。而"游观远"不仅概括了观潮的宏远景象，且将笔势拓开，由宏大阔远的视觉感受，引向"逾觉胸中度量开"的心境感受。设想对方此时必然格外心胸开豁。这虽是出于作者的揣度，但由于有前四句作铺垫，使人觉得"度量开"既豪宕而又着实有力。以情结景，成为前面写观潮的绝好收束。至此，诗意已经丰足，但收尾又转折推宕开去。"忆我去年曾望海，杭州东向亦楼台。"由对方转而联想到自己，回忆去年在杭州亦曾望海。虽只似淡淡提起，但"忆"字却又可以引人回味前六句所写的观潮情景，原来那情景作者亦曾是亲有体会的。由遥思对方而"忆"及己方。围绕观潮，诗人的想象和情感萦绕回环，给这首总体上是雄直豪迈的诗增添了回环之美。

这首诗无论写海潮、写人的胸襟，都显出一种开阔的景象、健举的气概，但不靠描摹刻画，而多用健笔直接抒写，那水阁风长的快感，那涵容天地百川的大海，那晨昏两次浮动的海潮，那"游观远"的视野、"度量开"的心胸，都显得开张雄阔。语言上绝去藻饰，不用典故，造语的质朴劲健，感情的豪迈，加上章法的开合转折，于律诗中融进了参差拗健之美。《宋诗钞》说赵抃写诗"触口而成，工拙随意，而清苍郁律之气，出于肺肝"，这首诗是能够体现这一特点的。

（原载《宋诗鉴赏辞典》，上海辞书出版社1987年版）

题杜子美书室

直将骚雅镇浇淫,琼贝千章照古今。
天地不能笼大句,鬼神无处避幽吟。
几逃兵火羁危极,欲厚民生意思深。
茅屋一间遗像在,有谁于世是知音?

唐代大诗人杜甫的书室存留至宋代的可能不止一处,但这首诗说到杜甫在异乡羁留,所指的书室显然不可能在中原地区。赵抃一生曾三次镇蜀,蜀地杜甫遗迹甚多,因此,此诗所题的书室,当属成都草堂,或是蜀地的另外某处。

给杜甫书室题诗,困难在于面临杜甫这样伟大诗人和他的辉煌作品,写不好就相形见绌,落"弄斧"之讥。所以不少作者往往取偏锋,从侧面着笔。但赵抃这首诗却从正面进行歌咏,概括地写出杜甫其诗其人,这是有相当难度的。

诗一开头就用正大的语气,肯定杜甫诗歌的崇高地位和光辉成就,径直把杜甫的诗歌比同《骚》《雅》,说它起着压制浇薄、淫巧颓风的作用。"浇淫",既指世风,亦指文风。压制浇淫,可见有辅时济物的巨大功绩。杜诗的内容紧密关乎教化,而艺术又极高,像琼玉,像采贝,累累千章,光照古今。这样,首二句充分写出了杜诗的成就。三、四句进而极赞,"天地不能笼大句",言其规模气概横绝六合;"鬼神无处避幽吟",言万类在其笔下都显现形貌而难以逃避。清人仇兆鳌曾批评这两句"语意拙滞",似嫌过苛,应该把它放在全篇中加以考虑。设想这两句如出现在诗篇开头,则不唯拙滞,且亦空疏。但有一、二句作铺垫,这样赞扬却不显虚泛。若换上其他工巧一些的句子，便有可能伤于纤弱而没有现在这样庄重。

　　杜甫一生经历和他的思想与创作有自己的特点。诗在完成对杜甫的总评价之后，揭示了这种特点。"几逃兵火羁危极"，概括他在安史之乱中所受的乱离之苦。"欲厚民生意思深"，则归结到了老杜"穷年忧黎元"的精神。这一联写出老杜异于其他诗人的地方，造语朴实，而用意颇深。以羁危之身始终抱厚民之意，正是老杜之所以为老杜。而羁危之极的遭遇，则又使杜甫对生民的艰难有更深切的体验。宋代一般文人喜欢强调杜甫"每饭不忘君"，赵抃重在赞扬杜的"欲厚民生"，这是他见识超卓的地方。可能正是由于有这种卓见，他觉得世上真正了解杜诗深意、堪称杜甫知音的人并不多。"茅屋一间遗像在，有谁于世是知音？"作者在杜甫的书房和遗像前瞻仰凭吊，体味杜诗的广博和欲厚民生的深意，颇觉要真正成为杜甫的知音并不容易。而作者自己则隐隐然有以知音自居的意味。这一联作为全诗的结尾，因点出"茅屋一间"收归到诗题的"书室"，因有谁是知音的诘问，又把诗意向深远处再拓开一步，对于这首诗的圆满完成，颇关重要。但它不是凭空添缀得来，而是水到渠成之笔。"茅屋"乃杜甫逃难羁留之所，在第五句即已伏下根子；关于知音的诘问，近则由"意思深"生出，远则可追溯到首句《骚》《雅》和浇淫的斗争。正缘有浇淫的世风和文风，使许多人沉溺其中而不自知，因而谁能深知《骚》《雅》，作杜甫知音的慨叹，也就不是凭空而发了，可见全诗首尾之间有着内在联系。诗把对杜甫总括的评价、推许置于前半，一开始就高占地步，显得气格非同一般，然后由高处倾注而下，至结尾发为慨叹，遂更显得深沉有力，在内容和篇章的安排上也恰到好处。

（原载《宋诗鉴赏辞典》，上海辞书出版社1987年版）

邵 雍

插 花 吟

头上花枝照酒卮,酒卮中有好花枝。
身经两世太平日,眼见四朝全盛时。
况复筋骸粗康健,那堪时节正芳菲。
酒涵花影红光溜,争忍花前不醉归?

  这是一曲在太平时世中自得其乐的醉歌。"头上花枝照酒卮,酒卮中有好花枝",插花者即是年过花甲的作者自己。花插头上,手持酒杯,酒杯中又浮现出花枝,诗人悠然自得的神态如见。

  诗人何以会这么陶醉?颔颈两联以醉歌的形式作了回答。一生度过了六十年的太平岁月(一世为三十年),亲眼见了真、仁、英、神四朝的盛世,再加以筋体康健、时节芳菲,老人的心遂完全被幸福涨大了。笑眯着醉眼,再看面前的酒杯吧。只见杯中涵着花影,红光溜转,面对这花、这酒、这位处在盛世中高龄而又健康的老人,他的一生乐事都好像被召唤到了眼前,怎能不痛饮到大醉方归呢?

  本篇与崇尚典雅的传统五、七言律诗相比,风格显然不同。它有白居易的通俗,而其实和白诗并非一路。白诗在平易中一般仍包含着高雅的意境,邵雍这类诗则表现了一种世俗的情怀。它纯用口语,顺口妥溜,吸收了民歌俚曲的因素,又略带打油的意味,具有一种幽默感和趣味性。诗格虽不甚高,但充溢着浓烈的太平和乐气氛。这种气氛的形成,固然由于内容是歌唱时康人寿,但还有其他方面的因素:老人白发上簪着红花,乐陶陶地对着酒杯,这一形象一开始就给诗带来一种气氛;语言节奏的流走顺畅,"花""酒"等字的反复回环出现,也显得和乐遂意;颈联"况复""那堪"等词语的运用,末联"争忍……不"的反诘句式,又都能把气氛步步向前推进,让人读了真觉得有那种击壤而歌的意味。这类诗固然不可能有盛唐诸公作品的宏伟气象,但尚能近于"安闲弘阔"(《颐山诗话》评邵雍诗)。从中不难窥见北宋开国后"百年无事"的升平景象,一些人在小康中安度一生的那种心满意足的精神状态。

(原载《宋诗鉴赏辞典》,上海辞书出版社1987年版)

张　耒

夏日三首（其一）

长夏村墟风日清，檐牙燕雀已生成。
蝶衣晒粉花枝舞，蛛网添丝屋角晴。
落落疏帘邀月影，嘈嘈虚枕纳溪声。
久判两鬓如霜雪，直欲樵渔过此生。

此诗是张耒罢官闲居乡里之作。首句写对农村夏日的总印象。炎夏令人烦躁，难得有清爽的环境，而农村对于城市和官场来说，正具有"清"的特点。清，内涵可以是多方面的，清静、清幽、清和、清凉、清闲等等，都不妨谓之清。因此，循"清"字往下看，诗所写的种种景象都体现了环境的清和心境的清。如次句"檐牙燕雀已生成"，春去夏来，幼雀雏燕整天在房檐前飞舞鸣叫，似乎近于闹，但禽鸟之能嬉闹于屋前，正由于农村环境清幽而无尘嚣。至于颔联写蝴蝶晒粉于花间，蜘蛛因天晴添丝于屋角，则更显得幽静之极。当诗人注目于这些光景物态的时候，自然不觉夏日的炎蒸烦躁，而会有一种清和之感。以上是写昼日消夏时娱目赏心之景。颈联写夜晚。帘是"疏帘"，枕是"虚枕"，环境之清虚寂静可见。月透疏帘而入，仿佛邀来婆娑的月影；溪声传至耳边，似被奇妙地纳入枕函之中。"邀""纳"两字，把月影写成有情之物，把溪声写成似可装纳起来的实体,透露出诗人对于月影、溪声的欣赏。这种月影、溪声本已带清凉之感,而诗人又是于枕上感受到这一切,则心境之清,更不言而喻。到此,成功地写出一片清幽的环境和清闲的心境,于是末两句成为水到渠成之笔:自己久甘庸碌,已经两鬓如霜,而农村环境又如此宜人,遂率性想在村野中过此一生。诗人吟哦之间虽不免微有所慨,但对农村夏日舒适愉悦之感,还是居主导地位的。

《宋诗钞》说,张耒诗效白居易,"近体工警不及白,而蕴藉闲远,别有神韵"。这首诗写农村夏日之清,诗境已臻于蕴藉闲远。虽没有十分工警的词句,但仍然耐读。

(原载《宋诗鉴赏辞典》,上海辞书出版社1987年版)

赴官寿安泛汴

西来秋兴日萧条,昨夜新霜缉缊袍。
开遍菊花残蕊尽,落余寒水旧痕高。
萧萧官树皆黄叶,处处村旗有浊醪。
老补一官西入洛,幸闻山水颇风骚。

这是张耒赴洛阳府就任寿安县尉,途经汴河之作。首句"秋兴日萧条"给全篇定下了基调,诗人抚念身世,纵目秋景,有一种萧条冷落之感。秋,本来就是冷生的,而昨夜新霜初降,又陡增了一层寒意。在这霜秋里,菊花已经开罢,连残蕊都已凋零;河床水浅,露出夏日水盛时的高高旧痕。官道两旁,树叶全黄,酒旗格外显眼,处处可见……诗人欣赏着汴河两边的景色,尽管有萧条之感,但萧条中那残菊、黄叶、水痕、酒旗，却又似乎带着诗意。这与诗人矛盾复杂的心情正好合拍，使他得到一种精神慰藉。"老补一官西入洛，幸闻山水颇风骚"，年龄老大，去就任低级官吏，不免有些扫兴，但此去是在洛阳附近，听说那里的山水颇富诗意。诗人目望神驰，从眼前的山水景色想开去，则又有一种向往中的快慰。

诗首尾两联抒写赴官寿安途中的情怀，中间两联写泛汴所见之景。情和景之间的有机配合和联系，对这首诗至关重要。本篇中间两联写景的作用，在于把秋兴萧条的情怀，通过客观景物加以外化，同时在物我交融中，作者又感受和捕捉到一种诗意，由实引向虚，由眼前引向未来，完成了向末联的过渡。如果说首联是破题，中间两联则是用写景接应了破题，并且做到了"抱而不脱，相接相避"（杨载《诗法家数》），最后引出了富于遐想的末联。结构颇为完整。

作者写这首诗时年岁并不大，但诗中自称"老"，且境象萧疏，情感显得收敛寂寥，这反映出他去就任寿安县尉，并不满意。他所写的行役初霜的情景，很容易使人联想到唐代诗人李颀的《送魏万之京》："朝闻游子唱离歌，昨夜微霜初渡河……莫见长安行乐处，空令岁月易蹉跎。"两首诗有类似之处，但一是对未来充满希望，一是希冀有好山水供其消磨岁月，情调却有不同。

（原载《宋诗鉴赏辞典》，上海辞书出版社1987年版）

海州道中二首

孤舟夜行秋水广，秋风满帆不摇桨。
荒田寂寂无人声，水边跳鱼翻水响。

河边守罾茅作屋,罾头月明入夜宿。
船中客觉天未明,谁家鞭牛登陇声。

秋野苍苍秋日黄,黄蒿满田苍耳长。
草虫咿咿鸣复咽,一秋雨多水满辙。
渡头鸣舂村径斜,悠悠小蝶飞豆花。
逃屋无人草满家,累累秋蔓悬寒瓜。

这两首诗,形式似律诗而实为古体,勾勒了北宋后期苏北近海地区农村的画面。第一首写广阔的河水载着一叶孤舟,秋风满帆,诗人于夜航中谛听环视,欣赏着一路风光。第二首,续写第二天所见,景物与夜间的静谧优美有所不同,显得比较萧疏。

诗只是随笔写舟行所见,似未曾在文字上经意着力,但读起来却仿佛随着诗人亲历了那片天地。那静静的苏北农村的夜晚,鱼翻水响,罾头月明,以及白天寒虫咿咿、小蝶飞于豆花间的秋野景象,都鲜明地出现在诗人笔下。

张耒在诗文创作方面崇尚自然而无意求工。但从总体来看,像这样似未经锤炼却能清晰地再现一片天地的作品也不是容易写出的。两首诗开头四字"孤舟夜行"和"秋野苍苍",都能用极简练的文字领起全篇。写夜行,诗人比较注意表现听觉方面的感受,船不摇桨,周围静寂,才有鱼跳,也才能听得水响。由鱼跳连带写到守罾的茅屋和罾头明月,但结尾天未明而听到鞭牛声,仍归于听觉。下一首写秋野则着重表现视觉感受,由于田荒,遂多草虫鸣叫,而秋雨多,水满辙,则又助长了荒草的滋生,故有种种荒凉景象。两诗开头便能见出分工和侧重,并且紧紧围绕中心线索展开,能够在意境上给人留下鲜明完整的印象。两诗的结尾"船中客觉天未明,谁家鞭牛登陇声","逃屋无人草满家,累累秋蔓悬寒瓜",又能与开头相关联,并带有较深的含意,使人感到作者对一路景色和人民生活非常注意观察,感受深切,并非泛泛之辞。

　　二诗一写农家的辛劳,一写田地荒芜和农户的逃亡,辛勤之极而仍不免于逃亡,上下章联系起来更可以想见当时农村经济的衰败。不过诗虽有这样的意思,却又不同于白居易新乐府那种"一吟悲一事",把笔墨集中在一点上。这两首诗是舟行纪实之作,围绕舟行多方面地再现道中所见情景,并不是处心要将"生民病"集中放大,单纯突出这一方面。张耒大概是要把对农村的诗意的美的感受和它的萧条荒废一同写出。而由于诗所写的环境偏于静寂,色彩偏于幽冷,诗的语言又很朴实,给人更多的是萧条荒凉的感受。

(原载《宋诗鉴赏辞典》,上海辞书出版社1987年版)

初见嵩山

年来鞍马困尘埃,赖有青山豁我怀。
日暮北风吹雨去,数峰清瘦出云来。

　　这是一首写嵩山的诗,写法很别致。诗人所见的对象——嵩山直到末句才出面。"数峰清瘦出云来",无疑是此诗最精彩的一句,但如把这一句提前,让嵩山一开始就露面,诗的意味不免索然。现在诗的首二句不是写嵩山,而是从作者宦游失意写起,"年来鞍马困尘埃,赖有青山豁我怀",让人想到作者奔走风尘,在困顿和疲惫中,全赖青山使他的情怀有时能得到短暂的开豁。这样，青山便在未露面之前先给了人一种亲切感，引起人们想见一见的愿望。在读者产生这种心理后，照说青山该出面了。但第三句"日暮北风吹雨去"，仿佛又在期待中为人拉开一道帷幕，直到第四句五岳之一的嵩山才从云层中耸现出来。由于有前面的重重笔墨给它做了渲染准备，嵩山的出现便特别引人注目，能够把人的兴味调动和集中起来。并且又因有上面的一番交代，末句点出嵩山，又不至于意随句尽，见其面貌即止，而是自然要引人想象雨后嵩山的特有韵味和诗人得见嵩山后的一番情怀。

诗写的对象是嵩山，但在很大程度上它又是表现诗人自己。人们在精神上以什么作为慰藉，往往能见出志趣和品格。诗人困顿于宦途，赖以豁情慰怀的是嵩山，那么诗人的情志也多少可以想见。同时，山究竟以什么样的面貌出现在艺术作品里，也往往受作者的主观感情支配。"我见青山多妩媚，料青山见我应如是。情与貌，略相似。"（辛弃疾《贺新郎》）这里有着主观感情对象化的问题。此诗用"清瘦"形容嵩山，不光是造语比较新奇，而且在诗人审美意识活动中也反映了他的精神气质与追求。中国士大夫中一些高人雅士，不正是常常留给后世以清瘦、清峻的印象吗？如王维给孟浩然画像，"颀而长，峭而瘦，衣白袍"（《韵语阳秋》引张洎题识），就是典型的清瘦。因此，"数峰清瘦出云来"，虽是写嵩山，却又是物我融而为一，体现了诗人感情的外化。读了这首诗，嵩山的面貌，以及诗人的精神风貌，可能同时留在我们的印象里，不容易分得很清。

（原载《宋诗鉴赏辞典》，上海辞书出版社1987年版）

贺 铸

将 进 酒

小梅花

　　城下路，凄风露，今人犁田古人墓。岸头沙，带蒹葭，漫漫昔时流水今人家。黄埃赤日长安道，倦客无浆马无草。开函关，掩函关，千古如何不见一人闲？　　六国扰，三秦扫，初谓商山遗四老。驰单车，致缄书，裂荷焚芰接武曳长裾。高流端得酒中趣，深入醉乡安稳处。生忘形，死忘名，谁论二豪初不数刘伶？

　　这首词内容可分四层。开头"城下路"六句是第一层，词人由城下道路上风露凄迷和岸头沙边蒹葭（芦苇）苍苍的景象，想到古今变化：古人坟墓今已成田，有人耕犁；昔时流水，今已成陆，有人居住。这可能带有一种世事无常的心理，但就其列举这些情景来概括人世变化而言，却多少近似于对人世现象的一种宏观把握。由此再去看世人的各种行为，便显得比世俗清醒。第二层"黄埃赤日长安道"五句，写长安道上人渴马饥的奔波之苦，可是这种奔波，放在"今人犁田古人墓"的背景下看，到头来不也是一场空吗？这一层意思，词中没有明点，但有了上面提供的背景，读者自会朝这方面想。在你争我夺的战争中，今天开函谷关，明天闭函谷关，扰扰攘攘，走马灯一般地改朝换代，富贵不能长保，人们总是看得多了吧，千古以来，为什么不见有人肯闲下来不参与竞争呢？歇拍一句，问得很冷峻，见出无论怎样世事无常，一般人总是看它不破。过片以下六句是第三层，所写的对象与第二层揭露一般利禄之徒有别。这一层专写某些隐者。秦末农民大起义时，复有燕、赵、齐、楚、韩、魏六国自立为王，据关东，争天下，你攻我夺；楚汉相争，项羽所封的那些诸侯王，也一一被扫灭，人们对于名位利禄，照说更应看轻些了吧？词人最初觉得商山四皓是能看破红尘，置身局外的，可是想不到经过统治者驰车致函招请，他们竟也撕下隐者的服饰，一个接着一个在帝王门下走动起来了。词人倒不一定认为他们当初隐居就是虚伪的，但至少为他们惋惜，觉得他们不该在皇家的收买面前，改变初衷，到临老还接受网罗。"高流"五句是词的最后一层，作者在对连四皓一流所谓隐者也失望之后，认为值得肯定的只有酒徒。阮籍、陶潜、刘伶等人，他们在酒中得到无穷的乐趣，摆脱人世的种种干扰，处于安稳的醉乡，可算真正的高流。虽然从世俗的观念出发，人们对他们也许是不以为然的，正像刘伶《酒德颂》中写贵介公子、缙绅处士这"二豪"最初不赞成刘伶一样，但酒徒"生忘形，死忘名"，不把形骸和名利当一回事，他们对于别人的议论又哪里在乎呢？就这样，词最后落到对酒徒"忘形""忘名"的肯定。前此第二、三两层则是对庸人们的否定。一正一反，中心目标是指向世俗的名利观念，对那些追名逐利，为统治者帮忙、帮闲之徒，投以蔑视。

　　这首词是带说理性的，但处处与生动、鲜明的形象结合在一起。它在自然与社会不断呈现着沧桑巨变的大背景上，展开几种类型人物的活动，场景和人物情态都显得很逼真。而由于世事无常，种种奔忙究竟有何价值，也就不待多言了。所以就全篇看，作者直接发议论处很少。

　　贺铸是一位在词作方面进行过多种尝试的作家，如果说他的那些秾丽之作,熔铸了李商隐等晚唐诗人的某些语言和意境,那么以这首词为代表的他的一部分慢词,则与盛唐、中唐一些诗家的作品有较多的联系。夏敬观说:"(贺铸)小令喜用前人成句,其造句亦恒类晚唐人诗。慢词命辞遣意,多自唐贤诗篇得来,不施破碎藻采,可谓无假脂粉,自然秾丽。……取材于长吉、飞卿者不多,所以整而不碎也。"(手批《东山词》)所评极中肯綮。这首《将进酒》词,除化用顾况《悲歌》《长安道》等诗的词语外,它的"雄姿壮采"(夏敬观评语),以及渲染饮酒、否定功名富贵、强调人世变化迅速等,都与李白等人的乐府诗《将进酒》有一定的渊源关系。可以看出词人在以《将进酒》这个词调写作时,同时考虑到了乐府诗的传统,"所得在善取唐人遗意也"(王铚《默记》卷下)。过去,在词学研究方面比较注意中、晚唐律、绝与词的关系,而乐府诗与慢词之间的联系,注意者尚少,贺铸这首《将进酒》,以及宋人某些慢词,特别是一部分词调与乐府诗题相同的作品,似乎提醒我们在研究中也不应忽视宋词与前代乐府之间的联系。

(原载《唐宋词鉴赏辞典》,上海辞书出版社1988年版)

薄　幸

淡妆多态,更的的、频回眄睐。便认得、琴心先许,欲缩合欢双带。记画堂、风月逢迎,轻颦浅笑娇无奈。向睡鸭炉边,翔鸾屏里,羞把香罗暗解。　　自过了、烧灯后,都不见、踏青挑菜。几回凭双燕,丁宁深意,往来却恨重帘碍。约何时再。正春浓酒困,人闲昼永无聊赖。厌厌睡起,犹有花梢日在。

这首词以男主人公的口气，写他与情人的恋爱、欢会和不得见面时的刻骨相思。

对方是一位淡妆多姿的美人，在彼此初接触时，她明亮的双眼频频回首相看。她猜透男主人公有司马相如追求卓文君那种情意，便目成心许。一次，他们在画堂边偷偷会面了。风月之下，她轻颦浅笑，娇媚之极。男主人公被由画堂带进内室，在睡鸭形的熏炉边，在绘有翔鸾花纹的屏风内，双双好合了。这次欢会，发生在灯节之时。正月十九收灯，此后女子能够走出闺阁，到郊外游赏的，还有踏青节和挑菜节。男主人公巴望着借此机缘再和对方相会，但两次都未见到伊人的踪影。虽几回设法与对方联系，又都障碍重重，音信难通。暮春时节，男主人公在绵绵相思中更觉春浓酒困，他无情无绪地昏睡，但一觉睡起时，日影仍然在花梢之上，人闲日长，实在难以打发。

从以上介绍，可以看出，这篇作品描叙了一个恋爱过程，包含着由好几个情节构成的爱情故事。词是一种抒情性很强的诗体。这首词最本质的方面当然也是抒情，表现男主人公对伊人、对烧灯前欢会的美好而甜蜜的印象和事后强烈的相思。但这种抒情在本篇中主要不是通过与描写景物相结合来体现的，而是靠与叙事结合传达出来的。从上片的两人眉目传情到幽会，以及下片的寻觅、寄意、相思，都包含着一系列情事和曲折，使人感到主人公的思想情感随着事情的发生而显露出来，同时又随着事件的发展而发展。

词中虽然叙述了恋爱过程，包含着一个动人的故事，但并没有改变词体的特性。从本篇的抒情与叙事关系看，它是以抒情带动叙事，全篇自始至终都出自主人公的主观感受，见出主人公感情的流动，表现出浓厚的抒情气氛。而有关事件，只是挑选那些最关键的细节或人物情态，用极其精练而富于暗示性的语言点出。读者根据那含蓄的提示,便可复原出内容更丰富的情节和场面。如从"更的的频回盼睐"中,可以联想到如《九歌·少司命》中所说的"满堂兮美人,忽独与余兮目成"那种情节和场面;从"都不见、踏青挑菜"中可以想象男主人公到原头陌上,士女群中,眼巴巴地"众里寻他千百度"的情景。

由于叙事因素加强了,词中便可以通过不同的场面和情节,从更多的侧面对人物展开描写,使人物的形象更为丰满。如双方初接触时女子那种淡雅中显风流的"淡妆多态",那一双"频回盼睐"的会说话的眼睛,表现了这位女子美丽而富于风情。她钟情于男子后,便"欲绾合欢双带",幽会时"把香罗暗解",表现了对于爱情生活追求的热烈大胆。男主人公在对女子的追求过程中,则表现了他的一往情深。而从烧灯到挑菜节,在很短时间内因不见伊人,就形成沉重的思想负担,在郊外寻觅,托梁燕寄意。至如春浓、酒困、人闲、昼永的感受,则更深入地体现了他的痴情。

将叙事成分和抒情成分相融合,有一定的故事性,有较细致的人物描写,是这首词在艺术上具有创造性的地方。拿它和柳永的长调相比,虽然两者在铺叙方面都显得很有功力,但柳词主要是抒情和铺写景物结合,叙事成分还是比较少的。在慢词中织入精妙的故事情节,且手法多样,善于变化,以周邦彦较为突出。而贺铸这首《薄幸》,似乎是柳词和周词之间具有过渡性的作品。

(原载《唐宋词鉴赏辞典》,上海辞书出版社1988年版)

减字浣溪沙

秋水斜阳漾漾金,远山隐隐隔平林。几家村落几声砧。　　记得西楼凝醉眼,昔年风物似如今。只无人与共登临。

贺铸有些词,往往要在读完全篇之后,再回转来加以吟咏体会,方觉真味涌出、含蕴无穷。如本篇上片写登临所见:清澈的秋水,映着斜阳,漾起金波。一片平展的树林延伸着,平林那边,隐隐地横着远山。疏疏的村落,散见在川原上,传出断断续续的砧杵声。单看这幅图景,似乎只是客观写生,诗人视听之际究竟有哪些感情活动,并不容易看清楚。接下去,下片前两句也只是说昔年曾登此楼,风景与今相似。而词人今日面对此景,究竟唤起何种感慨,却需要读到最后一句,才能领会——"只无人与共登临",原来昔日同登此楼的人,今已不在,只剩下作者孑然一身,伫立于楼上了。联系贺铸的生平看,那位不能同来的人,可能是他的眷属。所谓"重过阊门万事非,同来何事不同归"(《鹧鸪天》),可移作末句注脚。因此,如果说读者的感情承受力像一架天平,把词的上下片分置两头,本来未见反应的话,此时则犹如陡然增加一个沉重的砝码,使杠杆失去了平衡。于是我们只好回转过来,在杠杆的另一端,重新检查称量它的轻重,用他的"重过阊门万事非"的心情,再体会前几句感情的分量。这样,便可能感到上片所写的那秋水斜阳、那远山平林、那村落砧声,都不再是被作者纯客观地写在词中的景物了,而是心中眼中,都有一种伤心说不出处,这种伤心说不出的情绪,诸如"物是人非""良辰好景虚设"等等,借助于末句的点醒,令人于言外得之,倍觉其百感苍茫、含蕴深厚。陈廷焯说:"贺老小词,工于结句,往往有通首渲染，至结处一笔叫醒，遂使全篇实处皆虚，最属胜境。"（《白雨斋词话》卷八）这一首是很有代表性的。

词上片所写之景，本来只有一幅，但读到"记得西楼凝醉眼，昔年风物似如今"之后，原来似乎只是平铺直叙地再现眼前景物的写法却起了变化，虚实相生，出现两幅景象：一幅是今天词人独自面对的眼前之景；一幅则是有伊人作伴、作者当初凝着醉眼所观赏的往昔之景。昔日之景是由眼前之景所唤起，呈现在词人的心幕上。两幅图景，风物似无变化，但"凝醉眼"三字却分明透露昔日登览时是何等惬意，遂与今日构成令人怅惋的对照。词论家们很欣赏这首词的下片，说："只用数虚字盘旋唱叹，而情事毕现，神乎技矣。"（见陈廷焯《白雨斋词话》卷一）细细分析起来，所谓"数虚字盘旋唱叹"，是指用"记得……只无……"兜起了下片三句，把时间跨度很大的今昔两幅情景，绾结到了一起，词人的心神浮游其间，表现出一种恍如隔世之感，内容沉郁无限，而在遣词造语上，收纵变化，却又极其自然。

（原载《唐宋词鉴赏辞典》，上海辞书出版社1988年版）

陈与义

临 江 仙
夜登小阁，忆洛中旧游。

忆昔午桥桥上饮，坐中多是豪英。长沟流月去无声。杏花疏影里，吹笛到天明。　二十余年如一梦，此身虽在堪惊。闲登小阁看新晴。古今多少事，渔唱起三更。

这首词的小序，扼要地点明了背景。所谓小阁，可能是作者晚年奉祠退居之处——湖州青墩镇寿圣院僧舍中的建筑。洛中，即作者的故乡洛阳。由于靖康之变，金兵攻占中原地区，词人由北方避乱襄汉，流转湖湘，远逾岭南。此后，他在偏安的南宋朝廷，虽然官至高位，但故乡却是再也回不去了。"忆昔午桥桥上饮，坐中多是豪英"，追忆的是早年在故乡生活情景。"午桥"，位于洛阳城南。唐朝时裴度，曾经在午桥筑别墅，与白居易、刘禹锡等人，一起诗酒相娱。因此，"午桥桥上饮"与一般饮酒不同，别有一种豪酣风流的意味。它给次句"坐中多是豪英"，准备了一种气氛，让人感到这批"豪英"也带有前贤的风度和意气。"长沟流月去无声。杏花疏影里，吹笛到天明。""长沟"，指午轿下的河道。河水泛着月色，无声地流淌，给夜增添了空明静谧。加以春天来了，杏花开了，月照花林，疏影投地。此时，花下把盏，意兴勃发。即使横笛一声，冲破夜空的寂静，也足够显出情调之浪漫，而吹笛竟直至天明，则更见豪情。

月色、杏花、彻夜吹笛，那声音、那色彩、那气息构成一种极其富有青春情味的境界，当时社会的承平也由此可以想见。但这一切由开头一个"忆"字领起，分明已属过去。下片进一步跌到现实。"二十余年成一梦，此身虽在堪惊。"这"二十余年"的时间流程里，包含着整个国家和社会的天翻地覆，包含着个人的颠沛流离，这该是一场多么可怕的梦！身虽在而堪惊。这种"惊"当然是回首战乱流离中种种艰危的余悸，是对自己能够活到今天的惊疑。但对照上片的"坐中多是豪英"，这种"惊"里又无疑包含着离散之悲、存殁之感——当年聚会的豪英风流云散，有的已在变乱中亡故了。词人只说自身"堪惊"，言外该有多少痛心之事！"闲登小阁看新晴。古今多少事，渔唱起三更。"再也不是午桥月夜群英聚会的酣饮了，而是劫后余生的孤独眺望；再也不是在杏花疏影中吹奏清脆的笛声了，而是默默谛听水村渔夫的歌唱。夜阑渔唱，有一种原始的、悠远的情味，似乎从来如此，不因世事而变异。因此，回首往昔，有若种种情事都梦幻般地付与那三更渔唱了。就这样，词通过夜登小阁所感受的孤独悲凉乃至幻灭的情绪，通过抚今追昔的对比，抒发了时代动乱在心底上的创痛。"杏花疏影里，吹笛到天明"两句非常奇丽，作为对良朋雅会的描写，调子本来是豪酣的，但由于它"仰承'忆昔'，俯注'一梦'"（刘熙载《艺概》），转而变成了怅惘，词由于有这种转变，风格在慷慨之中，也显得沉郁悲凉。

词上片写往昔，下片写今日，由忆昔到抚今。而词人的实际思想活动过程，则是由今溯昔，由眼前的环境，引起与往昔生活的对照。其中，由渔唱到笛音，由此夜到彼夜，由渔村新晴夜色，到午桥水月花影，都是勾起回忆的媒介。由于有这种内在联系，上下片成为一个有机的、统一的艺术整体。

（原载《古代诗歌鉴赏辞典》，上海辞书出版社1988年版）

辛弃疾

鹧鸪天

代人赋

陌上柔桑破嫩芽，东邻蚕种已生些。平冈细草鸣黄犊，斜日寒林点暮鸦。　　山远近，路横斜，青旗沽酒有人家。城中桃李愁风雨，春在溪头荠菜花。

辛弃疾这首写农村风光的词，看上去好像是随意下笔，但细细体会，便觉情味盎然、意蕴深厚。词的首二句在描写桑树抽芽、蚕卵开始孵化时，用了一个"破"字就非常传神，写出桑叶在春天的催动下，逐渐萌发、膨胀，终于撑破了原来包在桑芽上的透明薄膜。"破"字不仅有动态，而且似乎能让人感到桑芽萌发的力量和速度。第三句"平冈细草鸣黄犊"，"平冈细草"和"黄犊"是相互关联的，黄犊在牛栏里关了一冬，故牧平坡，乍见春草，欢快无比。"鸣"虽写声音，但可以令人想见黄犊吃草时的得意神态。第四句中的"斜日""寒林""暮鸦"按说会构成一片衰飒景象，但由于用了一个动词"点"字，却使情调起了变化。"点"状乌鸦或飞或栖，有如一团墨点。这是精确的写实，早春的寒林没有树叶，乌鸦黑色，在林中历历可见，故曰"点"。这使人想到马致远《天净沙》的警句"枯藤老树昏鸦"。两相比较，给人的感受就很不相同，马致远是在低沉地哀吟,而辛弃疾却是在欣赏一幅天然的图画。

词的上片主要是写近处的自然风光,下片则将镜头拉远,并进而涉及人事。"山远近,路横斜",一笔就将视线拉开了,这种路在山区构成村落与村落之间的联系,并构成与外间世界的联系,生活在山间的人们,时常觉得那由村落伸展出去的路,会给他们带来新的东西。所以词人对眼前蜿蜒于山间的路有一种特殊的兴味。"青旗沽酒有人家",横斜之路,去向不止一处,但词人的注意力却集中在有青旗标志的酒家上。山村酒店,这是很有特色的一种地方风物。词人在一首《丑奴儿近》中就写过:"青旗卖酒,山那畔别有人家。只消山水光中,无事过这一夏。"只写出酒家青旗,意思便在言外。一个"有"字透露出词人的欣喜心情。眼前的农村美景使他悟出了一种道理,在末两句中翻出了新意:"城中桃李愁风雨,春在溪头荠菜花。"那散见在田野溪边的荠菜花,繁密而又显眼,像天上的群星,一朵接一朵地迎着风雨开放,生命力是那样顽强,好像春天是属于它们的,而城中的桃李则忧风愁雨,春意阑珊。这两句,上句宕开,借"城中桃李"憔悴伤残的景象为下句作衬,虽只点桃李而可以使人自然联想到城中的人事;末句则收归眼前现境,"在"字稳重而有力,显然带有强调的意味。

这首词通过写景和抒情,表现了辛弃疾罢官乡居期间对农村的欣赏流连和对城市上层社会的鄙弃,并由此把词的思想意义向着更深广处扩展。荠菜花的花瓣碎小,没有鲜艳的颜色、浓郁的香味,在城市人眼里,一般是算不得什么花的,作者却偏偏热情地赞美,他所给以注意并加以捕捉的,还有桑芽、幼蚕、细草、黄犊等等,多半是新鲜的、富有生命力的事物。这些,连同那出现在画面上山村茅店的酒旗,都体现了一种健康的审美观。词中关于"城中桃李"和"溪头荠菜花"的对比，还含有对生活的带哲理性的思考，荠菜花不怕风雨，占有春光，在它身上仿佛体现了一种人格精神。联系词题"代人赋"，当时很可能是朋辈中有人为辛弃疾罢官后的生活担忧，因而词人便风趣地以代友人填词的方式回答对方，一方面借荠菜花的形象自我写照，一方面又隐喻流露这样的意思——不要做愁风雨的城中桃李，要做坚强的荠菜花，以此与友人共勉。这首词把深刻的思想乃至哲理，与新鲜生动的艺术形象有机地结合起来，给人多方面的感发和启迪。

　　词与诗在语言的运用上是有差别的。这首词大部分用对句，又很注意动词的运用和某些副词、介词的搭配，词的上片"破""鸣""点"以及下片"有""在"等都是很吃紧的字，这作为诗可能有欠浑厚，但放在词里却很本色。而且由于宋词多数都写得很艳美，这首写农村的词便相对地显得浑厚朴实，从语言到意境都迥别于剪红刻翠的一路，可说是词苑里一朵鲜明素净、精神勃发的"荠菜花"了。

　　　　　　　（原载《唐宋词鉴赏辞典》，上海辞书出版社1988年版）

范成大

横　　塘

南浦春来绿一川，石桥朱塔两依然。
年年送客横塘路，细雨垂杨系画船。

这首小诗写春来眺望横塘或在横塘边送客时对周围景物的一种印象，而印象背后，又反映着诗人复杂的心境。"南浦春来绿一川，石桥朱塔两依然。"南浦，即指横塘。从《九歌》"送美人兮南浦"开始，它便被用来专指送行的渡口。横塘，在苏州西南十里，水域广阔，可供船只停泊，故诗人径以"南浦"称之。由于南浦这个地名在古代诗文中与送别有密切联系，因此它在一开头便唤起一种离情别绪。石桥、朱塔为横塘附近古物（桥，是著名的枫桥或横塘桥；塔，是横塘寺塔）。这一带景色随季节不断变换，春来一片葱绿，当然就连横塘水也不免要染上几分绿意。但一片绿色的底子上，白色的石桥和红色的佛塔却依然如故，未显出任何变化。在变的环境中，保持着不变的石桥、朱塔，颇有点阅尽人间沧桑意味。它对人世间的种种更易，究竟动不动情感呢？"年年送客横塘路，细雨垂杨系画船。"送客是人事，年年送客，表明人间的聚散离合和各种变化在不断进行。对此，细雨垂杨却似极其有情；如线的雨丝，翠带般的柳条，像是要系住画船，挽留行客。它们与送行者一样，表现出依依惜别的情绪。

四句诗写了四组对象：极新鲜的一川春绿、恒久不变的石桥朱塔、水边送客，以及细雨垂杨掩映中的画船。这些，是横塘风物所给人的突出印象。它们组合起来已经是一幅很美的画图了，但诗除了给我们直接提供这种优美的画面外，似乎还隐埋有更深的东西。四组景物，有两组体现着世间的种种变迁：川原变绿、南浦送别。而另外两组，一则对人事似乎无动于衷，永恒不变；一则似乎极其多情。其实那桥也好、塔也好、细雨也好、垂杨也好，并无情感可言。诗人这样那样地分别去设想它们，只不过反映他面对横塘风物人情那种沧桑变易、聚散不定之感。这种情感诗人没有说出，却让它附着在景物上，以一种印象式的画面表现出来。这样一来，那画面也就不是单纯的写生，而成为一种富有情意的更高一层的艺术境界了。

（原载《古代诗歌鉴赏辞典》，北京燕山出版社1989年版）

杨万里

岸　沙

水嫌岸窄要冲开，细荡沙痕似剪裁。
荡去荡来元不觉，忽然一片岸沙摧。

这首诗题材和思想都很新颖，但所说的却是人们常见的现象。作者有一种独特的眼光和手法，能从人们司空见惯的平常事物中写出新鲜的、富有理趣的诗来。"水嫌岸窄要冲开"，把水拟人化了，开门见山地点出水要冲开沙岸的意图，但接下去并没有写它怎样汹涌澎湃、惊涛裂岸。看来这并不是大江大河或汛期的大水，而是普通的、平常时期的河水。"细荡沙痕似剪裁"，水的意图与它的表现似乎并不一致。河水文静地、慢悠悠地荡着岸沙，在沙上留下一缕缕痕迹，好像是在悠闲地给自己剪裁衣服似的，谁能有心把这细微活动与河水要冲开堤岸的意图联系起来呢？"荡去荡来元不觉"，正是承上述现象而来，写出人们平时看惯了河水在沙边荡漾，已经无意关顾的态度。但承中又埋伏着转，"元不觉"三字，又在提示着似乎应该"觉"点什么。"忽然一片岸沙摧"，这是人们事先未觉的，在不经意中出现的大变化。河水荡来荡去，年深日久，把沙岸的根基淘空了、松动了，于是沙岸撑持不住，终于倒下了一大片。

沙岸倒了，人们把它与河水联系起来，终于发现了河水荡来荡去的秘密。这种发现给诗带来一种理趣。站在河水的角度，可以设想，水性是柔的，而且作为一条普通的河，水波的力量非常有限，但它慢慢冲刷的结果，把一大片河岸给摧毁了，达到了"水嫌岸窄要冲开"的目的。这里面所蕴藏的内涵，与"有志者事竟成""锲而不舍，金石可镂"等格言所昭示的哲理，是可以相互沟通的。而如果从沙岸的角度出发，总结它被摧崩的教训，则当初显然不应该忽视河水的荡漾侵蚀。这里面也有"防微杜渐"的警钟声响。

（原载《中外哲理名诗鉴赏辞典》，昆仑出版社1999年版）

章良能

小 重 山

柳暗花明春事深。小阑红芍药,已抽簪。雨余风软碎鸣禽。迟迟日,犹带一分阴。　　往事莫沉吟。身闲时序好,且登临。旧游无处不堪寻。无寻处,惟有少年心。

这首词所写的,可能并非词人日常家居的情景,似乎是多年为官在外,久游归来,或者少年时曾在某地生活过,而今又亲至其地,重寻旧迹。

季节正当春深,又值雨后。柳暗花明,花栏里的红芍药抽出了尖尖的花苞(其状如簪),不光由于季节的原因,也由于雨水的滋润。"雨余"二字,虽然到第四句才点出,但这一因素,实际上贯串着整个景物描写。由于春雨之后,天气稳定,风是和畅的,鸟雀唤晴,鸣声也格外欢快。一个"碎"字,见出鸟雀声纷繁,乃至多样。春日迟迟,由春入夏,白天越来越长。而湿润的春天,总爱播阴弄晴,"犹带一分阴",正显出春天雨后景色的妩媚。总之,词人抓住春深和雨后的特点,写出眼前风物的令人流连。

换头"往事莫沉吟",起得很陡,从心理过程看,它是经过一番盘旋周折才吐出的。"莫沉吟",正见作者面临旧游之地对往事有过一番沉吟,但又努力加以排遣,用"身闲时序好"劝自己登临游赏。"时序好",并非宽慰自己的泛泛之词,从上片写景中,已显示了这一点。而"旧游无处不堪寻",登临之际,往日的踪迹,又一一能寻访得见,这照说是令人欣慰的,但遗憾的是,往昔在此地游赏所怀有的那一颗少年心,再也无处可觅了。

词所表现的情绪是复杂的。年光流逝,故地重游之时,在一切都可以复寻、都依稀如往日的情况下,突出地感到失去了少年时那种心境,词人自不能免于沉吟乃至惆怅。但少年时代是人生最富有朝气、心境最为欢乐的时代,那种或是拏云般的少年之志,或是充满着幸福憧憬的少年式的幻想,在人一生中只须稍一回首,总要使自己受到某种激发鼓舞。人生老大,深情地回首往昔,想重寻那一颗少年心,这里又不能说不带有某种少年情绪的余波和回旋,乃至对于老大之后,失去少年心境的不甘、不满。"回来吧,少年心!"词人沉吟恍惚之际,在潜意识里似乎有这种呼唤。可以说,词人的情绪应该是既有感恨,又不无追求,尽管他知道这种追求是不会有着落的。

词的上片写春深雨后的环境气氛,切合人到中年后复杂的心境意绪,它令人娱目赏心,也更易惹起人感恨。换头"往事莫沉吟",对于上片写景来说,宕出很远。而次句"身闲时序好",又转过来承接了上片关于景物时序的描写,把对于往事的沉吟排遣开了。"旧游无处不堪寻",见出登临寻访,客观环境并没有惹人不愉快之处,但语中却带出"旧游"二字,再次落到"往事"上。"无寻处,惟有少年心","无寻处"三字重叠,以承为转,并且大大加强了转折的力量。过去的踪迹虽然可寻,少年心却不可寻,可寻者反而加重了不可寻的怅惘之情,使读者也不免为之感慨。词就这样一次次宕开,又一次次地拨转回来,既显得文势有变化,又把词人那种复杂的情绪,一层深一层地表达了出来。

(原载《唐宋词鉴赏辞典》,上海辞书出版社1988年版)

张　炎

清　平　乐

　　采芳人杳，顿觉游情少。客里看春多草草，总被诗愁分了。　　去年燕子天涯，今年燕子谁家？三月休听夜雨，如今不是催花。

　　本篇首句陡起。"采芳人杳"，把春时人们采摘花草的热闹景象一笔扫去，像是舞台上陡然出现的净场一样，但下文却由此生出，既然采芳人杳然无踪，可见时令已到了众芳凋零的春末，郊野呈现一片凋残凄迷的景象，"顿觉游情少"。其实词人"游情少"还有更深刻的原因，而不单纯是因为"采芳人杳"。这里留下几分不说，反而更能诱使读者咀嚼那种欲说还休的滋味。

　　似乎是由于见到"采芳人杳"、百花凋零，词人又不由得后悔前此错过了芳时，未能饱览一年一度的大好春光，"客里看春多草草"显然带有一点遗憾乃至追悔情绪。"草草"说明当初即使有采芳人为伴时，也未能细观细赏，游兴也并不高。至于如何会如此，句中已吐出了"客里"二字，继而又说"总被诗愁分了"，因诗愁而冲淡了看春的兴致。但"诗愁"究竟是什么，也并未明确交代。上片说到这里为止，给读者造成了悬念。

　　"去年燕子天涯，今年燕子谁家？"由上文说自己，转到说燕子，似是另起一事。然而，作者一向主张"过片不要断了曲意，须要承上接下"（《词源》）。这里变直陈为比兴，而曲意丝毫未断，它借写燕子把上文欲说而未忍多说的话，又进一步做了一点吐露，前后联系起来，才能更深入地体会出词人的处境、心情。张炎生于南宋末年，本南渡勋王张俊的后裔，宋亡后曾于至元二十七年（1290）北上大都，参与缮写金字藏经，或因政治强迫，或以生计所驱，难于确指，第二年即南归。他经常以飘荡无依的燕子自喻，上句"燕子天涯"可能指自己大都之行，下句"燕子谁家"，则指北游归来漂泊吴越。既然如此，上文所谓"客里""诗愁"，则又当透过一层去体会了。总之，词人遭逢不幸，情怀恶劣，实际上无论什么都不能引起他的游情诗兴。雨已经不是催花的媒剂，而只能彻底葬送一春的残花。词人不愿听赏夜雨，语带双关，透露着家国身世之痛。

  这首词抒发作者宋亡后飘零失路、孤独无依之感，而以伤春的口吻出之。首二句"采芳人杳，顿觉游情少"，一写客观环境，一写主观感受，端绪已出，以下则层层深入，由"游情少"而及"看春草草"，由"看春草草"而及"诗愁"。换头写梁燕无主，既已由上阕"客里"暗递消息，亦缘燕子本是采芳时节惹人关注的事物，词人因游客散去，在孤独寂寞中转而注意到飘零的燕子，是很自然的事。写燕子不仅丰富了词的意境，使词在过片处显出波澜变化，同时仍与上下文保持内在联系。至于结尾慨叹夜雨不是催花，则更与首句"采芳人杳"直接呼应，层层转入，而又层层翻出，结构是非常细密的。

（原载《唐宋词鉴赏辞典》，上海辞书出版社1988年版）

附 录

怎样读李商隐诗

唐代诗坛，名家名作极多。即使一般读者皆能背得好多佳句的诗人，放在那一溜长长的名单中，位次也未必很前。李商隐如何呢？清代吴乔《西昆发微序》说："唐人能自辟宇宙者，惟李、杜、昌黎、义山。"着眼于诗的创新精神，把他放在能自辟天地的大作家之列。叶燮《原诗》说："李商隐七绝，寄托深而措辞婉，实可空百代，无其匹也。"虽只限绝句，且扬之过高，但亦可见李商隐在其心目中的地位。清代最具有普及性的诗选本《唐诗三百首》，选商隐诗24首，篇数仅少于杜甫、王维、李白三家。这个"训蒙"读物编选的依据是"专就唐诗脍炙人口之作，择其尤要者"，于此，亦可见李商隐诗的可读性及其流传程度。

虽然如此，人们的好尚毕竟不能一致。除了吴乔、叶燮等人外，李商隐佳作之多、诗艺之高，与一般诗评家、文学史家所给予的位次，很难说能算对号入座。如李商隐在现有的几本文学史中所占的篇幅即很有限，没有像李白、杜甫、白居易等人那样获得列专章的资格。我无意于为他争座次，客观的历史事实已经说明他的诗自有绝大魅力，可以流传不废，称得起所谓"文书自传道，不仗史笔垂"（韩愈《寄崔二十六立之》）。我这里只想就影响其评价的几个问题做些说明，好让我们在阅读时能不为成见所囿，以致迷失应有的主见性。

传统对李商隐的看法，首先涉及人品问题。李商隐父亲早逝，家境贫寒。他能够成名,跟令狐楚有很大关系。令狐楚聘他入幕府,亲自教他做四六文,又供给费用让他赴京应考。李商隐中举的关键也在于其子令狐绹的推荐。令狐楚死后,李商隐做了泾原节度使王茂元的幕僚。王茂元爱其才,嫁女给他。当时朝廷党争激烈,令狐父子属牛党,王茂元被视为李党。李商隐入泾原幕被认为是背恩,从此在两党斗争的夹缝中吃尽苦头。史书上也给他"放利偷合""诡薄无行"(《新唐书·李商隐传》)的罪名。其实,李商隐赴王茂元幕,只不过是为了谋生。他没有靠李党飞黄腾达。中举后只是九品的校书郎或正字,与党局无关。这些,清代和近代学者已做了深入详细的辨析。中国论文的传统是人品与诗品合一,人既然"无行",文也就贬值。这大概是李商隐位次受到影响的重要原因之一。

对李商隐诗歌的内容,封建正统批评家也往往予以贬低。宋张戒《岁寒堂诗话》说他是"邪思之尤者"。类似的批评,在涉及李商隐具体作品时更多。这同样需要辨析。首先,张戒等人所谓"邪思之尤"是指李商隐诗旨不合儒家温柔敦厚的诗教。比如,针对唐玄宗霸占其儿媳寿王妃杨玉环,李商隐写了《龙池》:"龙池赐酒敞云屏,羯鼓声高众乐停。夜半宴归宫漏永,薛王沉醉寿王醒。"寿王遭夺妻之痛,积郁在胸,宴会上又受到强烈的精神刺激,故归来独伴悠悠宫漏,彻夜无眠。像这样对本朝前辈皇帝,直陈其恶,冷峻讽刺,旧时评家自会认为"浮薄""大伤诗教",而我们看来,反倒正是富有民主性的地方。李商隐《上崔华州书》说:"夫所谓道,岂古所谓周公、孔子者独能耶?盖愚与周、孔俱身之耳。以是有行道不系今古。直挥笔为文,不爱攘取经史,讳忌时世。百经万书,异品殊流,又岂能意分出其下哉!"认为道非周、孔所独能,人们行自己的道不必迁合古人,作文不应讳忌时世,亦不应甘居百经万书之下。这些见解,在当时该是何等具有思想光辉!

所谓"邪思之尤",还跟李商隐写了大量男女之情的诗有关。但他多数爱情诗写得健康美好,像《春雨》《代赠二首》《昨日》《端居》《房中曲》《正月崇让宅》《离亭赋得折杨柳二首》《板桥晓别》《重过圣女祠》等篇,或抒伤离远别之意,或写小会遽别之思,或发伤逝永隔之痛,或揭示女道士内心世界之苦闷寂寞,都写得情真语挚,委婉缠绵。李商隐有无题诗十七首,多以男女相思离别为题材。其中有的可能在爱情描写中有所托寓,有的则纯写爱情。但无论是否涉及寄托,仅就其对爱情题材的抒写看,那种离别与间阻、期待与失望、执着与缠绵、苦闷与悲愤,都写得深情绵邈、精纯华美。如抒发殉情的心理:"春蚕到死丝方尽,蜡炬成灰泪始干。"写心心相印:"身无彩凤双飞翼,心有灵犀一点通。"写重重阻隔:"刘郎已恨蓬山远,更隔蓬山一万重。"写希望幻灭:"春心莫共花争发,一寸相思一寸灰。"写可望而不可即:"如何雪月交光夜,更在瑶台十二层。"以上种种,只要不抱道学眼光去看,就绝对不能说是"邪思",而是表现了人类在爱情方面的美好情思。

李商隐志大才高,一生受抑,有直接吟唱理想的诗,也有借咏物象征自己身世遭遇、寄托人生体验的诗。"永忆江湖归白发,欲回天地入扁舟"(《安定城楼》),诗人青年时期是这样地期望做出扭转乾坤的大事业再归老江湖。以后政治上虽屡遭挫折,但仍吟唱出"天意怜幽草,人间重晚晴"(《晚晴》),"且吟王粲从军乐,不赋渊明归去来"(《偶成转韵七十二句赠四同舍》)等具有进取精神的诗句。他的一些抒写个人困顿失意的诗篇,如《任弘农尉献州刺史乞假归京》《岳阳楼》《风雨》等,颇具傲兀不平之气。但更多的篇什如《夕阳楼》《乐游原》等,是用悲剧的眼光看待外物、感慨人生,情绪感伤低沉，反映了在晚唐那种衰世中知识分子不幸的命运和寥落的心境。李商隐的咏物诗以精细刻画客观景物见长，同时又往往是一种特殊形式的咏怀诗。像为雨所败、先期零落的牡丹，先荣后悴的衰柳，暗夜自明的李花，"高难饱""恨费声"的秋蝉，"巧啭岂能无本意"的流莺，无不渗透身世遭逢之感，使这些客观事物成为诗人形象、品格、命运的象征。

李商隐的爱情、无题、咏物和自慨身世等作，数量之多、成就之高，在一定程度上掩盖了他反映现实、干预时政的作品。其实，他的这类诗歌在晚唐相当突出。藩镇割据、宦官擅权、朋党倾轧，是唐后期三大痼疾。李商隐的《随师东》《寿安公主出降》《赋得鸡》《井络》以及在会昌朝讨刘稹时的一系列诗篇，皆为藩镇问题而发。针对宦官乱政，李商隐在甘露事变后写了著名的《有感二首》《重有感》《曲江》等诗，勇敢地揭露宦官控制朝廷、劫持皇帝、株连朝臣、制造大规模流血惨剧的罪行。他酬赠、哭吊反宦官斗士刘蕡的一系列诗篇，也倾注了对宦官势力的强烈憎恨。至于朋党倾轧，李商隐更多地采用比较曲折的手法抒写自己的感愤，如将倾轧的局面比作"弹棋局"，发出"莫近弹棋局，中心最不平"《无题》的慨叹。唐后期多种政治危机，根源在于最高统治层的腐朽，对下则给广大人民带来深重灾难。李商隐诗中许多名篇对这两方面都有反映。如《贾生》《瑶池》《汉宫词》婉讽唐后期皇帝不重贤才、不顾百姓，愚昧自私地妄求长生。《行次西郊作一百韵》描述甘露事变后京郊农村残破景象，追溯唐王朝治乱兴衰的历史，构成长达百余年的社会历史画面，更是唐人政治诗中少见的鸿篇巨制。这些，无疑足以说明李商隐诗歌具有广阔的内容，鲜明的民主性精神，不容轻易贬低。

影响李商隐诗歌阅读和评价的第三个问题，是他的作品素称难懂。金代诗人元好问感叹:"诗家总爱西昆好,独恨无人作郑笺。"元好问之后,不少学者做了"郑笺"的工作,解决了相当一部分问题。但和一般作家相比,仍属难懂之列。这从读者角度说,除了有一个提高文化修养,做"合格读者"的问题外,还应该正确看待所谓难懂。李商隐诗的"难懂",从某种意义上讲,跟他对传统的突破是相联系的。读者崇奉和习惯了传统诗歌,读他的诗,便可能觉得有些异样,失去了那种轻车熟路之感。如果望而却步,自然会感到"难"。而如果我们能换一种心理,知难而进,则有可能在李、杜、韩、白诸大家之外,看到又一片新的诗歌天地。

李商隐的诗歌有寄托遥深、构思细密、表现婉曲、情韵优美、语言清丽、韵律和谐、工于比兴、巧于用典等一系列优点。由这些方面合成的总体风貌,在诗坛上是以新的姿态出现的。他在写法上颇有一些异于传统之处:(一)以心象融铸物象。晚唐社会的种种变态,特别是它的厄塞、衰颓,使得像李商隐这样一些失意文士,由沮丧、失望转向追求主观心灵,内心体验往往比他们对外物的感受更加深入细腻。当心灵受到外界触动时,会出现一串串心象序列,发而为诗,则可能以心象融铸眼前或来源于记忆与想象而得的物象,构成一种印象色彩很浓的艺术形象。李商隐处境又很恶劣,心事往往钳口难言,于是在潜心摹写心象的同时,又须着意将其客观化,借客观物象经过改造之后可以诱发多种联想的优长,将本难直接表现的心象,渗透或依附于物象之中,令人抚玩无致、联类兴感。如咏蝉曰"五更疏欲断,一树碧无情",表现的是作者羁役幕府、心力交瘁、举国无亲的那种"冷极幻极"的心象。"一春梦雨长飘瓦,尽日灵风不满旗",写的是圣女祠,而诗人种种幻灭的心象也正如梦雨灵风之恍惚。这样以心象融合客观世界某些景象或事物铸造形象,对传统情景交融手法是一种突破。(二)比兴寄托和象征的融合。比兴、象征作为两种相关而不相同的艺术手法,本不一定联合运用,它们和寄托更未必直接联系。李商隐的诗歌由于在内容上侧重表达人生的体验与感受,艺术上追求心象与物象的统一,靠一般明显的比喻,每每不足以充分而有效地表达,遂常用象征性的表现手法,并进而将比兴与象征融合起来。比如"曾是寂寥金烬暗,断无消息石榴红"(《无题》),"金烬暗""石榴红"除渲染气氛、点明时节外,前者还可以作为无望的相思的象征,后者则暗示青春年华的流逝。又如"江风扬浪动云根,重碇危樯白日昏"(《赠刘司户蕡》),描写江风鼓浪、山摇石动、危舟独系、天昏地暗的景象,同时又兼含比兴象征,将"当日北司专恣,威柄凌夷,一齐写出"(《李义山诗解》)。《锦瑟》中间四句可能每一句都有象征意味,而且基于诗人内心的恍惚迷惘,所象征的内容还带有丰富性和不确定性,意象的暗示性大大增强,迷离深隐,意蕴多重。(三)追求朦胧凄艳的诗美。将复杂的矛盾,甚至惆怅莫名的情绪,借助诗心的巧妙生发,铸造成如雾里繁花的朦胧诗境,是李商隐毕生加以追求的目标。而像"枫树夜猿愁自断,女萝山鬼语相邀"(《楚宫》);"红楼隔雨相望冷,珠箔飘灯独自归"(《春雨》);"玉盘迸泪伤心数,锦瑟惊弦破梦频"(《回中牡丹为雨所败二首》其二);"微生尽恋人间乐,只有襄王忆梦中"(《过楚宫》)一类名句,以及《无题》《锦瑟》等篇,都达到了这一境界。这种诗美主要构成因素是朦胧、瑰丽、感伤。商隐感于时代的没落、身世的不幸,有一种固结不解、惆怅莫名的哀伤情绪,"此情可待成追忆,只是当时已惘然"(《锦瑟》)。当把这种情绪注入本已融合了心象与物象、比兴与象征的诗境时,各种因素互相交汇、层层掩映,真有"絮乱丝繁天亦迷"(《燕台诗四首·春》)之感。上述三个方面，说明李商隐诗歌的艺术手段、追求目标与传统不同，诗境亦深隐朦胧。把李商隐诗当作"邪思"的产物，认为会坏人心术，固然是像面对一位出群的美人，口称"尤物"，不敢正视一样可笑。但如果是抱另一种态度，想要接近她、认识她又该怎么办呢？我认为可以区分不同情况，采取不同方式、步骤。李商隐集中一部分像《夜雨寄北》那样清新流畅的作品，固然不存在阅读的障碍，就是那些批评时政、反映现实的诗，由于比较质实，只要掌握背景，弄懂语言和典故，也不难领会意旨所在。其难解之作，如无题、咏物之类，最主要的难点是不易参透词语典故外壳下所包含的情思。对此，读者既可以不求甚解，也可以通过知人论世等途径作更深入的探求。李商隐的诗，除少数学李贺诗体者外，多数诗脉畅通，由语意、声韵所传达的总体情绪气氛并不难于感受。无题诗一般用典不多，语言清丽，尽管细心探寻时会感到闪烁迷离，但爱情描写本身尚不晦涩。即使是《锦瑟》，像"沧海月明珠有泪"，写月夜沧海之中，明珠晶莹闪烁，盈盈有泪；"蓝田日暖玉生烟"，写暖日照临，地中良玉，蕴发缕缕云烟。这些喻象，是无论对诗旨作何种诠释，都必须以之为依归的。为求省便的读者，似可不去追究其中的埋伏，仅仅接受语言媒介给予的直觉形象和情绪，也未始不是一种艺术享受。《唐诗三百首》本属启蒙读物，选了《锦瑟》和五首《无题》诗，选家岂能指望学童领略多少深意？不过供其读读背背而已。梁启超说："义山的《锦瑟》《碧城》《圣女祠》等诗，讲什么我理会不着。……但我觉得他美，读起来令我精神上得一种新鲜的愉快。须知美是多方面的，美是含有神秘性的。"（《中国韵文里头所表现的情感》）可见读李商隐诗，不求甚解不失为一法。有人想再前进一步，对诗旨把握得切实一些，则可求助于注本和选本。"文革"后，李商隐诗的研究成为热门课题，近年出版的一些注本和选本，持论一般都比较切实、审慎，可资参考。至于想做更深入的推究探寻，有所创获，则应以历史唯物主义为指导，把握诗歌整体，注重实证，避免臆测。在内证与外证不足的情况下，宁可理解得虚涵一些，也不要仅据片言只语去比附。另外，李诗由于注意表现心理意绪，又常常捕捉瞬息间的印象，多用象征手法，在中西文化交流过程中，运用西方理论研究中国诗者，很容易取之作为剖析对象，这会有助于对李商隐诗歌认识的深化，开拓新的局面，但正因为是开拓，难度较大，尤须坚持科学的精神。加拿大籍华裔学者叶嘉莹先生曾强调从事这类工作既需要对中国旧诗具备足够的修养，又要对西方文艺理论有深刻的认识和了解（《关于评说中国旧诗的几个问题》），这种意见我们应该重视和听取。

（原载《古典文学知识》1990年第4期）

古代散文欣赏的三个角度

在中国古代文学中,散文与诗歌是历史悠久、地位崇高的两种文体,经常合称之为"诗文"。古人抒情、言志乃至公私应用,都离不开这两种文体,留下了包含大量名篇在内的丰厚文学遗产,在民族文化传承中,起着极其重要的作用。而就历代对这两种文体的研究看,文比诗的研究要薄弱一些。20世纪以来,诗学方面除对旧有的大量成果进行汇集整理外,学者们还撰写了许多诗史、诗论之类的理论著作,推动诗学走上现代化的研究进程。而古代散文研究不仅缺少具有现代科学体系的理论性著作,就连对过去时代有关文章的论述、评点,也没有很好地进行汇集整理。今天查找起来,对古代散文分析得比较精到具体的,仍然是宋、元、明、清时代编撰的《古文关键》《文则》《文章精义》《古文辞类纂》《古文观止》一类书籍,以及一些文人学者的有关论文、序、跋、书信等。这些著作,比较零碎,缺少系统,难以供一般读者使用。

古代有关散文的论述和评点,又多半是从写作方面着眼的。科举时代的学子,以前代优秀文章为典范来指导自己的写作,从中总结作文的原则、方法与得失等。如韩愈提出"文从字顺""气盛言宜""惟陈言之务去",姚鼐提出"为文者八:神、理、气、味、格、律、声、色"等,都是对写作的要求。但是在今天,人们阅读古代散文的动机已发生变化,多数读者往往不是为了向古文寻求写作范式,而是由学习写作转为文艺欣赏,为了一种文化乐趣,为了提高文化素养,体验古典作品的意境和形象,以得到精神的陶冶和审美的愉悦。即使抱有学习写作的动机,也必须是这些古代散文以其精湛的艺术打动了读者,才有可能使之由欣赏推进到对写作技巧的探究和借鉴。因此,依据现代文艺学,吸取古代文论中有益的成分,建立系统的散文鉴赏理论,对于古代散文的普及性研究,都是极其重要而迫切的。

阅读欣赏古文应从哪些途径入手呢?

一、散文的形象性:俱重形象,诗文有别

文学作品中的形象性成分和形象性描写多姿多彩、美不胜收。与诗歌相比,散文的实用性较强,有鲜明的意旨,叙述、说明甚至论说性成分比较多,理念性较强。但优秀的散文总是避免枯燥的说理,而以生动鲜明的形象吸引读者。如传记文通过语言行动表现人物思想性格,记事文通过对事件的生动描写揭示事理,寓言借故事喻义,山水游记通过描绘景观抒写游兴和感受,甚至在阐述哲理和议论文章中也有很多形象化的成分,包括语言的形象性、举例的形象性、情感的形象性等等。

散文和诗歌虽然都具有形象性,但各有特点。清代学者吴乔曾以做饭和酿酒分别比喻作文和写诗,说:"意喻之米,文喻之炊而为饭,诗喻之酿而为酒。"这个比喻对我们认识诗与文的差异,具有启发性。诗歌常用比兴,展现的形象跟具体事物之间距离较大。即使是直接描写,诗歌的语言意象也更注意提炼和升华,上下前后之间的联系一般不像散文交代得那样着实具体,有许多跳跃和省略。如苏轼《赤壁赋》写月夜之中泛舟长江的情景,它是具体展开的,跟实际生

活情景很贴近。而下面的歌"桂棹兮兰桨,击空明兮溯流光。渺渺兮予怀,望美人兮天一方",较之现实生活就升华得近于酿米为酒了。对比之下,差异显而易见。诗歌让我们的想象飞得更高更远一些,而散文则给我们更为具体逼真的感受。

从形象性入手欣赏散文,可以因文章的不同而有所不同。有的并无深意而形象和文辞很美,可以把重点放在形象和文辞上,如柳宗元的《小石潭记》描写小石潭的水鱼石树和优美的环境;王勃《滕王阁序》中的名句"落霞与孤鹜齐飞,秋水共长天一色",它能引起美感,给人美的享受。有的则可以通过对作品中景物、环境或人物事件的描写探究作品意旨,如通过陶渊明对世外桃源的形象化描写,看到作者对于宁静淳朴、没有王税的乌托邦式社会的向往;通过《廉颇蔺相如列传》中蔺相如在秦王和廉颇面前的不同表现,认识蔺相如以国家利益为重、无私无畏、顾全大局的崇高品格。通过形象,探究意旨,一般能与作者的用心大致契合,但也有与作者原意不合,或超出作者所想的。如传记作者写人物,他所作出的理解和评价,与他栩栩如生地写出的人物,可能并不吻合。对照《史记·项羽本纪》对项羽一生事迹的描写,与篇后"太史公"的评价,可以看出两者之间存在的差距。某些寓言故事,作者用来说明一种道理,但读者从中可能得到另外一些认识和启示。如《庄子》中的《庖丁解牛》用以说明养生,而后世读者却从中引申出另外一些道理,所谓"奇文共欣赏,疑义相与析"(陶渊明《移居二首》其一)。

形象是理解作品的重要依据,要注意把握形象,对形象做出正确的理解和阐释。形象生动能使作品具有感染力,我们从形象的角度欣赏作品,在获得美感和认识上提高的同时,从写作方面还可以得到有益的启示。

二、散文的抒情性与逻辑性：散而不乱，气脉中贯

散文篇幅一般大于诗歌，内容较多，行文与结构的组织安排特别重要。为了能够让人读之有味，易于理解，要讲究章法的开合照应、衔接转换，以及行文的参差错落、起伏变化。散文除论说文外，多数在结构上的特点是"散"，过于整齐集中，会显得呆板，失去自然之趣，减少阅读时的从容自在之感。但"散"不是散漫杂乱，无论结构是整是散，语气是缓是急，都要有气脉贯注其间，形成有机整体。

作者贯注在文章中的思想情感，是沟通各个部分的精气血脉。就不同类型的文章看，作者注入作品中的有的侧重于情，有的侧重于理，前者如王勃的《滕王阁序》，写了南昌的历史人文、滕王阁上的景观与宴会，以及自己的行踪与遭遇，涉及诸多内容，这些内容很难归结到某一方面，但全篇激荡着作者自负才华、渴望有所作为的少年意气，这种情感使前后统一起来，给人以一气呵成之感。这是侧重以情感领起全篇的。庄子的《逍遥游》，忽而说鹏、忽而说蜩与学鸠、斥鷃，似乎很分散，但接下一句"此小大之辨也"，以及下面的宋荣子、列子、许由等都连接统一到一起了，进而由各种物与人都有所待、有所局限，推向无所待的逍遥自得。可见庄子主要是以哲理性的思辨统属各种材料。当然各有侧重，而一般说来，多数文章都是情理兼用，互相渗透。如贾谊的《过秦论》是一篇说理文，阐述秦朝灭亡的原因，但同时又饱含以民为本、反对残酷压迫剥削的思想感情。

把握文章中的思想情感脉络，有多种途径。提要钩玄，通过梳理归纳，搞清作品的层次和线索可以获得对作品思想情感以及某些艺术手法的认识。结合诵读，进行体会探求，"因声求气"，"由气而通其意以及其辞与法"（张裕钊《与吴至父书》），也是有效的途径。

古人在创作和欣赏时，常常讲文气，文气反映作者的精神状态与情感流程。作者的神气通过音节字句来表现，读者则由音节字句寻求神气。用不同的方式和速度反复诵读，会有不同的收获。快读，把一篇文章一口气读完，感受来得迅速集中，对文章的总体风貌、规模体势可以获得较为完整的印象；缓读，则可以细细体会文章的风神情味。这样阅读比专靠分析研究，在感受上跟作品会契合得更深一些。当然，作家讲"气"，也有区别：有的强调心平气和，从容闲雅；有的强调气势充沛，喷薄出之。读者可以把提要钩玄、沉思力索与反复诵读、"因声求气"结合起来，在获得对作品的情意深切了解之后，再进一步研究作者表达情意时自然形成的高下、缓急、顿挫的声调和各种艺术手法，从而学会在写作时运用恰当的辞气和手法，准确表达自己的情意。

三、散文的灵活性与趣味性：文无定格，贵在鲜活

散文与韵文有韵、散之别。散文一般不受字数、句式、声韵、格律的限制。散文的文体，灵活多变，形式多样。从唐宋到元明清，愈往后发展，作家们愈是不受拘束、追求新变。因而可以说文无定格，唯求其新颖生动，内具真实的情感和体验。

古代散文有的篇幅比较长，对生活场面、事件过程、人物经历有较完整的描写，也有的并不铺展开来，不追求全面完整，写得简短灵活。先秦诸子中的一些章节和段落，写生活片断和小故事，如《孟子》中《齐人有一妻一妾》写齐人骄其妻妾的行为和表现，《庄子·秋水》中庄子与惠子在水边关于人是否知鱼之乐的对话等，都很有趣味，颇见人物情态。汉魏至宋元，许多记、序、跋、书信、随笔、杂文、短赋，更是多方面地深入现实人生，写出生活百态。如《世说新

语》中所写的魏晋士大夫的趣闻轶事；王羲之《兰亭集序》、李白《春夜宴诸从弟桃花园序》等所写的文人聚会之乐；韩愈、欧阳修、苏轼等大量杂文短章所写的日常生活和各种人物，在表现生活内容和情趣上，显然大大超过了先秦的作品。明清小品文发达，题材更加世俗化和生活化，山情水态、日常小事，乃至一花一草、一飞一动，都可以成为描写对象，以归有光、袁宏道、张岱、袁枚等为代表的众多作家，在反映生活和个人情感世界方面，比传统的古文更加不受拘束，也更能显露性情。这种从先秦诸子对生活片断的描写，到后世的各类杂文、小品，在古代散文中，构成一个长长的重要的系列。对于这些作品，读者在接受上更为轻松愉快，欣赏时可以从以下几方面着眼：（一）感受它的生活气息。这类文章，没有说教，直接记录或描写实际生活，较多地保持生活的原汁原味。如《论语》记载孔子与其弟子在一起生活和谈话的情景；《世说新语》记载王、谢两家亲友子弟聚会交往的情景；周密《武林旧事》记载南宋都城杂事；张岱《陶庵梦忆》记载明代晚期市民的生活习尚与风情；等等。这些作品，能带我们穿越时间的隧道，亲切地感受到从春秋直至明清时期种种生活情境，从而丰富我们的知识与见闻，有助于陶冶情操，增进对生活的热爱。（二）感受其中的情趣。这类作品，生动活泼，既有生活之趣，又不乏理趣。产生在唐宋以前的，多简练古朴，情味醇厚；唐宋以后之作，更接近社会中下层和世俗，以日常琐事入文而增添情致，有时还带有小说气、市井气。但不论雅俗，都别有一种风神趣味。（三）欣赏其摆脱拘束，务去陈言。对于杂文、小品一类文章，可以玩味它的短小隽永、洒脱随意。作者笔墨省净，讲究素材的提炼，选择生活中最有情味的细节，或景物中最具特征与美感的镜头，加以表现。而行文自由畅快，意到笔随，求真求近，自赏自适，无拘无束，在与题材相适应的平易自然的描写中，取得引人入胜的效果。

学习这类作品，我们不只是可以从中得到审美乐趣，同时作者放开手脚自由自主的写法，还能帮助我们减轻写作时受拘束的畏难情绪。我们也能从古代作家自由创作的精神中接受启发，用清新活泼的语言写真实情感与日常生活。

以上是对古代散文鉴赏角度与途径的一些想法。古代优秀散文在艺术上的表现是丰富多彩的，对古文的鉴赏，决非仅限以上三个角度，而是可以有多种角度。这里所提出的是贴近散文艺术特征而涵盖面又很广阔的角度，可以用现代文艺学的理论做出较为清楚的阐释，而无旧时文论的玄奥之感。三个角度，每个角度跟特定的文体与题材有一定的联系，但一篇作品并非只能从一个角度切入，在具体作品的欣赏中，读者可以从某一角度多多体会玩味，把握作品的主要特征，也可以综合引入多种角度，以获得对作品形象和情感的整体感知与把握。一些作品，内涵具有多义性和模糊性，理解欣赏时更不宜限制过死，读者通过自主探究，可以有多元的、开放性的欣赏和解读。

（原载《文史知识》2005年第7期）

韩愈《张中丞传后叙》赏析

　　元和二年四月十三日夜,愈与吴郡张籍阅家中旧书,得李翰所为《张巡传》。翰以文章自名,为此传颇详密。然尚恨有阙者:不为许远立传,又不载雷万春事首尾。

　　远虽材若不及巡者,开门纳巡,位本在巡上,授之柄而处其下,无所疑忌,竟与巡俱守死,成功名。城陷而虏,与巡死先后异耳。两家子弟材智下,不能通知二父志,以为巡死而远就虏,疑畏死而辞服于贼。远诚畏死,何苦守尺寸之地,食其所爱之肉,以与贼抗而不降乎?当其围守时,外无蚍蜉蚁子之援,所欲忠者,国与主耳,而贼语以国亡主灭。远见救援不至,而贼来益众,必以其言为信。外无待而犹死守,人相食且尽,虽愚人亦能数日而知死处矣。远之不畏死亦明矣!乌有城坏,其徒俱死,独蒙愧耻求活?虽至愚者不忍为。呜呼,而谓远之贤而为之邪!说者又谓,远与巡分城而守,城之陷自远所分始,以此垢远。此又与儿童之见无异。人之将死,其藏腑必有先受其病者;引绳而绝之,其绝必有处。观者见其然,从而尤之,其亦不达于理矣。小人之好议论,不乐成人之美,如是哉!如巡、远之所成就如此卓卓,犹不得免,其他则又何说!

　　当二公之初守也,宁能知人之卒不救,弃城而逆遁?苟此不能守,虽避之他处何益?及其无救而且穷也,将其创残饿羸之余,虽欲去,必不达。二公之贤,其讲之精矣!守一城,捍天下,以千百就尽之卒,战百万日滋之师,蔽遮江淮,沮遏其势,天下之不亡,其谁之功也!当是时,弃城而图存者,不可一二数;擅强兵坐而观者,相环也;不追议此,而责二公以死守,亦见其自比于逆乱,设淫辞而助之攻也。

愈尝从事于汴、徐二府,屡道于两府间,亲祭于其所谓双庙者。其老人往往说巡、远时事,云:南霁云之乞救于贺兰也,贺兰嫉巡、远之声威功绩出己上,不肯出师救。爱霁云之勇且壮,不听其语,强留之,具食与乐,延霁云坐。霁云慷慨语曰:"云来时,睢阳之人不食月余日矣。云虽欲独食,义不忍;虽食,且不下咽。"因拔所佩刀断一指,血淋漓,以示贺兰。一座大惊,皆感激为云泣下。云知贺兰终无为云出师意,即驰去。将出城,抽矢射佛寺浮图,矢著其上砖半箭,曰:"吾归破贼,必灭贺兰,此矢所以志也。"愈贞元中过泗州,船上人犹指以相语。城陷,贼以刃胁降巡,巡不屈,即牵去,将斩之。又降霁云,云未应。巡呼云曰:"南八,男儿死耳,不可为不义屈!"云笑曰:"欲将以有为也。公有言,云敢不死!"即不屈。

张籍曰:有于嵩者,少依于巡。及巡起事,嵩常在围中。籍大历中于和州乌江县见嵩。嵩时年六十余矣。以巡初尝得临涣县尉。好学,无所不读。籍时尚小,粗问巡、远事,不能细也。云:巡长七尺余,须髯若神。尝见嵩读《汉书》,谓嵩曰:"何为久读此?"嵩曰:"未熟也。"巡曰:"吾于书读不过三遍,终身不忘也。"因诵嵩所读书,尽卷,不错一字。嵩惊,以为巡偶熟此卷,因乱抽他帙以试,无不尽然。嵩又取架上诸书试以问巡,巡应口诵无疑。嵩从巡久,亦不见巡常读书也。为文章,操纸笔立书，未尝起草。初守睢阳时，士卒仅万人，城中居人户亦且数万，巡因一见问姓名，其后无不识者。巡怒，须髯辄张。及城陷，贼缚巡等数十人坐，且将戮。巡起旋，其众见巡起，或起，或泣。巡曰："汝勿怖。死，命也。"众泣，不能仰视。巡就戮时，颜色不乱，阳阳如平常。远宽厚长者，貌如其心。与巡同年生，月日后于巡，呼巡为兄。死时年四十九。

嵩贞元初死于亳、宋间。或传嵩有田在亳、宋间，武人夺而有之，嵩将诣州讼理，为所杀。嵩无子。张籍云。（韩愈《张中丞传后叙》）

《张中丞传后叙》作于唐宪宗元和二年（807），是表彰安史之乱期间睢阳（今河南商丘）守将张巡、许远的一篇名作。睢阳是江淮的屏障，而唐朝廷军队的给养主要依赖江淮地区。因此，坚守睢阳，对制止叛军南犯，保障给养由淮河、长江溯汉水进入唐军后方，具有极重要的意义。史家认为，张巡、许远坚守睢阳之功，不亚于郭子仪、李光弼的用兵。

题中的张中丞即张巡，本来是真源（今河南鹿邑）县令，叛军进入河南后，张巡领兵在雍丘（今河南杞县）等地抗战。至德二载（757）正月，睢阳太守许远向张巡告急，巡领兵杀进睢阳与许远共同守城，直至壮烈牺牲。张巡守睢阳时，朝廷封其为御史中丞、河南节度副使，故称张中丞。曾随他守睢阳的李翰写过一篇《张中丞传》，韩愈这篇文章是对《张中丞传》的阐发和补充，故题为《张中丞传后叙》。

《后叙》的写作，有其现实针对性。当时距张、许殉难虽已半个世纪，但由安史之乱开始的藩镇割据并未停息，社会的动荡引起人们思想的混乱,对张、许缺少公正的评价。唐宪宗即位后,以武力削藩,但不少人主张姑息,反对用兵。因此,本文的用意,不限于评价张、许,实际上是对专务姑息、为叛乱势力张目者的回击。

宋人张耒说:"韩退之穷文之变,每不循轨辙。"(《明道杂志》)本文忽而议论,忽而叙事,议论、叙事中又插入描写和抒情。除叙张巡、许远、南霁云三人事迹外,还牵涉于嵩、张籍和作者自己。这样纷繁复杂的头绪和变化,可按由破到立的线索去把握。前三段先通过议论,破小人的诬蔑,后两段通过补叙遗事,彰英雄之业绩。而从材料来源看,则是先据李翰《张巡传》所提供的事实,进行论辩,然后根据作者自己在汴、徐二府的见闻和张籍所提供的材料,补叙英雄遗事。

第一段是引子,借评论李翰的《张巡传》,作一些必要的交代。真正的议论是从第二段开始的。张、许二人中,许远受诬更重,第二段便主要为许远辩诬。"远虽材若不及巡者,开门纳巡,位本在巡上,授之柄而处其下,无所疑忌,竟与巡俱守死,成功名。城陷而虏,与巡死先后异耳",是对许远的总评。抓住最关键性的几件事,充分说明许远忠于国家、以大局为重的政治品质,同时又紧扣与张巡的关系,让人感到坚守危城,大义殉国。张、许是完全一致的,任何想把张、许二人分开,从许远身上打开缺口的企图都是徒劳的。在这样的总评之后,再逐一辩诬,就有高屋建瓴之势。辩诬的第一层是驳畏死论,作者从两家子弟不能通晓父辈心志落笔。庸劣子弟之所以会如此,无非是受了流言蜚语的惑乱。当年张、许二人同生死、共患难,而子弟互生是非,从这样令人痛心的事实,人们自然会想到恶语中伤者之可恨。辩诬的第二层,是驳所谓"城之陷自远所分始"。小人的这一攻击,好像抓到一点事实,较畏死论更为恶毒。回击时必须透过现象，揭示本质。文章以人死和绳断作比喻，用归谬法指出其不达于理，随后发出感愤，斥责"小人之好议论，不乐成人之美"，指向一种带有普遍性的社会现象，不仅增强了文章的气势，而且非常能引起人的共鸣。

在驳倒小人对许远的攻击后，第三段接着为整个睢阳保卫战辩护。先驳死守论，由申述不能弃城逆遁的原因，转入从正面论证拒守睢阳的重大意义。"守一城，捍天下……蔽遮江淮，沮遏其势，天下之不亡，其谁之功也！"把保卫睢阳提高到关系国家存亡的战略高度来认识，死守论以及其他种种否定睢阳战役的谬论就统统破产了。作者那种反诘的语气，俨然是面对群小加以痛斥的口吻。在这样大义凛然地斥倒群小之后，便更掌握了主动。于是进一步抓住无可抵赖的事实，给对方以致命的一击。在睢阳将士艰难奋战时，周围弃城逃跑者，擅强兵坐视不救者，比比皆是。现在那些好议论者竟然放过这类人不提，反而责备张、许死守，究竟居心何在呢？作者尖锐地指出，这是站在叛乱者一边，有意制造谰言，帮助他们攻击爱国志士。这样一下子便揭穿了小人的阴险面目，使他们再也无法冒充正人君子。

文章四、五两段展开对英雄人物轶事的描写。第四段写南霁云乞师和就义。乞师一节，把南霁云放在贺兰进明嫉妒张巡、许远的功绩，而又企图强留南霁云的尖锐矛盾环境中，展示人物的性格。南霁云由不忍独食到断指、射塔，其言语行为被矛盾一步步推向前进，而他忠义、慷慨、愤激的表现也越来越震撼人心。围绕南霁云，除让贺兰进明从反面加以陪衬外，后面还有作者贞元中过泗州的补笔，不仅把传说坐实，而且在紧张激烈的气氛中，突然宕开一笔，更显得顿挫生姿、摇曳不尽。就义一节，将南霁云和张巡放在一起互相映衬，显示了两位英雄精神的契合。而张巡的忠义严肃，南霁云的临危不惧、慷慨爽朗，又各具个性。

第五段补叙张巡的读书、就义，许远的性格、外貌、出生年月，以及于嵩的有关轶事。材料不像第四段那样集中完整，但作者娓娓道来，挥洒自如，不拘谨，不局促。人物的风神笑貌及其遭遇，便很自然地从笔端呈现出来，同样具有很强的艺术感染力。

四、五两段所叙述的都是李翰《张巡传》所未载的一些轶事。时隔五十年之后，这些轶事得来不易，而要将这些零碎的材料，一一围绕中心组织起来，尤难。作者把它们有机地融合在文章里，读之毫无散漫、杂乱、游离之感。南霁云事，一方面是对张巡的衬托，是整个睢阳战役无数忠勇义烈事迹中的一例；另一方面，又是用事实进一步加强对"设淫辞助之攻"的小人的回击。南霁云乞师的对象就是"擅强兵坐而观"的贺兰进明。"虽欲独食，义不忍；虽食，且不下咽"，不仅表现了南霁云和睢阳将士同甘苦、共患难的感情，同时又是对贺兰进明之流义正词严的斥责。与后面的射塔一样，都足以使群小震慑。第五段写张巡读书，记忆力过人，似乎与睢阳战役无关，但反映出英雄人物的品格和能力，与其文化修养是有密切关系的。特别是把他的记忆力，与在围城中跟士卒"一见问姓名，其后无不识者"联系起来，就知其并非游离中心的闲笔。至于于嵩的逸事，乍看也似闲笔，但由于嵩之死，可见盘踞在各处的武人是多么猖獗，而这种混乱，正是思想舆论混乱的社会根源。把于嵩的不幸遭遇置于篇末，既让人于掩卷之时更想到张、许所蒙受的委屈，同时暗示了铲除大大小小的封建割据势力多么刻不容缓。这些遗闻逸事，似不甚经意地信手拈来，挥洒以出，却能围绕文章主线展开，神气流注，章法浑成，真不愧是大手笔。

《张中丞传后叙》熔议论、叙事、抒情、描写于一炉，的确体现了韩文多变的特色。从前半议论到后半叙事，是一大变。就议论部分看，开头一段，寥寥数语，简直类乎日记或读书札记的写法。第二段辩许远之诬，多用推论。由于许远所受的诬蔑太重，在阐明一层层事理之后，不免有悲慨深长的抒情插笔。第三段虽然也是议论，但由于睢阳保卫战功勋卓著，有目共睹，所以话语踔厉奋发，咄咄逼人。像"守一城，捍天下"一节，读之有"轩昂突起，如崇山峻岭，矗立天半"（吴闿生语）之感。四、五段同是叙事，四段专叙南霁云，情节紧张，气氛浓烈，人物形象鲜明，语言激昂。五段为了统合比较分散的材料，语言则显得自然而随意，节奏也较舒缓。这两段，文笔有拙朴处，有渲染处，有很带感情的叙述，有精细的描绘刻画。可见，在段与段之间以及在语言、精神、境界等方面，确有多种变化，但这些变化绝非纷然杂陈的大杂烩，而是于多样之中仍见浑成统一。这除了组织结构之功外，还因为篇中有一种对张、许壮烈殉国而又蒙冤的悲剧感激荡于字里行间，成为统贯全篇的文气。一、二段因张、许蒙冤未白，这种悲剧感处在被压抑的状态，故层层申辩，文气比较收敛。三、四段由辩诬转入主动进攻和正面歌颂，悲剧感强烈地向外激射，文气也显出盛强凌轹之势。五段则由高潮转入回旋和余波，悲剧感也化为悼念缅怀的情绪，文气随之显得委婉纤徐。由于全文自始至终带着这种悲剧感，所以虽变化多姿，却仍具有统一的基调。

（原载《古文鉴赏辞典》，上海辞书出版社1997年版）